Анастасія Нікуліна

Роман-виклик

Харків

Vivat
ВИДАВНИЦТВО

2018

УДК 821.161.2
ББК 84(4Укр)
Н65

Серія «Книжкова полиця підлітка»
заснована 2013 року

Передмова *Макса Кідрука*

Дизайнер обкладинки
Віталій Котенджи

Нікуліна А.

Н65   Зграя : роман-виклик / Анастасія Нікуліна ; передм.
М. Кідрука. — Х. : Віват, 2018. — 320 с. — (Серія «Книжкова
полиця підлітка», ISBN 978-617-690-681-0).
ISBN 978-966-942-742-7

Львівська спека плавить асфальт. Їм — майже вісімнадцять, і в кожного є що приховувати.

П'ятеро хлопців щодня кидають виклик міським висоткам і самим собі. Паркур — це стиль життя, челендж — постійно робити неможливе. Адже, коли ти трейсер, меж не існує: є лише перешкоди.

Загадкова незнайомка Таша — новий друг чи ще одне випробування? Чи зможуть вони протистояти небезпеці й подолати власні страхи? Без команди їм буде важко, але разом вони завжди сильніші, разом вони — «Зграя».

УДК 821.161.2
ББК 84(4Укр)

ISBN 978-617-690-681-0 (серія)
ISBN 978-966-942-742-7

Усі технічні елементи паркуру виконуються лише професіоналами. Повторювати трюки без необхідної фізичної підготовки може бути небезпечно для вашого життя.

Секрет успішного тексту? Пиши про те, шо добре знаєш

«Зграя» — жива та динамічна книга про шістьох підлітків, яких об'єднала пристрасть до паркуру. Що особливо мене потішило — буквально з першої сторінки — це акуратна, ненав'язлива точність в описах усього, що стосується мистецтва подолання перешкод. Трюки, локації, сленґ, і — найважливіше — психологія трейсерів прописані настільки смачно та соковито, що не раз лише впродовж першого розділу я переривався, щоби на кільканадцять хвилин залипнути у видовищні ролики про паркур на *YouTube*. Тож не скажу, що надто здивувався, коли дізнався з післямови, що авторка, Анастасія Нікуліна, сама колись була трейсеркою, а її спогади та досвід лягли в основу роману. Я б радше здивувався, якби було навпаки. Бо це непросто — майже неможливо — аж так глибоко занурити читача у до цього невідому (принаймні так було для мене із паркуром) реальність, не відчувши її найперше на власній шкурі.

Подолавши третину роману, я раптом пригадав книгу «Око тигра» південноафриканського письменника Вілбура Сміта, яку батько подарував мені на чотирнадцятиріччя. Ані сюжетно, ані стилістично «Око тигра» нічим не нагадує «Зграю», зате враження, що справили на мене ці книги, є дуже подібними. У чотирнадцять я захоплювався пригодницькими, надміру ідеалізованими, і тому дещо шаблонними книгами неоромантиків — Фенімора Купера, Вальтера Скотта, Едгара По та Майна Ріда. Не найгірше чтиво, певна річ, однак мені вистачило не більш як півсотні сторінок «Ока тигра», аби усвідомити, що доти я просто не уявляв, що таке насправді захопливий роман. І попри те, що оцінювати книгу для підлітків, вийшовши із підліткового віку, може, й не зовсім доречно, припускаю, що «Зграя» стане для її читачів тим, чим «Око тигра» Сміта стало для мене двадцять років тому. Я багато б віддав, аби почути враження про «Зграю» від підлітка, який раніше брав до рук тільки твори шкільної програми.

Ну і насамкінець. «Зграя» — роман про підлітків, але не лише для підлітків. Описані авторкою трейсери — Таша, Дейв, Люк, Нік, Пух і Чіт — напрочуд реальні. Їхні дії — вмотивовані, мова — не рафінована, а проблеми — аж ніяк не надумані. І ці проблеми здебільшого стосуються дорослих. Старший брат, що потрапив до в'язниці; одержима безпекою і тому нестерпна мати; батько, який після розлучення взагалі не відстрелює, що коїться в житті його сина. Підлітковий — геть не означає, що зрілому читачу братися за «Зграю» не варто. Якраз навпаки. Анастасія Нікуліна написала чудову книжку про зворушливо важливе — дружбу та повагу, віру у власні сили та вміння вчасно підставити плече, не очікуючи нічого натомість, — про всі ті нібито прості істини, засвоєння чи ігнорування яких у юності визначає наперед наше життя.

Рекомендую. Крута історія.

Макс Кідрук

Частина перша

Народжені літати

Розділ I

Вертикальний світ

1

Білявий хлопець років вісімнадцяти зупинився на краю червоного турніка-рукохода. Подумки оцінив висоту: до землі було трохи більше двох метрів. *Ready!* Обрав зручне положення. *Steady!* Зігнув коліна й розчинився в просторі, звідки враз зникли всі звуки. *Go!*[1] Він із силою відштовхнувся від залізяки, перекрутився в повітрі та приземлився на рівні ноги. Лише тоді звуки повернулися.

Турнік ображено скреготів. За десять метрів від нього на баскетбольному майданчику лунав чіткий стукіт м'яча об асфальт та чулися удари об дерев'яний щиток. На бігових доріжках навколо футбольного поля малята гасали одне за одним, допоки їхні мами обмінювалися новинами. Чисте блакитне небо розслабляло, доки спека повільно, але впевнено не починала стискати скроні.

Червень. Перший понеділок, коли про пари можна забути до осені. Хоча із заліками було покінчено ще в травні, екзамени вже маячили на горизонті. Він просто хотів провітритися після

---

[1] Ready! Steady! Go! (*англ.*) — На старт! Увага! Руш!

сидіння вдома, та прогулянка все одно перетворилася на плідне тренування. Так буває: обираєш собі хобі, а воно виявляється станом душі.

Пальці ще трохи тремтіли від перезбудження й адреналіну, який рвався назовні. *Yes!*[2] Він зробив це — перший затяжний ґейнер[3] у дворі! Давид — а для друзів Дейв — згадав, як приземлявся на ніс і коліна в залі, і ще раз задоволено гмикнув. Ідеальний початок літа!

— Красава! — високий русявий хлопець із ледь помітною рижинкою у волоссі показав акробату великий палець.

Це він витягнув друга на вулицю зі словами «харош у хаті гнити!» Одягнутий у сірі камуфляжні штани та вільну чорну футболку, Тарас, більш знаний за прізвиськом Чіт, щодо іспитів не парився. Ще минулого місяця хлопець перейшов від теорії до практики і розгорнув активну діяльність — програмував сайти знайомим через знайомих. Жива реклама працювала краще за будь-яку платну. Чіт іще раз кивнув другові й повернувся до мобільного, гортаючи стрічку інстановин.

Фото сніданку, рука з келихом на фоні басейну, троянди на півкімнати (таких завжди було кілька щодня), сідниці у дзеркалі спортзалу, спокусливі й не дуже декольте, ноги у туфлях і сумки, розкладки косметики, вид із ілюмінатора літака, губи на півобличчя, макарони[4] та шоколад. Селфі з макіяжем. Селфі з йорком. Селфі в примірочній. Селфі-селфі-селфі…

— Скільки можна в телефоні сидіти? Осліпнеш! — весело сказав Давид, провівши рукою по волоссю. Стильний хвостик

---

[2] Yes (*англ.*) — так.
[3] Gainer (*англ.*) — сальто, коли крутка стрибка виконується у бік, протилежний поштовху.
[4] Macaron (*фр.*) — тістечко з мигдалевого борошна.

на потилиці й виголені скроні робили його схожим на юного вікінга. — Хештеґ #*reallife!*[5]

— А ще облисієш і станеш імпотентом. Бла-бла-бла… Хештеґ #бабуля. — Тарас вимкнув телефон, закинув його до рюкзака, став на руки та, з легкістю втримуючи рівновагу, підійшов до друга. Зробив переворот вперед і покрутив корпусом, розминаючи спину.

День видався вдалим навіть попри спеку. Хлопці вже встигли відпрацювати улюблені трюки й трохи покрутили акро[6] з різної висоти. Спортмайданчик між двома школами — «43» і «91» — був ідеальним місцем для тренувань: ряди гумових покришок, вкопаних у землю, квадратна «яма», турніки і м'яка земля, подекуди вкрита рідкою травою — те, що треба, щоб відточувати техніку без зайвого травматизму.

— Будеш? — Давид витягнув із наплічника мінералку та простягнув її Чіту. Друг похитав головою. Дейв відкрутив кришку та зробив кілька великих ковтків.

— Бляха, тепла! — Блондин закинув пляшку назад до наплічника, витер рота долонею. — Але сушить усе одно, зараза! Давай ще відос знімемо і додому. — Дейв стягнув вологу від поту футболку й поплескав долонею по кубиках пресу.

Подумки хлопець уже нишпорив поличками холодильника. Відучора мали залишитися домашні пельмені, якщо батько зранку все не втоптав. А він міг! Пельмень на виделку, умочити в оцет, полити сметаною, добре притрусити чорним перцем… М-м-м! У відповідь під кубиками озвався шлунок: у ньому щось голосно загарчало. Хлопець іще раз постукав по животу, втихомирюючи зголоднілого звіра, і зізнався:

---

[5] Real life (*англ.*) — реальне життя.
[6] Акро — тут (*сленґ*): скорочення сальто, акробатика.

— Жерти хочу — вмираю!

— Добро! Понеділок удався. Мені теж треба валити: завтра дедлайн по сайту. Чую, нічка буде довгою,— підтримав Тарас і раптом зупинився.— Чекай!

— Чого?— Дейв копирсався в рюкзаку, шукаючи телефон.

— По ходу, у нас глядачі,— гмикнув Чіт.— І ми їх не запрошували.

2

— Ти про що?— блондин підвівся і побачив, що біля паркану за рядами кольорових шин стоїть незнайоме дівчисько і неприховано спостерігає за ними. Хлопець ковзнув поглядом по чорних кедах і джинсах, подумки відзначивши стрункі ноги новоспеченої глядачки. Широка кенгурушка ховала решту фігури, тінь від капюшона не дозволяла розгледіти обличчя. У руці між довгих худеньких пальців виднілася цигарка.

Наталя помітила, що хлопці припинили розмову і відверто витріщаються на неї. Вона теж устигла роздивитися акробатів. Такі круті! Особливо цей, із голим торсом. А що витворяють?! Шалено хотілося політати так само легко — відштовхнутися від землі та крутнути сальто. Нереально. А якщо?.. Ну давай, ближче підходь. Це твій шанс. Сама ж хотіла! Що їм сказати? Що вони скажуть? Коли ти востаннє з кимось узагалі знайомилася? Плюнь і забий, подруго! Забудь про все та просто будь собою. Увімкни фантазію. Дій залежно від ситуації, а далі — хай там що.

Чіт не витримав першим:

— Чого треба? Показ платний!

— А ти, бачу, часто називаєш свою ціну!— багатозначно усміхнулася дівчина. Вона труснула головою, і капюшон злетів. На подив хлопців, голос у незнайомки виявився приємним, не хрипким, що більше пасував би любительці цигарок. Чіт спо-хмурнів — глядачка йому відразу не сподобалася:

— Що-о?

Дейв весело гмикнув. Чомусь уявлялися нафарбовані чор-ним очі, виголені скроні чи пірсинг — таке пасувало би бунтар-ці. Та ані викличної косметики, ані агресивних проколів — зви-чайне обличчя. На вигляд років сімнадцять-вісімнадцять — не більше. Тонкі губи, примружені зелені очі. У правому вусі — три гладенькі срібні сережки-кільця. Темна розтріпана коса сягає плечей.

Давид сховав посмішку в кулак. Незнайомка знала, на що тиснути. Тепер Тарік їй цього не попустить. Але він не міг не помітити щире зацікавлення в очах дівчини і випередив друга:

— Раунд! Може, дівчатам не варто відразу хамити?

— Не маю звички хамити першою. — Незнайомка знизала плечима. — Це рудий почав, з ним і розбирайся.

— Сама ти руда! — прошипів Чіт. — Дальтонічка!

Дівчина скоса зиркнула на Чіта й уже спокійніше промовила до Дейва:

— Ти ніби нормальний. Ви акробати?

Дейв поклав руку на плече розлюченому другові та спокійно відповів:

— Ні, але близько. Паркур. Чула таке?

— Чула. Це м-м-м...

— Мистецтво долати будь-які перешкоди, — підказав блон-дин. — Максимально швидко й ефективно.

— Гм. Мені подобається. А як ви називаєтеся? Паркуристи, паркурці, паркурщики?

— Парковщики! Приїхали, блін... — пробурчав Тарас. — Коли вже народ вивчить просте слово? Трей-се-ри. Чула? Може, по буквах продиктувати?

Але дівчина вже на нього не дивилася. Вона зверталася лише до Дейва. З її голосу зникла награна байдужість і зверхність. Тепер він звучав серйозно та трішки схвильовано:

— Ви круті. Я дивилася збоку, і це справді вау! Знаю, може, я не з того почала... — Вона потай повела бровами у бік злого Чіта, і це викликало в Дейва усмішку. — Я б теж так хотіла. Візьмете до себе?

Дівчина вичікувально дивилася на Дейва, який раптом розгубився від такого прямого прохання. Незнайомка, вочевидь, грубіянила більше зі страху, що її пошлють, аніж через власну пиху — стоїть, натягнута, як струна, мало не тремтить. Чого вона боїться? Чи для неї це так важливо? Він сам полюбив паркур практично з першого погляду, то чому б і їй не зацікавитись отак відразу? *Не всі такі, як ти.* Дейв гмикнув. Цікаво, ця теж перегорить чи навпаки — зможе стати справжньою трейсеркою?

— Хамок не беремо, — категорично відрубав Чіт, зі зловтіхою помітивши, як чорнокоса скептично хмикнула. — Ти ж дівчина. Що ти можеш?

Незнайомка спалахнула.

— Нізащо не повірю, що немає жодної трейсерки!

— Та вони є. Але тобі до них далеко. — Тарас кивнув на цигарку. — Попільничка!

Дівчина насупила брови, витягла запальничку, підпалила цигарку, затягнулася й закашлялася. Знітившись, вона видихнула дим просто в обличчя Чіту.

— Ти що, офігєла?! — хлопець скипів та пішов на дівчину з твердим наміром відібрати цигарку.

— Чекай, спокійно, — Давид зупинив друга, який палав праведним гнівом і рвався у бій. Показове хамство дівчини не дратувало, радше смішило. Видно було, що вона звикла до такої поведінки, але за цим проглядалося ще щось. Не проста цікавість, а наче… відчай?

— Давай спочатку. Як тебе звати?

— Ну, припустимо, Таша… — чорнявка зиркнула з-під лоба і не стрималася, щоб не додати гонорове: — І що?

— Таша, — повторив хлопець. — Прикольно. Я — Давид, можна просто Дейв, а це — Тарас, або Чіт. Паркур — далеко не дівчачий спорт. Для чого тобі це?

Дівчина замислилася. Сказати як є? Сміятимуться. Треба щось вигадати. Думай, думай! У голові промайнула стара смішинка. Заодно перевіримо почуття гумору цих трейсерів.

— Кажуть: народжений повзати — не зможе літати. Хочу перевірити себе, чи зможу літати.

Дейв глянув на Чіта. Той роздратовано знизав плечима. Хамовите дівчисько йому аніскілечки не подобалося. Хай собі робить, що хоче!

— Виклик собі — це добре, — Дейв схвально кивнув. — Але чи зможеш ти себе перебороти — от у чому фішка.

— А ти перевір! — у Таші знову увімкнулася захисна реакція, і відразу вимкнулася від Давидової посмішки-всезнайки. Чомусь цей блондин читав її, як розгорнуту книжку. Відразу перехотілося йому грубіянити. Дівчина встигла оцінити класну фігуру та світлі очі хлопця. Симпотний. Аж занадто, хочеш не хочеш — а зауважиш.

— Як скажеш. Готова до змін? — Давид наблизився.

— Е-е-е… — Таша розгубилася. — У якому сенсі?

— Зміна перша — ніякого курива. У принципі, гробити здоров'я — твоє право, але якщо хочеш бути тут — нюхати твій дим я не буду, — серйозно проказав хлопець. Чомусь від його тону дівчині стало соромно за цигарку. Хоча, сказав би це хтось інший — вона б відразу поставила його на місце. Вчити її життю?

Самостверджуватися за її рахунок? Ти — слабка дівчинка, а я сильний пацан, тому знай своє місце, роби, як я кажу, і буде тобі щастя? Але в очах Дейва було щось інше. І до цього іншого хотілося дослухатися. Що це з нею?

— Та це ж просто так,— дівчина спробувала усміхнутися, але вийшло якось жалюгідно. Вона подумки чортихнулася і викинула недопалок у смітник. Їй здалося, чи цей сіроокий її зневажає? Яка йому взагалі різниця? Не такої реакції вона очікувала...

— Таке правило — твій перший виклик собі. Або паркур, або цигарки. Обирай. Вважай, що цей момент настав сьогодні. У тебе є ще?

— Ну, є...— Таша поплескала по кишені кенгурушки.

— Давай сюди.

Таша передала почату пачку Дейву, і той демонстративно викинув її у смітник слідом за недопалком під схвальний смішок Тараса. Таша скептично звела брови. Чіту вона не подобалася — це надто добре відчувалося. О'кей, тримаємо тебе в полі зору, рудий Візлі[7]. Дівчина кинула пекучий погляд на Чіта, але нічого не встигла сказати — її випередив Дейв.

— Ти поки розімнися, а потім дещо спробуємо.

— Добре,— дівчина кивнула, скинула кенгурушку на траву, залишившись у просторій футболці з білим написом «Never give up!»[8], і почала крутити шиєю. Згадалося дитинство і тренування зі спортивної гімнастики. Хай там як, а вона не повний лузер, коли йдеться про фізуху. Нудотний сором випарувався. Натомість у животі виникло приємне лоскітливе відчуття. Якщо її не прогнали зараз, то можуть і навчити чогось, і в неї, може, навіть

---

[7] Рон Візлі — рудий хлопець, персонаж із «Гаррі Поттера».
[8] Never give up! (англ.) — Ніколи не здавайся!

вийде. Дівчина звела очі і впіймала черговий презирливий погляд Чіта. Якщо він буде на неї постійно так витріщатися, можна і манію переслідування дістати. Але це його проблеми. У кожного свої приколи в голові. Таша відвернулася та зігнулася до землі, розтягуючи м'язи на ногах. Подумки тицьнула під носа веснянкуватому засранцю середнього пальця і широко усміхнулася.

3

— Ну й нафіга нам вона здалася? — прошипів Чіт у вухо Дейву, проігнорувавши дівочі сідниці, обтягнуті блакитною джинсою.

— Та розслабся ти! Ми що, вперше комусь допомагаємо? Просто потусить із нами трохи, а там побачимо. — Дейв обернувся до Таші й раптом усміхнувся. — О, наші йдуть! Привіт, народе! — Блондин махнув трійці хлопців, що рухалася до них з боку футбольного поля.

Попереду йшов високий чорнявий юнак із пірсингом у правій брові. Дев'ятнадцятирічний Лука — Люк — був одягнений у темні шорти й чорну футболку. Він злегка кивав у такт першому треку улюбленого плейлиста — *Guns 'n Roses* — *«Welcome to the Jungle»*, що лунав із одного навушника у вусі. Другий висів на шиї.

Відразу за Лукою — хлопець у білій футболці з написами і сірих штанах, права штанина закочена. Микита, або Нік, який називав себе Мажором. Зеленоокий шатен із сережкою в лівому вусі без упину говорив, доїдаючи морозиво:

— Кароч, ми з пацанами на вихідні в Горгани з палатками чухнули. Реально кайф! Правда, завтикали взяти крем від комарів і півночі, як дебіли, ганяли тих упирів. Досі чухаюся!

Біля Ніка — хлопець у вільних джинсах та синій футболці, щокатий Ілля, або Пух. Шістнадцятирічний Пух притискав телефон до вуха плечем і через крок пускав очі під лоба:

— Ма', та здам я те ЗНО. Усе буде нормально. У мене ще цілий рік! Ну ма'...

— У нас же сьогодні вихідний, — з посмішкою зауважив Дейв, коли друзі наблизилися.

— А ми тут випадково проходили! Бачимо — знайомі футболки! — Хлопці підійшли і потиснули руки Чіту та Дейву. Нік зацікавлено кивнув на дівчину, що вже сиділа в поперечному шпагаті, й запитально підняв брови.

— Це Таша, — пояснив Дейв. — Вона сьогодні тренить із нами. В паркурі тільки від сьогодні, тому легше з нею. Ташо, це Люк, Нік і Пух.

— О, круто! — Пух підійшов ближче. Незнайомка була гарненькою, личко й тендітні руки більше пасували би балерині, а не пацанці. — Вперше бачу дівчину-трейсера.

Таша подивилася на хлопця знизу вгору. Малий надто швидко йде на контакт. Рано, хлопче, рано!

— Привіт, пухляш. Ти ще й не таких дівчат побачиш. Якщо схуднеш! — Вона весело підморгнула Іллі, який отетеріло закліпав. Перше враження щезло й навіть рукою не помахало. Пух відійшов подалі та спостерігав за дівчиною збоку. Чіт фиркнув і відвернувся, усім своїм виглядом демонструючи презирство до Таші. Люк і Нік стримано всміхнулися. Новенька вже почала їм подобатися.

— Ти глянь, як Чіт піниться, — тихо сказав Люк Мажору. — Вона його явно бісить. Цікаво, що в ній такого?

Люк уже тренувався з дівчатами-трейсерами, тому компанія Таші його не здивувала. Тим паче, що дівчина лише початківець. Проте... Фігурка в неї нічогенька, і розтяжка теж. Хлопець звичним жестом торкнувся сережки у брові. Гімнасток у нього ще не було. Правду кажучи, давно нікого не було... Але це легко виправити.

— Ага,— розсміявся Нік. Він теж оцінив новеньку — миленька, але не його ліга (Мажор більше виступав по доглянутих красуньках, ніж по пацанках), і розслабився, вимикаючи режим «мачо».

— А ви ніби нормальні... — Таша трохи схилила голову, розглядаючи новоприбулих.— Не будете на мене кидатися і казати, що дівчатам не місце в паркурі?

— Ми мирні,— усміхнувся Люк. Дошкульність дівчини нагадала йому самого себе.

— Поки не розігрілися,— весело підхопив Нік. Клеїтися до Таші він не збирався, але зупинити постійне бажання похизуватися було понад його сили. Хлопець витягнув зі свого наплічника синю *JBL Charge 3*[9] і під'єднав до неї телефон. З динаміків зазвучав *DJ Snake* — «*Bird Machine*». Мажор покивав головою у такт бітам, перезирнувшись із Дейвом, відштовхнувся від землі ногами і перекрутив заднє сальто. Таша задоволено плеснула в долоні.

— Воу!

— Піжон! — крикнув Люк і засвистів. Нік весело показав йому кулак.

— Позер! Горбатого могила виправить,— сплюнув Чіт. Усередині хлопця повільно росла агресія. Бісило, що всі навколо танцюють перед цією хамкою.— Було б перед ким вимахуватись...

— Так, добре,— Дейв одягнув футболку й кивнув дівчині.— Ташо, готова? Іди сюди, покажу тобі те, без чого не буває жодного трейсера.

---

[9] Портативна акустична колонка.

— Свій найбільший синець? — Дівчина підвелася з трави і приготувалася до гри. Чомусь усе, що відбувалося, нагадувало саме гру, от тільки вона ще не зрозуміла правил. Та й гравці підібралися цікаві. Білявий лідер-ідеаліст, кактус із замашками гопника, шкет із почуттям власної неповноцінності, красунчик-приколіст та загадковий брюнет, трохи відсторонений від реалу, для рівноваги. Прикольна в них команда. Дивно, що блонді з нею панькається. Але їй це тільки на руку.

— Основа паркуру — навчитися падати. Той, хто вміє падати, зможе навчитися літати.

— Цікава філософія, — протягнула Таша. Вона вже відчувала біль від удару об землю. А тут їй точно ніхто перину не підстелить.

— Ти краще вимкни свою іронію та включи мозок. Почнімо з азів. Спершу рол.

— Звучить як суші, — усміхнулася дівчина й мимохіть ковтнула слину. Вона відучора нічого не їла. Кляті нерви! Через хвилювання нутрощі скручувало тугим вузлом і не вдавалося проковтнути ані шматочка. Зараз шлунок нагадав їй про це голодним бурчанням. Нічого, вона вибереться з того болота. Вибереться й ніколи не повернеться!

— Смішно, — Дейв схвально кивнув. — «Загорецька» [10] по тобі плаче. Дивись, як це робиться. Присідаєш, голову підгинаєш під себе й перекочуєшся вперед через праве плече.

Дівчина кивнула і кілька разів слухняно повторила перекид, показаний Давидом.

---

[10] «Загорецька Людмила Степанівна» — одна з двох команд-переможниць третього Чемпіонату України з гумору «Ліга сміху».

— Добре. А тепер я покажу тобі ваулти[11] та дропи[12].— Давид усміхнувся й повів Ташу до кольорових коліс.

4

Спробувавши повторити трюки, які показав Дейв, разів зі сто, Таша почувалася геть розбитою та із заздрістю відзначала, як легко й невимушено рухаються інші, й навіть вайлуватий Пух, чи як його там? Трейсери перетворювалися на невагомі пружини, з легкістю долаючи перешкоди. Дуже хотілося начхати на все, піднятися й піти, чи впасти, розкинувши руки й ноги, і щоб ніхто не чіпав, або ж з розбігу шубовснути в холодне озеро. Таша відчувала, як одяг прилипає до шкіри — вона ще ніколи так не пітніла. Тішило тільки одне — завчасно обстрижені майже під корінь нігті. Легко було уявити, як уже рідна їй нарощена салонна краса загинається в протилежний бік чи видирається з м'ясом, зачепившись об залізяку. Дівчина вже перестала струшувати травинки й вибирати порошинки з коси, марно: після кожного нового ролу у волоссі з'являлася нова порція цього добра. Але легкість, із якою хлопці виконували всі ці викрутаси, зачаровувала, змушувала зі шкіри пнутися, щоб трюк вдався. А ще — насмішкуватий погляд Тараса, кожен рух якого ніби говорив: тобі тут не місце, визнай це врешті-решт і забирайся. Програвати Таша ой як не любила, тим паче — таким самозакоханим егоїстам. Дівчина потерла плече та знову пішла на розгін.

Чіт провів Ташу похмурим поглядом і сплюнув на землю. Гукнув блондина:

---

[11] Vault (*англ.*) — стрибок через перешкоду.
[12] Drop (*англ.*) — стрибок із висоти, з подальшим акуратним приземленням на ноги.

— Дейве, чуєш? Дай бинт!

— Лови! — хлопець кинув рюкзак другу.

Чіт хутко дістав потрібну річ і підкотив штанину. Він уже картав себе за те, що свідомо виробляв казна-що перед цією дівкою. Наче йому на зло після останнього стрибка в коліні щось неприємно хруснуло. Відразу згадалося торішнє дощове літо, коли після нового трюку нога поїхала по мокрій землі, і відчайдушний стрибун розтягнув передню хрестоподібну зв'язку[13]. Тоді хлопець мусив відмовитися від тренувань майже на два місяці. І що тепер — знову травмуватися? І через кого?

Дейв опустився поруч і штовхнув задумливого друга в плече, киваючи на захекану Ташу:

— Бачиш? Вона не безнадійна.

Дівчина саме спромоглася зробити майже пристойний дроп.

— Просто скажи, що ти на неї запав, — фиркнув Чіт, фіксуючи бинт металевими защіпками.

— Замовкни! — добродушно мовив Дейв. Проте в душі хлопець був згоден із другом. Заінтригувала, так. А далі час покаже.

— О'кей, вона цікава. І я бачу в ній потенціал.

— Ага, ага, — криво усміхнувся Чіт. — Знаємо ми таких... З потенціалом... — Хлопець затнувся.

— І що в цьому поганого? — до обговорення долучився Нік. — Прикольна мала. Колючка, прямо як наш Чіт, але ми знаємо, як із цим боротися.

— Ага, Чіт, рілі[14], чого ти бісишся? — Ніка підтримав Люк. — Ви що — знайомі?

— Уперше бачу!

---

[13] Передня хрестоподібна зв'язка є зв'язкою колінного суглоба та утримує гомілку від зсуву вперед і всередину.
[14] Really (англ.) — справді.

— Тоді заспокойся і будь нормальним. Збоку це тупо — щойно познайомилися, і вже звинувачуєш її в усіх смертних гріхах, — Дейв усміхнувся.

— Ну не всім же бути такими добрими, як ти. Треба тримати рівновагу, бро[15].— Чіт підвівся, присів кілька разів, розминаючи коліно, і попрямував до крайнього колеса.

Дейв схвально кивнув, смикнув себе за хвостик і підійшов до Таші.

— Можеш поки перепочити. Непогано виходить.

— Думаєш?

— Знаю. Сідай!— Блондин опустився на теплу резину.— Як враження?

— Чесно? Незвично, брудно, але класно! — Таша весело усміхнулася. Невпевненість у собі зникла вже з третім повтором ролу. Важко переживати, що про тебе подумають, коли зосереджена на траєкторії руху й відчуваєш тверду землю кожною клітиною свого тіла.— Ви давно тренуєтеся?

— З п'ятнадцяти — уже три роки. Люк — трохи довше, але він був одинаком. З нами лише другий рік.

— О, то ми однолітки. Цікаво... А як ваша команда називається?

— «Троя».

— Ого, фанати Гомера? — Таша гмикнула. «Троя», значить. Ну-ну. На Єлену вона явно не тягне, хіба на крейзі Кассандру.

— Ага, Сімпсона! Доу[16]! — хлопець усміхнувся кутиком губ.— Ти де вчишся, до речі?

---

[15] Bro (*англ., сленг*) — скорочення від brother — брат.
[16] «Д'ох!» (англ. D'oh!) (вимовляється «Доу!») — комічний вигук Гомера Сімпсона з анімаційного серіалу «Сімпсони». Гомер зазвичай каже так, коли він незадоволений собою, або робить щось дурне, чи коли з ним самим стається щось недобре.

— На міжнарі… Закінчую перший курс.

— Оу, круто!

— Ну… Може, для мажорів і круто. А я так — скромна бюджет-ниця, — дещо різкувато додала дівчина і відразу перемкнула увагу на хлопця. — А ти?

Дейв стиха гмикнув, помітивши нервозність дівчини. Цікаво, що її так чіпляє?

— Я на юрфаці у Франка, Нік теж там, тільки на географічно-му. Чіт на інформаційній безпеці в Політесі. Теж перший курс закінчують. Люк у меді, він іде вже на третій. Пух перейшов до одинадцятого класу, мітить в економісти.

— Ясно, — Таша кивнула. Різношерста компанія підібралася. Цікаво, що їх тримає разом? Тільки спільні тренування чи щось більше? — Слухай… А розкажи мені ще про паркур. Чому не акробатика? Там теж круті сальто. У чому фішка?

— Гм… — Дейв висмикнув травинку й почав її жувати. — Ба-чиш, усі, тобто просто люди, звикли жити в горизонтальному світі, а він насправді вертикальний. Гімнасти тренуються в залі, а такі, як ми, трейсери, — це вертикальні пішоходи.

— Воу, воу, чекай! — Таша виставила перед собою руки. — Ти мене зовсім заплутав.

— Хах, добре. — У сірих очах Дейва стрибали смішинки. — Спробую простіше. Дивись, ми ходимо вузенькими вуличками між будинків, витрачаємо купу часу, щоб дістатися з точки А в точку Б. Хоча можемо робити це набагато швидше, якщо перестанемо бачити межі. От будівля перед тобою — це межа. Паркан, гаражі, стіна, кіоск, магазин, гірка — усе, що трапляєть-ся на твоєму шляху, — межа, яку здебільшого обходить звичай-на людина. Для трейсера це перешкода. А кожну перешкоду можна подолати. Тому й вертикальні пішоходи, бо ходять не по землі — звичній горизонталі.

— Зрозуміло,— глибокодумно мовила Таша.— Ні, ні фіга не зрозуміло! А як же сальто? Я думала — це так, повимахуватися... Чи просто для кайфу від ризику і власної крутості?

— Ну-у... Не всі тренять акро. Взагалі основна фішка паркуру — якраз не вимахуватися. Це вже показуха. Просто рухаєшся, як зручно саме тобі. Будь-яку перешкоду можна подолати різними способами. От візьмемо цей паркан. Трейсер у голові може прорахувати, як максимально швидко й ефективно пройти його. Стрибок без рук, з руками, сальто — будь-що. Ти не можеш просто вивчити чужі рухи й бездумно їх повторювати. Мусиш вмикати голову і йти так, як хочеться тобі.

— Прикольно! Мені подобається!

Ташу переповнювали враження. Дейв із розумінням усміхався, спостерігаючи за вигуками дівчини. Сам був такий. От тільки азарт — штука підступна. Зараз може на адреналіні дертися на неприступні дахи, а післязавтра — згасне. Тут лише час покаже.

Хлопець ще трохи поганяв Ташу по простих трюках, а потім повів учитися долати паркани по пояс. Подумки схвально відзначав, як після кожної невдачі Таша встає та знову повертається на позицію. Уперта й терпляча — це плюс. Енергії багато — теж добре. Якщо знати, що з нею робити.

Спеку помалу змінювала спокійна прохолода. Навіть з'явився свіжий вітерець. Дихати відразу стало легше. Хлопці почали розходитися по домівках. Стомлена та брудна з ніг до голови Таша сиділа на гумовому колесі й пила Дейвову мінералку. Хлопець якимось дивом угадував кожен її крок, і цим змушував ще пильніше придивлятися до нього. Тепла вода наразі видавалася найсмачнішою у світі.

На стадіон на вечірню прогулянку помалу сходилися собачники. Двійко хаскі жартівливо кусалися, між ними гасав невтомний джек-рассел, дзвінко гавкав молодий рудий спанієль, намагаючись роздратувати незворушного добермана, а той навіть морди не повернув на веселого гавкуна. Господарі скупчилися у власний гурт. Одна жіночка бідкалася, що її Джус майже щотижня приносить кліща з прогулянки, а чоловік в окулярах завзято розповідав, як добре покакав його Артур тверденьким. І це після двотижневого проносу!

Таша похитала головою. Собачники завжди були ніби з іншої планети. Хоча так, певно, з усіма. Кожна група живе в окремому світі. Вона тепер от — із трейсерами. Чи надовго? Дівчина почувалася страшенно змученою. Більше, ніж після кільканадцяти підходів зі штангою в залі. Хоча... в залі акцент частіше ставився на теревенях із дівчатами і позирках у дзеркало, ніж на власних м'язах. Тільки не додумайся свій комбінезон на бретельках на таку трешу одягти. Хлопці, ясна річ оцінять, але й запитань побільшає. А запитання їй точно не потрібні. Принаймні зараз. Дівчина заздрісно дивилася на веселих трейсерів, які жартували між собою. Вони що, зовсім не втомилися? Таша відклала пляшку й вирішила зробити ще кілька дропів. На диво, страху перед землею поменшало. Наступний страх — перед небом.

— Ну що, завтра о другій під банком? — Дейв закинув наплічник за спину.

— Ага! — хлопці кивнули та обмінялися рукостисканнями.

— Ташо, ти будеш? Ми зустрічаємося біля банку за «Макдональдсом» на кільці, — Дейв повернувся до дівчини, яка сперлася руками в коліна й відсапувалася. Коли Таша підняла голову, хлопець прочитав у її очах запал. То він у ній не помилився?

— Буду, — Таша кивнула. Від вправ вона спітніла, і голова страшенно свербіла, але почухатися перед трейсерами чомусь було соромно.

— Красава! — Мажор простягнув Таші кулак і дівчина торкнулася його своїм.

Люк уміхнувся. То вона прийде ще! От і чудово. Літо починалося обнадійливо.

— Побачимося, дівчинко-трейсер, — він ледь утримався, щоб картинно не поцілувати їй руку. Чомусь до голови лізли лише дурощі з жіночих романчиків. Але це було б уже занадто. Тому просто дав Таші «п'ять».

Чіт тільки відмахнувся, як від набридливого комара. Хочуть із нею панькатися — їхні проблеми.

Пух твердо потис Таші руку. Хай приходить. Він іще придумає, як дотепно відповісти їй на жарт наступного разу.

— А ви всі з одного району? — запитала Таша Дейва.

— Та де! — Блондин хитнув головою. — Ми з Чітом із Сімсотки. Люк — сихівський. Пух біля Високого Замку живе. Нік із Лєванди. А ти?

— Я в центрі живу.

— Центрова, значить... У телеґрамі сидиш?

— Ага.

— Тоді давай номер.

Дівчина продиктувала цифри. Він попросив її номер! Отже, є шанс, що напише. Чи ні? Свого не дав, а спитати самій гордість не дозволяла. Телефон наче прочитав її думки й завібрував. Дейв усміхнувся, вбиваючи в айфон нове ім'я:

— Лови мій маяк. Тебе провести?

— Ні, сама дійду, — Таша заперечливо похитала головою так, що коса вдарила її по обличчю.

— Ну тоді давай! — Дейв усміхнувся і махнув на прощання рукою.

— До завтра!

Дивлячись услід хлопцям, які повільно віддалялися, дівчина нарешті смачно виматюкалася. Боліло все. На долонях почали виступати мозолі, які жоден крем для рук швидко не загоїть, на багатостраждальному плечі точно буде синець, і, здається, вона потягнула шию. Хоча й здавалося, що на ноги понавішували гир, на душі в Таші чомусь було легко та спокійно.

Вертикальний світ і вертикальні пішоходи. Дівчина пирхнула. Фантазії їм точно не бракувало. Шизонуті на всю голову, хоч і веселі. Зате їм було пофіг, хто вона та звідки. Майже всім. Рудий точно був би не проти, якби вони більше не побачилися. А цей Дейв... Так невчасно заліз у голову. Цікаво, що він про неї думає? І взагалі, нащо їй здався той паркур? Таша стиснула зуби та згадала відчуття польоту. Собі вона точно не брехатиме. Їй сподобалася, шалено сподобалася ця так звана вертикаль, а з нею й нове відчуття перемоги над собою. Як же круто переживати ці емоції з іншими — з тими, хто теж уміє літати. То нащо, кажеш? Та це ж єдиний вихід!

Розділ II

Траса з перешкодами

1

Сонце повільно виходило із зеніту, залишаючи по собі тягучу паркість. Небо огорнув напівпрозорий серпанок, схожий на туман, і тому воно вже здавалося не звично блакитним, а розмитим — сірувато-жовтим, наче акварель, ненароком залита водою. Так звані «марсіанські» мотиви і стрижі, куди ж без них? Серпокрилі птахи розтинали простір різким писком — постійною нотою в симфонії літніх міст. Повітрям ширився запах розпеченого асфальту. Надвечір, мабуть, прийде гроза.

Маленький сходовий майданчик розділяв навпіл довгі сірі сходинки, що спускалися метрів на десять донизу, аж до широкого поля з дерев'яною церквою, пам'ятником у центрі й невеличкою сосновою алейкою. Праворуч нагорі височіли три квадратні клумби, оточені широкими кам'яними бордюрами, одна нижча за іншу — немов довгі східці. А за ними, через дорогу від спорткомплексу, стояв готель із жіночим іменем — там завше селили спортсменів, котрі приїжджали на змагання. Клумби просили квітів, але на них росла лише витоптана трава, бур'яни, колючки й лопухи.

На бордюрі верхнього квітника сидів Люк у чорних джинсах і сірому спортивному бомбері із закасаними рукавами. Вчора він добряче погиркався з батьком через нічне сидіння за компом. І яке йому діло? Знову намагається вчити його життю. Ідіот! Той, хто сам анічогісінько в цьому житті не шарить. І хоча бажання забити на все й залишитися вдома було надто спокусливим, хлопець усе одно прийшов на тренування. На свіжому повітрі злість минала швидше, особливо коли знаєш, що не сам. Ну і ще — Таша. Щось новеньке за кілька тижнів стається у його звичному світі. Останніми днями хлопець дедалі частіше думав про неї. І зовсім не як про члена команди...

Брюнет зайшов у діскорд[17]. Із невеликого списку друзів терміново поговорити рвався MagS — тридцятирічний Макс із Вишгорода, який скидався на чотирнадцятирічного і голос мав відповідний — дитячий.

«Чувак, ти вже PUBG[18] тестив?»

«Ні. Варто?» — Люк усміхнувся.

Макс відслідковував топові ігрові новинки і першим підсаджував на них його. Хоча в одному вони розходилися. Макс грав у «Фіфу»[19] і навіть мав двісті тисяч фоловерів на своєму ютуб-каналі, проте ніяк не міг затягнути Люка на віртуальний футбол, як не старався.

---

[17] Discord (*англ.*) — голосовий і текстовий чат-додаток, розроблений спеціально для ґеймерів.
[18] Player Unknown's Battlegrounds, PUBG (*англ.*) — багатокористувацька онлайн-гра в жанрі королівської битви.
[19] FIFA (*англ.*) — серія відеоігор в жанрі футбольних симуляторів, що розробляється студією *EA Canada*.

«Схоже на «Контру»[20]. Зайди до GGstorm. Він її вже кілька разів стрімив[21]».

«О'кей, гляну».

Брюнет одягнув навушники та зайшов у стрім. На екрані смартфону виникло зображення чоловіка в джинсах і футболці з рюкзаком за плечима. Герой під керівництвом гравця бігав степом, збирав лут[22] і стріляв у інших гравців. Люк практично випав із реальності. Проте очі час від часу прочісували периметр, спостерігаючи за діями решти трейсерів.

Ліворуч від клумб, там, де закінчувався бордюр, можна було зістрибнути з двометрової висоти на землю, порослу ріденькою травою. Внизу, під самим бордюром, валялося кілька недопалків і порожня пивна бляшанка. На краю бордюру обличчям до квітинка стояв Дейв. Хлопець стрибнув, переходячи в ефектний бланш[23]. Приземлився за півкроку від пляшки та скривився.

— От же ж бидло! — хлопець вилаявся, підняв тару й відніс її до смітника. Його з дитинства вибішували люди-свині, які примудрялися перетворювати простір довкола на смітник. У глибині душі шалено хотілося спіймати когось на гарячому і добряче ткнути мордякою в його роботу.

Нік провів друга скептичним поглядом і знову втупився в екран телефона. Хлопець був у джинсових шортах та чорно-білій картатій сорочці поверх білої майки. Він стояв, спираючись

---

[20] Counter-Strike (англ.) — серія комп'ютерних ігор жанру шутера від першої особи. Контра — сленґ.
[21] Stream (англ.) — потік. Тут: пряма трансляція в інтернеті, відповідно, стрімити (сленґ) — вести пряму трансляцію.
[22] Loot (англ.) — здобич. Тут (ґеймерський сленґ): речі і здобич, необхідні для прокачування персонажа.
[23] Сальто назад без групування, з рівним тілом. Крутка задається махом руками. Виконується з висоти.

ліктями на бордюр середньої клумби. Вчора Нік узяв номерок у дуже симпотної брюнетки й від самого ранку вони постійно обмінювалися багатозначними смайликами. О, вона прислала фотку грудей. Ваще агонь! Нічого собі швидка! Хлопець настрочив довге повідомлення про можливе побачення, коли телефон знову пікнув новим повідомленням. Брюнетка скинула ту саму фотку, тільки не обрізану. Там було видно, що то зовсім не груди дівчини, а коліна, на які вона натягнула широку майку.

— Що за розводняк? — психонув Нік і вимкнув телефон, наштовхнувшись на роздратований погляд Дейва.— Задовбали!

— І не кажи,— кивнув Дейв.

— Так і живемо,— гмикнув Чіт, одягнутий в свої улюблені камуфляжні штани й широку футболку. Хлопець розігнався й одним затяжним стрибком подолав першу половину сходинок до майданчика.

— Пляшки — то фігня, їх бомжі збирають,— сказав Пух, скинув сандалі й перевзувся у кросівки. Він прийшов останнім: щойно вирвався від репетиторки після двох годин математики, навіть не пообідавши. І тому був дуже втомлений і голодний. Типовому гуманітарію ніяк не заходили цифри, але мама сказала: економічний — значить економічний. Шлунок хлопця вже перетравлював XXL-хотдог із заправки й картоплю фрі. Пух сховав сандалі в рюкзак і витягнув звідти круасан із шоколадом.

— Коли малий був, ми з родаками в центрі жили. Перший поверх. Щодня на підвіконні то сигаретні пачки, то пусті пляшки. Вікна били, двері під'їзду виламували. А коли якісь свята чи концерти — весь під'їзд обісцяний і в блювоті!

— Фу-у…— протягнула Таша.

Дівчина саме розминалася. Ноги — на ширині плечей, і вже звичні кругові оберти. Спочатку головою: до хрускоту в шийних хребцях і дещо приємного запаморочення, а потім — усією нижньою частиною тіла, так, ніби на талії висів обруч. У широких сірих штанах, кросівках і звичайній чорній футболці дівчина чудово вписувалася в компанію трейсерів. Вона тренувалася вже третій тиждень, і їй самій це надзвичайно подобалося.

— Можна ж було двері якісь броньовані поставити, кодовий замок там... Консьєржку посадити... — запропонувала дівчина.

— Хах! Та в нас нізащо такого б не зробили! — Пух розвів руками й запхав до рота круасан. Здавалося, йому ніщо не могло перебити апетит. — Ти знаєш, скільки на це бабла треба?

— Ну скільки? — Таша знизала плечима. У голові вже склалася чітка схема. Вона б точно такого не терпіла. Хіба це важко — піти й заплатити? Найняти прибиральницю... Дівчина перевела погляд на Пуха, потім на Дейва, який теж скептично хитав головою, і поквапилася змінити тему:

— Слухайте, а чим це пахне? Якоюсь травою, не можу розібрати...

— Не чую, — відповів Пух, ковтаючи прожований шматок.

— Травку почула? — реготнув Чіт.

— Ти що, балуєшся? Косячок проб'єш? — Нік скинув сорочку й потягнувся.

Усередині Таші все похололо. Та що він собі дозволяє?

— Ти дебіл? — різко кинула дівчина й відійшла від Ніка.

— Чого стартуєш? — хлопець здивовано підняв брови. — Це ж просто прикол...

— Забий, — Чіт кивнув Мажору. — Жіноча логіка!

— Так, я замахалася стояти, піду манкі потреню, — дівчина проігнорувала спантеличеного Ніка й обернулася до Дейва.

— Гаразд, — Дейв кивнув, перезирнувшись із Ніком. Останній здивовано стенув плечима — хто тих дівчат розбере? Дейв провів поглядом Ташу. Цікаво, чого це її так зачепило? Думки хлопця перебив Пух.

— Дейве, потренуй зі мною волспін[24]! У мене щось ні фіга не виходить...

— Давай, показуй,— усміхнувся блондин й підійшов до Пуха.— Що там у тебе не виходить?

Ілля показав про себе «Діано, це для тебе!», глибоко вдихнув і приготувався падати. Чіт розвалився на траві верхньої клумби, «підбадьорюючи» Пуха:

— Холодець свій під футболку сховай, трейсер!

Таша спустилася на майданчик між сходинками. Звичайний жарт Ніка її неабияк спантеличив. Заспокойся, істеричко! Травою їй, бляха, запахло. Ідіотка! Дівчина зупинилася біля бордюру. Висота середнього квітника доходила їй до грудей. Вона відійшла на кілька кроків: розгін додасть стрибку висоти. Видихнула та рвонула вперед — три кроки, долонями в бордюр і стрибнути. «Я не зможу»,— дурна думка раптом стрельнула в голові. «Не зможу». Але ноги вже відштовхнулися від сходинки. Таша спробувала зупинитися, але було надто пізно — дівчина добряче вдарилася гомілками об бордюр.

— С-с-с...— Таша зашипіла, як змія, відстрибуючи назад. На шкірі миттю з'явилася кров. Дівчина щосили стиснула кулаки.

Чіт перезирнувся з Ніком. Вони знали: такі травми на тренуваннях — не новина. Поболить і перестане. Пух ступив крок до Таші, але Люк, знявши навушники, збіг сходинками та опинився біля дівчини першим. Він поклав руку їй на плече.

— Ти як? — спитав Люк. Його дивувало: замість того, щоб образитися, дівчина, здавалося, розлютилася. І... Навіть не плакала? Серйозно?

---

[24] Волспін (англ. wallspin) — трюк, під час якого трейсер підбігає до стіни, вистрибує, упирається обома руками в стіну; обертається у площині, паралельній стіні. Зазвичай одна рука задає крутку, а інша опорна.

— Може, зганяти в аптеку? — додав Пух, наблизившись. Він сам мав найбільшу кількість синців і подряпин, тому дуже добре розумів відчуття дівчини.

— Відійдіть від мене! — процідила крізь зуби Таша. Місце удару пекло вогнем. Важко було витримати біль, а плакати на очах у хлопців не хотілося. Перша травма завжди була різкою й неочікуваною. Далі — легше. Треба просто перетерпіти кілька хвилин, і вона знову буде в нормі. Тільки щоб ніхто не намагався допомогти.

— Таш... — знову почав Люк.

— Бляха, я що, не ясно сказала? Не чіпайте мене! — Дівчина важко дихала. Злість від того, що її не слухають, росла щосекунди. Підійде ще хтось, і вона не стримається: вріже по сумній пиці!

Дівчина сперлася долонями на бордюр, дихання вирівнювалося, вона приходила до тями. Трусило її вже менше. Урешті біль майже вщух. Але ж *відчуття* сильно впливали на *почуття*. Емоції вляглися. «Нічого у світі не стається просто так», — подумала Таша. Дівчина спустилася й сіла на східці, роздивляючись рани. Та-а. Красунька, нічого й казати.

Дейв пильно дивився на Ташу. Інтуїція підказувала, що до дівчини зараз краще не наближатися. Хлопець подумки розсміявся. Та вона поводиться точно як він, коли щось собі зробить. Ненавидить, якщо над нею трусяться. Трейсер узяв рюкзак і присів біля дівчини. Дістав пачку вологих серветок і простягнув Таші:

— На.

— Дякую, — дівчина витягнула одну, торкнулася гомілки, здригнулася, та продовжила витирати кров навколо рани.

— Нічого. Зараз мине. Хочеш, заберу частину болю? — хлопець підсунувся ближче та стиснув вільну долоню Таші. Дівчина здивовано глянула на Дейва. Шкіра під його пальцями одразу стала гарячою.

— Е-е-е... — протягнула Таша. — Як це — забереш? — Від дотику Дейва думки про рану кудись зникли. Залишився тільки він і його рука. І те, що він сидів надто близько.

— Ти що, альфа? — Таші згадався Скотт Маккол із «Вовченяти»[25]. Дівчина на мить уявила себе героїнею підліткового серіалу про перевертнів і несподівано всміхнулася. Їй там хіба кенемою бути!

— Не знаю, що це, але ти вже не стогнеш. Усе вийшло. Розслабся, — Дейв легенько штурхнув її. — Тут можеш не прикидатися. Ми добре знаємо, як воно.

— Як воно — що?

— Бути слабким, — хлопець усміхнувся, прибрав руку, підвівся й пішов до клумби. Треба було терміново на щось відволіктися. Так, що там у нас? О, потренуємо супермена!

— Тобі вже краще? — до Таші підійшов Пух.

— Нормально. Чуєш, сорі, що я так різко... Люку, сорі! Дякую за турботу, — знайшла поглядом брюнета. — Просто ненавиджу, коли мене жаліють...

Дейв плеснув у долоні:

— Ну все, народе, ґо' на СКА! Ніку, лахи свої не забудь! — Дейв кивнув на сорочку.

— О, точно! — Нік зав'язав сорочку на поясі та штурхнув Пуха. — Чуєш, у тебе ще щось пожерти є?

— Нема!

— А якщо серйозно? — Нік підступно вихопив рюкзак у хлопця. — О, круасан!

— Це мій!

— Наш! — виправив Нік. — Я з тобою поділюся!

---

[25] «Teen Wolf» (англ.) — американський молодіжний містико-драматичний серіал 2011–2017 рр., знятий за мотивами однойменного фільму 1985 р. на замовлення телеканалу MTV.

Люк похитав головою, провівши поглядом Ніка й Пуха, одягнув навушники, де трек якраз перемкнувся на *Nirvana* — «*Drain you*», та піднявся сходинками, чекаючи на інших.

— А ті би тільки жерли! — Чіт крутнув із клумби бокове сальто та приєднався до Люка.

Таша підвелася і скривилася. Рани ще трохи нили, але вже не критично.

— Ти як? З нами? — перепитав Дейв, відчуваючи, що дівчину навряд чи зупинять подряпини.

— З вами, — кивнула вона.

2

Клумби залишилися позаду. Жовта триметрова стіна тягнулася аж до кінця вулиці й посередині, піднявшись до десяти метрів, ставала рожевою. За нею височіла іржава вишка і виднілися сірі стіни стадіону, зовні більше схожого на завод, ніж на спорткомплекс. Трохи лівіше був продуктовий магазинчик і прочинені ковані ворота, пофарбовані в блакитний колір. Чомусь туди ніхто не пішов. Таша хитнулася на носках, зробила крок до входу, але спинилася, помітивши хитрі погляди.

— Ви чого? Вхід там.

Дейв похитав головою.

— Нам не сюди.

— Через стіну? — Таша підняла брови. — І як я сюди вилізу? — дівчина скептично оцінювала висоту та власні можливості. Згадала про садна на щиколотках і скривилася. Вони серйозно думають, що вона зможе туди залізти? Дівчина озирнулася. Позаду був вхід у старий готель. Біля вантажівки, спльовуючи на асфальт, курили двоє чоловіків. Ще глядачів їм бракувало!

— Не парся, усе просто, — Дейв кинув Ніку. — Дивись!

Нік потер долоні, розбігся, зробив крок угору по стіні й учепився за край. Легко підтягнувся й опинився нагорі.

— Як два пальці! — кинув ошелешеній дівчині.

— Це називається вол-ап, — пояснив Дейв. — Тобі треба розбігтися, відштовхнутися від стіни й допомогти собі руками, витягуючи тіло вгору.

— Спробуй зліва — там нижче, тобі буде легше, — запропонував Люк.

Таша перевела погляд. Лівіше, під стіною, був шар землі, що робило її нижчою на півметра й відповідно — доступнішою для новачків. Дівчина зробила кілька підходів до стіни. На третьому їй вдалося виштовхнути себе руками вгору. Вона поклала лікоть на стіну, вкотре подякувавши собі за розтяжку, закинула на стіну ногу, потім другу.

— Вийшло! — Таша випросталася на стіні й подивилась униз. — Єй!

— Молодець! — похвалив Люк. — Тільки іншим разом не допомагай собі ліктями. Так хоч швидше, але можеш травмуватися.

— О'кей, — дівчина кивнула, мовчки матюкаючи кляту стіну, через яку вона вся у жовтій крейді. Наче у відповідь на слова брюнета лікті відчутно заниди разом із долонями, які вона подерла об стіну під час одного з підходів.

— Звертайся, — хлопець розбігся й за мить опинився біля Таші. Дівчина з готовністю кивнула, подумки зауважуючи його спритність. Блін, от що значить трейсер. Навіть джинси не заважають! Люк помітив вогник захоплення в очах дівчини і втішено усміхнувся.

— Бачиш, а ти боялася! — Дейв узяв Ташу за лікоть, і дівчина зойкнула. Люк прослідкував за рухом блондина й нахмурився.

Дейв обдивився подряпини на долонях і похитав головою.— На тебе серветок не вистачить.

Від згадки про серветки й дотик блондина вуха Таші почервоніли, а хлопець мовив:

— Ходімо.

Трейсери зістрибнули зі стіни й підійшли до іржавої вишки. Таша на мить затрималася, оглядаючи величезну конструкцію стадіону. Обшарпана споруда викликала дивні почуття. Перед нею чомусь хотілося схилити голову. Від стін повідпадали шматки штукатурки й було видно цеглу. Вгорі височіли старі іржаві перила. За ними мали би бути трибуни, мабуть, у такому ж стані, як і все інше. Таша потрусила головою, відганяючи дивні почуття. На мить здалося, що стадіон живий і просто спить. А зараз може прокинутися та струсити з себе всю іржу й порохи, відновлюючи колишню велич. Але стадіон продовжував спати.

Дівчина вилізла вслід за хлопцями пруттям вишки, пройшлася по бордюру й зістрибнула на трибуни. Зсередини стадіон був так само старим, хоча поле зеленіло, наче й не відчуваючи ваги всіх цих років.

— Цікаво, чому ним ніхто не займається? — запитала дівчина.

— А нащо? — відповів Нік. — Поле в нормальному стані, а верх... Кому за ним дивитися?

— Не розумію... Чому?

— Тут жодні серйозні матчі не проводяться. Хіба ігри другої ліги, на які ніхто не ходить.

— Сумно.

— Сумно. І шкода.

— А могли б!

— Так, але все одно сюди ніхто не прийде. Всі ходять на «Україну» або на «Арену».

— Ну й дурні. Це ж майже центр, усе близько, територія величезна та крута, усе таке зелене!

— Може, і так. Але що ми зробимо? — знизав плечима Нік.

«Що ми зробимо? — Таша замислилася. — У світі, де стільки ресурсів і можливостей. Невже реально нічого?»

На газоні стадіону запрацювала лійка, зрошуючи траву.

— Слухайте, а на поле можна? — Дівчина махнула рукою вперед.

— Хочеш, то йди,— стенув плечима Чіт. Хлопець зручно вмостився на лавочці й переглядав у смартфоні стрічку новин.

— І піду! — гмикнула дівчина і стала спускатися.

Люк, розкинувшись на лавці, стежив за її траєкторією. Буде дуже помітно, якщо він зараз піде за Ташею? Мабуть, так. Хлопець розслаблено відкинувся. На все свій час, поспішати нікуди.

— Ти що, знову у своєму інстаґрамі завис? — Нік штовхнув Чіта під бік.

— Тобі яке діло?

— Дай гляну твої селфачі. Фоткаєшся в туалетику перед дзеркалом? — Нік вихопив телефон і став клацати по екрану.

— Сюди дай, дебіл! — Чіт зірвався й потягнувся за телефоном, але Нік швидко відскочив на кілька кроків.

— Та ну... Жодної фотки. Нафіга тобі то? — хлопець погортав стрічку новин. Перед очима з'явилися яскраві дівочі фото з книжками, шкарпетками, білизною, світлини їжі та спортзалу. Нік задоволено гмикнув, вибірково оцінивши кілька профілів. Доглянуті, пещені дівчатка з макіяжем і бездоганними фігурками щедро ділилися своїм життям у різних позах. — О-о-о, то ти таки не безнадійний!

— Дай сюди, дістав! — злий Чіт відібрав телефон в усміхненого Ніка.— Придурок!
— І чого біситися? — Нік знизав плечима. — Ну прешся ти від інстаґрамних няшок. І?
— Закрийся, дебілоїд! — кинув Чіт.
Нік звернувся до Дейва.
— Що це з ним? Нервовий якийсь.
— Звідки я знаю? — Дейв пильно поглянув на Чіта. Хлопець сидів спиною до інших, і ця поза промовляла більше за будь-які слова.— Просто не чіпай його. Відійде.
Блондин стягнув резинку з гарячого від сонця волосся й помасував голову. Все нормально.

3

Таша збігла сходами на траву. Підставила обличчя холодним бризкам і весело засміялася. Вода підбадьорювала, прохолода змивала парку втому. Між струменями на сонці проглядалася веселка.
«Міс мокра майка!» — згадався грайливий голос чергового емсі[26] з закритого клубу. Що вона тоді намішала? Та все підряд: почали з мартіні, далі — *Jack Daniel's*[27] і шліфонули це все *Sierra Silver*[28]. Насамкінець, розігрівшись текілою-бум, одна з дівчат, здається білявка, вилізла на стіл і задерла на собі сорочку аж по груди. Хлопці залили їй текілу в пупок, за вухом присипали сіллю, а до рота вклали скибку лайма. І потім за схемою: сіль, текіла, лимон. Блін, та блонда хоч і хихотіла, звабно вигинаючись,

---

26 Master of Ceremonies, MC, емсі (*англ.*) — тут: ведучий вечірки.
27 Марка американського віскі.
28 Алкогольний напій, сорт текіли.

та скидалася на різдвяне порося, тільки замість яблука — лайм. Як же її звали?

Раптом Таша почула нові голоси з іншого кінця стадіону. Тонкий струмінь води нагло бризнув у обличчя, картинка від цього стала яскраво-розмитою, та дівчина помітила три високі фігури, що нізвідки з'явилися біля заднього входу. Час наче зупинився, відлуння розмови незнайомців долітали до вух різкими уривками. Таша чула щось про злодіїв, викрадену мідну електропроводку й обрізані частини огорожі. Мозок одразу видав чітке зображення наклейки на центральному вході — «Об'єкт під охороною». Від поганого передчуття в грудях похололо. А що як?.. Дівчина наче наяву побачила, як стоїть у колі охоронців і поліції та тремтячим голосом пояснює, що вона тут робить. А потім викличуть маму, і тоді всі дізнаються, що вона... Заспокойся! Ще нічого не сталося!

Таша озирнулася й побачила, що до неї таки біжать чоловіки в темній формі, на якій було чітко видно вишиту жовтою ниткою групу крові.

— Валимо! Сторож викликав охорону! — крикнув Дейв.

— Ану стояти! — почулося вже зовсім близько.

Таша спробувала ступити крок, проте ноги не слухалися. У голову лізли дурні думки про зброю. У охоронців має ж бути зброя! А якщо вони її просто тут застрелять? Хвиля паніки накрила з головою, здоровий глузд бив на сполох. Приїхала ти, дівчино. Скінчилися тренування. Скінчилася свобода. Змирися і піднімай руки вгору. До тями дівчину повернув різкий ривок.

— Ти чого стала? — Біля неї опинився Дейв. — Погнали!

Хлопець потягнув дівчину за собою нагору, перескакуючи відразу через три сходинки. Рука боліла, але цей біль змусив Ташу отямитися й увімкнути мозок. Трейсери добігли до краю стадіону, де закінчувалися ряди сидінь, і перелізли через металеві ґрати. Зовні до прямовисної стіни, що йшла по периметру стадіону, згори й до самого низу кріпилася металева конструкція з чотирьох паралельних залізяк. Центральні залізяки були одна від одної на відстані ширини плечей і довжелезною драбиною спускалися донизу.

— Давай скоріше! — підганяв Люк. Він опинився біля дівчини й відчайдушно намагався не опускати очей. Мокра футболка Таші підступно вималювала усі її округлості так, що пересихало в роті. М-да, давно в тебе дівчини не було, хлопче… Реагуєш, як підліток, який ніколи грудей не бачив!

— Як? — У Таші, що не здогадувалася про бурю емоцій Люка, всередині все похололо від думки, що трейсери збираються стрибати із семиметрової висоти. Але Дейв постукав по залізяках в центрі й кивнув.

— Так буде найшвидше. Я піду останнім. Давайте, рухом!

Нік перший переліз через паркан, уперся обома ногами в паралельні шпали й махнув рукою. Хлопець стрімко з'їхав униз, перебираючи руками по залізякам, і подав голос уже звідти.

— Чисто!

За Ніком з'їхав Люк.

— Давай, ти наступна! — Дейв кивнув Таші.

— Мені страшно!

— Ти тут, щоб перебороти свій страх. Давай!

— Та вона не зможе! — презирливо кинув Чіт. — Просто визнай, що ти боягузка, і лишайся тут! — Хлопець уперся обома ногами в залізяки так само, як Мажор, та стоячи поїхав донизу. Подумки він уже відчайдушно матюкався: якщо ця коза не зрушить з місця, на розборки доведеться залишитися усім. А йому тільки цього й бракувало!

— Я поїду, — кивнула Таша на запитальний погляд Дейва. Виявляти слабкість перед блондином не хотілося.

— Я в тебе вірю, — серйозно сказав хлопець.

Дівчина перелізла через огорожу, підбадьорюючи себе тим, що спуск коротший, ніж підйом, а внизу її страхують і все вмить закінчиться. Вона вперлася спиною в ліву залізяку, одну ногу підібгала під себе, а іншу вставила у протилежну залізяку. Спершу дівчина їхала повільно, перебираючи руками по металу, але, зачувши смішки Чіта, спалахнула і, розтиснувши пальці, практично злетіла вниз, загальмувавши вже перед землею.

— Ловлю, — подав Таші руку Люк. Він уже встиг опанувати себе і майже не хвилювався, але бажання торкатися дівчини не зникло. Таша вдячно всміхнулася. Знову він її страхує.

— Давай, там іще Дейв залишився, — знервовано нагадав Чіт.

Таша відійшла від залізяк, намагаючись заспокоїтися. Ноги ще підгиналися від хвилювання. Але вона зробила це. Зробила!

Біля неї зістрибнув Дейв:

— Ти як, у нормі?

Дівчина швидко кивнула.

— Тоді вперед! Бігом, бігом!

Хлопці рвонули вулицею, а Таша намагалася не відставати від компанії. Тільки коли громадина стадіону лишилася далеко позаду, вони зупинилися.

— А що, нас реально могли здати поліції? — перше, що спитала Таша, оговтавшись після вимушеного спринту.

— Ну, так, — кивнув Нік, витираючи чоло рукавом сорочки. — Мєсна гопота вкупі з бомжами тут часто краде проводку й метал. Тому дядько не церемониться: натиснув кнопку на пульті — і все. А охоронці довго не думають. Кажуть, їм навіть премії дають за хуліганів. Тому можуть «гумою» по ногах пальнути. Це не смертельно, але, повір, ду-у-уже неприємно.

— У когось із вас стріляли? — поцікавилася Таша.

— Нє, але могли! — не втримався Чіт і зиркнув на Пуха.— У таку мішень гріх не влучити!

— Припини! — махнув рукою Люк.— Чуєте, а пішли в «Мак»? Я жерти хочу. Народе, ви як? Ташо?

— Е-м-м... Я, напевно, пас.— Дівчина старалась не дивитися в очі Люку.

До Таші підійшов Нік і весело підморгнув:

— Та чого? Чи ти на дієті?

— Та їм я усе,— трохи знервовано усміхнулась дівчина, перебираючи в голові найпереконливіші відмазки.— Просто...

— Просто...

— Напряг із баблом? — із розумінням підказав Нік.

— Щось типу того... — кивнула дівчина. Щоки миттю почервоніли від сорому. Чому так важко в цьому зізнаватися? А зараз давай, скажи всім па-па і йди, не обертаючись.

— Ну то ходи, ми з тобою поділимося! — Дейв кивнув у бік кафешки.— Може, Нік нарешті схудне.

— Я стрункий, як газель!

— Як олень,— реготнув Чіт.

— И-и-и-и-и! — скопіював рев оленя Нік.

Таша не рухалася, стискаючи кулаки в кишенях. Вони справді за неї заплатять? За майже чужу дівчину? Та вона ж їм ніхто. Чому вони такі... Добрі? Чому досі важко повірити, що все буває інакше?

— Ходи, розберемося,— кивнув Люк. Щоправда, він би не відмовився, якщо б не пішли всі, окрім неї. А питання з баблом вже якось вирішать.

— Пішли, пішли! — Пух схопив її за руку. — Я хочу полуничний макфлурі! А ти яке морозиво любиш? Скажи, я тобі куплю!

— Я більше по бургерах, — розсміялася дівчина. Пух зміг розрядити обстановку, і вона вже не так ніяковіла. Зрештою, о'кей, можна спробувати разок. А далі — побачимо.

— О, наш чєловєк! — Нік плеснув дівчину по плечу. — Давайте, рухайтеся, а то я почну гризти когось із вас.

— Ганнібал Лектер[29], — пирхнула Таша.

— А що, є самнюха? — Нік загрозливо клацнув зубами.

У Чіта в кишені завібрував телефон. Хлопець дістав його, глянув на екран — там висвітилося «К». Чіт спохмурнів і натиснув відбій.

— То ти йдеш? Чи тебе закинути на плече й донести, як принцесу? — жартома запитав Дейв.

— Ні-ні! — Таша уявила собі таку перспективу. — Уже йду!

Дівчина потрусила головою, позбавляючись зайвих думок, і побігла за хлопцями. Може, справді існує інший світ? Тільки б його не втратити. Що буде, коли вони дізнаються про її брехню? Таша заборонила собі думати про це. Бо відповідь була очевидною. Зненавидять. Проженуть. На цьому крапка. Тому, поки ще можна, вона трохи побуде з ними. Поки ще можна.

4

У «Макдональдсі» було галасливо. Від порогу атакував апетитний запах смаженого. Менеджери в сорочках з однаковими усмішками пропонували додаткові соуси й напої.

---

[29] Hannibal Lecter (*англ.*) — вигаданий персонаж американського письменника Томаса Гарріса. Вперше з'являється в романі «Червоний дракон». Блискучий судовий психіатр, серійний убивця й канібал.

Зі сміхом і жартами компанія вмостилася за столиком біля вікна. Хлопці миттю заставили його паперовими стаканчиками з колою, коробочками з картоплею із соусами і бургерами. Таша сиділа за столиком і не знала, куди себе подіти. Врешті Дейв підсунув до неї гамбургер:

— Це твій! Бери, не стидайся, ми переживемо твоє чавкання!

Дівчина розсміялася. Блін, він знав, що вона сама нічого не візьме, навіть останнього захололого шматочка картоплі. Чорт! Як він це робить?

— Дякую, — Таша кивнула й відкусила від бургера. Уже сміливіше потягнулася до коли, ковтнула, але напій чомусь потрапив не в те горло. Дівчина зайшлася кашлем. Це ж хто їй пошкодував?!

— По спині постукати? — запропонував Чіт. Але вже якось без злості. Після двох біг-маків настрій хлопця стрімко поліпшився. До Таші він усе ще ставився з пересторогою, але нестримне бажання придушити її тут і зараз десь поділося.

— Ні, дякую, ти мені хребет відіб'єш! — усміхнулася дівчина.

Люк гортав плейлист у телефоні. Увага Дейва до Таші хоч і була дружньою на вигляд, усе одно псувала настрій. Але ділитися своїми сердечними справами з капітаном він не збирався, тому поки що міг тільки спостерігати. Але це ж тільки — поки що.

Мажор потай свиснув зі столу макфлурі Пуха й утікав під обурливі крики власника, ложка за ложкою поїдаючи полуничне морозиво, поки Чіт, підступно посміхаючись, не підставив йому підніжку. Нік упав на якихось двох дівчат, забризкавши їх морозивом. Дівчата почали лупити ошелешеного хлопця сумками, одна навіть вилила на нього свій сік. Таша реготала, дивлячись, як незграбно вибачається Нік, і сам ледь стримуючи сміх, а Пух стоїть над ним із виглядом справедливого судді.

— Миколайко все бачить, — пирснула й собі. Дівчина доїла бургер і на хвилі гастрономічного натхнення взяла кілька шматочків картоплі та нагетсів, умочаючи їх у кетчуп. Вона потягнулася за серветкою і зустрілася з поглядом Дейва.

— Смачно? — хлопець кивнув на піднос із їжею.

— Ага, — Таша усміхнулася. Їжа і дружня атмосфера сприяли розмовам. Точніше, хотілося послухати когось. Коліно Дейва майже торкалося її коліна. Голоси та звуки ставали загальним фоном. Сидіти отак поруч із блондином було приємно. Аж занадто. Таша хитнула головою, проганяючи романтичний флер, і обернулася до решти:

— Народе, а що з вами траплялося екстремального на паркурі? Втікали від когось? Проблеми з поліцією? Типу як у фільмах. Розкажіть щось із цікавого!

— Із цікавого... На Ратушу лазили, — усміхнувся Нік. — Це давно було... На ній там щось ремонтували і поставили балки. Ну, ми тоді бігали по місту. Збиралися о четвертій ранку, поки на вулицях порожньо, і ганяли. А тут — балки та Ратуша. Подумали, що буде прикольно вилізти. Ну, ліземо ми такі, все о'кей, а тут переді мною відсувається штора, і якась прибиральниця починає мити вікно шваброю.

— Ого! — вигукнула Таша.

— Ну, та'! Ми думали, що нікого о четвертій там не буде. Так от... Я бачу, як вона щось кричить, і думаю: *зараз нам капець*; і ми давай по шурі злазити. Комусь на голову наступили, когось у спину копнули — повний хаос. У мене потім повна голова піску була!

— Ага, — додав Дейв. — Я ще тоді з охоронцями довго розмовляв. Пояснював, що ми нічого такого. Народ про паркур нічого не знає. Думає, що ми так — хулігани.

— Вандали! — смакуючи слово, вимовив Пух.

— А ще що було? — Таша сперлася підборіддям на долоню й вичікувально дивилася на хлопців.

Нік оглянув друзів.

— О, а пам'ятаєте, як Чіт провалився в гаражі?

— Точно! — підключився Пух. — Я розкажу!

— Та розказуй, мені пофіг… — відмахнувся Чіт.

— Ми полізли на гаражі, — від хвилювання Пух ковтав слова. — Чіт ішов перший. Вирішив перестрибнути з одного гаража на інший і…

— По пояс провалився. Там дах прогнив, — пояснив Нік. — Мало того, що заліз у чужий гараж, так ще й упав просто за кермо такого ж прогнилого запорожця. Ми його ще потім з місяць гонщиком кликали, скажи?

— Що було, то було, — відказав Дейв. — А як ми в садок ходили?

— Ага, нас звідтам стоп'ятсот разів вигнати намагалися, — гмикнув Нік. — Тільки де там тим бабусям за нами бігати? Хіба плюватися в нас і кляти до п'ятого коліна! Я аж сам пару словечок запам'ятав, ось зара'… — І хлопець швидко заговорив надтріснутим старечим голосом: — Ай ті, холеро ясна! А щоб чорти ті побрали, трясця твоїй матері, нехристи, вишкребки, псубрати!

— А-ха-ха! Псу шо? — Таша ледве могла розігнутися від сміху: так вдало копіював Нік якусь розлючену бабусю. — Як же ж вони хотіли вас позбутися!

— Так вони й додумалися, — відсміявшись, проказав Нік. — У садок тільки один хід — через паркан. Його перестрибнути на морозі. А ті кози його мазутом змастили!

— О, в Ніка того дня були такі білі штани-и-и… — додав Чіт.

— І як я мав той мазут відпирати? Довелося викинути. Мамка так верещала, капець. Вона тільки-но їх купила… Блі-і-н, — простогнав Нік. — Класні штани були!

— Після того Нік у білому не тренить, — завершив Дейв, а всі вже сміялися.

— У нас постійно якісь приколи, — Люк стенув плечима. — У паркурі або ти вертикаль, або вона тебе.

— Фу, як пафосно! — оголосив Нік і помахав рукою.

— Сорян, як уже вмію, — розвів руками хлопець. — І коли ти — то це круто, а коли тебе — смішно й травматично.

Тим часом Таша підсунулася до Люка і шепнула йому на вухо, так що хлопець смикнувся від її дихання.

— Чуєш… Я тут помітила… М-м…

— М-м? — хлопець напружився.

— У тебе на вусі зубна паста. Сорі, ще з ранку хочу тобі сказати, але щось туплю…

— А-а… Ага… Дякую. — Люк схопився з місця і прожогом рвонув у туалет, викликавши регіт у друзів: мовляв, бідний, довго терпів.

Подумки брюнет чортихався. Шепіт Таші звучав надто інтимно. Зубну пасту вона помітила… Добре, що волосся прикривало червоні кінчики вух, а то ще цього йому бракувало.

5

Блакитне небо поступово втрачало колір. Спека минула. Команда веселилася, згадуючи смішні історії. Дейв задоволено кивав. Таша легко вписалася в компанію. Подумалось, що він її таки поважає як дівчину. Хлопець скоса глянув на чорнявку, яка весело сміялася. А в неї ямочки біля губ, коли сміється. Мило… Дейв похитав головою. Зізнайся, хлопче, вона тобі подобається. Внутрішній голос завжди звучав так єхидно? Та не може бути! Дівчина як дівчина. Пацанка, ну вперта, ну цілеспрямована, добра, мила, коли всміхається, і така беззахисна… Особливо коли сьогодні приклалася об бетон. Блін! За що це йому? Він же стільки разів казав собі: жодних шурів-мурів у команді! Це точно добром не закінчиться! Тим паче, що вона до нього ставиться просто як до друга. Вона з усіма однаково тримається, нікого не виділяє… Які шанси? О Боже, тільки не кажи, що ти вже думаєш про якісь шанси?!

Компанія вийшла з «Макдональдса» й повернула в бік дому, чекаючи на Ташу, яка ще забігла в туалет.

— Народе, скоро дощ піде… — Нік дивився на небо, в якому загрозливо клубочилися сіро-чорні хмари. Хлопець підняв комірець сорочки й запхав руки в кишені.

Пух здригнувся й розкрив наплічник.

— Чуєте… У мене парасоля є. Я можу поділитися…

— Залиш собі, — махнув рукою Чіт. — Треня під дощем?

— Хіба хочеш поламатися? — Дейв знизав плечима.

Нізвідки подув холодний вітер. Таша вийшла з кафешки й затремтіла. Дівчина не відразу помітила, як на її плечах опинилася чиясь куртка.

— Нащо ти… — вона наштовхнулася на добру усмішку Люка, затнулася й кивнула. — Дякую.

— Потім подякуєш, — загадково сказав Люк. У хлопця в голові вже зародився чудовий план. Дорога-зупинка-дощ: ідеальні умови для трохи більше, аніж дружнього спілкування. — Давай проведу тебе…

— Та не треба, дякую… — Таша хитнула головою.

— Що ти роздякувалась тут? — Люк перебив дівчину та схрестив руки на грудях. Не тягнути ж її за собою силоміць. Тут потрібна хитрість. — Що… Хочеш свиснути мій бомбер?

— Ні, що ти! — розгубилася Таша.

Во-оу, то Люк до неї заграє? Серйозно? Блін! Ну чому коли ти дівчина, завжди мають бути якісь проблеми? Непотрібних зізнань і подальших образ ще бракувало. Чорнявка усміхнулася й почала знімати курку:

— Давай я краще тобі її відразу віддам, щоб ти нічого собі не вигадував...

Люк поклав руку дівчині на плече та трохи підвищив тон:

— Так, не вимахуйся, доведу до зупинки — і бай-бай. Ти що, мене боїшся?

Запитання прозвучало як виклик. От зараза, знав, на що тиснути!

— Добре,— Таша напружилася. Ніколи не любила, коли на неї тиснуть, навіть із добрими намірами.

Люк підійшов до хлопців. Всередині нього все співало: хто молодець? Він молодець!

— Усе, давайте!

— Па-па, хлопці! — попрощалась Таша, і вони з Люком рушили до зупинки.

— Ви куди? — гукнув Дейв. Чомусь вигляд цих двох разом йому не сподобався.

— Я її проведу,— Люк вказав поглядом на Ташу. Нічого ж кримінального, правда? — Ну, до завтра?

Блондин повільно кивнув, збираючись на думці.

— До завтра.— Дейв постарався розслабитися. У сірих очах промайнула тінь. На мить Таші здалося, що він хоче їй щось сказати, але хлопець обернувся й рушив уперед. Швидкий крок перейшов у біг, наче Дейв перетворився на вихор. Хлопець рвучко перелетів через перила й помчав по вулиці.

— Дейве, чекай! Давайте! Па! — Нік і Чіт попрощалися з Люком і Пухом, кивнули Таші й побігли за капітаном. Пух стенув плечима, дістав парасолю, махнув рукою й повернув в інший бік. У кишені вібрував телефон. І він знав, що за напис висвітиться на дисплеї. «Мама». Мама зараз розпитуватиме, як пройшло заняття в репетитора. А який репетитор, коли в голові пригоди, екстрим і висота? Останнім часом удавати гарного сина було дедалі важче.

6

— Ти куди помчав? — Хлопці зрівнялися з другом. Від швидкого бігу вони хапали ротом повітря. Дейв раптом зупинився. Його осяяло. Удавано весело хлопець сказав:

— Я думаю, ще можна трохи пострибати.

— Рілі? — запитав Нік.

— А що? — Дейв нервувався, зокрема від того, що не розумів, чому саме. Ну підуть вони на зупинку, то й що? Бляха, візьми себе в руки!

— Нічого. Тоді без мене — маю плани на вечір. — Нік попрощався та рвонув до зупинки.

— Оце по-нашому! — Чіт потер руки. — Завжди хотів пострибати під дощем.

— Що б я без тебе робив? — Дейв штурхнув друга в плече. Над головою збиралися хмари. Чи в душі?

— Давай до банку? — запропонував Дейв. Чіт радо кивнув. Коли йшлося про небезпеку, його не треба було довго умовляти.

Тільки-но хлопці звернули за ріг, як з неба посіявся дощ. Він із голови до ніг промочив двох трейсерів, які прямували до споту. Перехожі, озброєні парасолями, поглядали на диваків скоса. До дощу додався холодний вітер. Кросівки понабиралися водою і сумно хлюпали з кожним кроком, футболки поприлипали до тіла, а шкіра вкрилася сиротами. Проте хлопці не зупинялися.

Біля банку Дейв відчув полегшення. Раптова злість вщухла. Пробіжки виявилося досить, щоб відпустити зайві емоції. Хлопець сперся на стіну й заплющив очі.

54

— Ти чого, бро? — Чіт підійшов ближче. Хлопець важко дихав. Короткий спринт під дощем йому сподобався.

— Я в нормі.— Дейв подумки вилаявся: він що, реально збирався стрибати під дощем? Що це на нього найшло? Хлопець важко зітхнув.

— То ми тренимося, чи як?

— Я щось перехотів, сорян³⁰…

— Я так і знав! — Чіт штурхнув друга в плече.— Прєдатєль!

Але Дейв не зважав, міркуючи про щось своє. Чіт здригнувся. Повітря відчутно холоднішало.

— Хочеш гон³¹? — запитав хитро Чіт. — А ти не думаєш, що Люк запав на Ташу?

— З чого ти взяв? — Дейв знову напружився. Це що, реально видно, а він, як лох, усе помічає останнім?

— Ну він майже силою потягнув її на зупинку, ти не бачив?

— Силою? — хлопцю сподобалося, що зауважив друг, і він широко усміхнувся.— Тоді нема чим перейматися.

— Ага. Тільки це ні фіга не круто. Він же тільки про неї й думатиме, а про нормальні трені можна забути. Це ж ні на чому не зосередишся — в голові самі соплі.

— Та-а, на концентрацію це точно впливає,— кивнув Дейв, згадуючи власні думки про Ташу й бажання трюкачити під дощем.— Ну, побачимо. Висновки ще рано робити. На сьогодні все. По хатах.

— Нам взагалі-то в один бік, чувак!

— Я ще трохи тут побуду.

Дейву раптом перехотілося кудись іти. Краще вже остаточно остудити почуття, що розігралися не на жарт. Під дощем було

---

³⁰ Від sorry *(англ.)* — вибач *(сленг)*.
³¹ Прикол, жарт *(сленг)*.

спокійніше. Це вже стало звичкою — переживати внутрішню бурю наодинці. Тоді ніхто не постраждає. Від зайвих емоцій завжди проблеми. Якщо шкодиш сам собі — це нормально, натомість інших це не торкнеться. Тому блондин з дитинства обирав оптимальний спосіб — тримав усе в собі. З часом емоції вщухали, і друзям нічого зайвого не перепадало, не відбивало-ся на стосунках із батьками. Зручно.

— Як скажеш, — Чіт став поруч, але відразу підскочив: із сусідньої труби на нього вихлюпнулося добрих піввідра води. — Блін, мокро й холодно. Скільки ти тут стирчатимеш? Пішли звідси!

— Відчепись!

Чіт дав другові легкого шпіца[32].

— Ти що робиш? — Дейв зойкнув від несподіванки.

— Допомагаю тобі визначитися! — Чіт відскочив на безпечну відстань. — Якщо ти завтра зляжеш, хто проведе занудне тренування?

— То я зануда? — Дейв відкинув волосся назад і подивився на друга.

— Ну не я ж! — Чіт почухав вухо, струшуючи краплі. — Ходімо, завалимось до мене, подивимось трейсерські влоґи! Там чуваки ловили мавп, щоб із ними пострибати.

— І що, зловили?

— Хто тих мавп знає! Давай, хто перший! — Чіт рвонув уперед. Дейв похитав головою й кинувся за другом. У голові роїлися думки. Дощ розворушив старі спогади. Не надто приємні. А щодо Таші... От тільки чи йому це треба? Хлопець похитав головою й перелетів через величезну калюжу. Будь що буде!

---

32 Копняк (*сленг*).

Розділ III

Дно

1

Віддалений гавкіт собак то затихав, то знову гучнішав, але було важко визначити, звідки лунають ці звуки. Чіт сидів на краю даху дев'ятиповерхівки спиною до висоти й інколи озирався, звикаючи до такого положення. Те, що задумав хлопець, нагадувало роботу працівників клінінгових компаній, сучасних спайдерменів, які натирають пластикові вікна на фасадах висоток. Та, замість надійної підтримки широких линв із лискучими застібками-карабінами, у Чіта були тільки помаранчеві рукавиці й товстий канат, закріплений одним кінцем до «вуха» бетонної панелі на даху.

Хлопець приготувався до стрибка. Він дугою вигнувся над краєм і від того мотузка напнулася струною. Ноги спрацювали як дві пружини. Жовті вантажівки, припарковані біля під'їзду, значно наблизилися. Коли хлопець різким рухом опустився на балкон дев'ятого поверху, зверху почувся металевий дзенькіт.

Канат у руках послабшав. Адреналін зашкалював. У скронях гупало, наче там свердлили величезним перфоратором. Хлопець вилаявся й запустив канат донизу, стягнувши його з даху разом із обірваним «вухом» панелі. Мінус один.

Шлях до відступу був закритий. Залишався єдиний вихід: дістатися місця, використовуючи перила балконів як сходинки. Сьомий поверх зустрів уже досить обнадійливо. Ігноруючи страх, Чіт продовжив спускатися, намагаючись якнайменше шуміти. Юнак зависав у повітрі, хапаючись за найбільш приземкуваті частини лоджій, розгойдувався і, відпускаючи хватку, залітав до нижніх балконів.

Будинок умовно розділився на дві частини: уже подоланий шлях і той, що попереду. Чіт відсапувався, обпершись на кований парапет. Рукавиці залишилися на підвіконні. Долоня ковзнула до пластикової клямки, і надія справдилася: двері до квартири були відчинені. Чіт відчув, як усередині все стиснулося, формуючись в один чутливий нерв.

Поміркований мінімалізм впадав у вічі — стіни в стилі лофт, мінімум меблів, до того ж застелених поліетиленовою плівкою так, наче власники були в довгій відпустці або взагалі змінили місце проживання. Тривога зростала, і Чіт ніяк не міг позбутися відчуття заведеного таймера, що відраховував останні секунди. Треба було поквапитися. З легким рипінням відкрилася шухляда, зачепивши плівку, і щось із дзенькотом упало, ударившись об дорогий ламінат. Відразу ж посилився гавкіт, який від самого початку переслідував хлопця. Чіт кинувся до дверей і раптом жахнувся, виявивши, що їх узагалі немає — замість виходу на балкон перед хлопцем викрашалася величезна картина на всю стіну із зображенням штормового моря. Позаду пролунав різкий звук, схожий на шкрябання. Почулося гарчання. Чіт обернувся, готовий побачити розлюченого звіра. Але замість собаки за ним стояла жінка. Вона ошелешено подивилася на нього й раптом схопилася за серце.

— Тарасику, синку… Що ж ти робиш?…— Голос матері зірвався. Вона заточилася і почала падати.

— Мамо! — Чіт кинувся до жінки і… прокинувся.

Хлопець сидів у ліжку з витягнутою рукою. Його трусило. Сон видався надто реальним. У горлі пересохло. Намагаючись не шуміти, щоб не розбудити маму, Тарас прокрався на кухню і видудлив півчайника. Від води хлопцю трохи полегшало. Він повернувся в ліжко, зняв телефон із зарядки й увімкнув вай-фай. Серійку «Останньої людини на землі» — і можна буде спати. Головне — вчасно перемкнути мозок. І сон назавжди залишиться сном.

2

Тарас ліниво водив ложкою по борщу. Ложка описувала повільні кола, рухаючись густою сметанною поверхнею, наче плесом. Кола були, як у колодязі з дитинства, в селі, де жили дідусь і бабуся, чиїх облич не пам'ятаєш. Глибока темна криниця, що нею тебе постійно лякали і куди ти часом хотів упасти, аби тебе ніколи не знайшли. А деколи ти вірив у диво й кидав туди монетку, загадуючи бажання. Хоч одне здійснилося?

— І чого ми там возимо? — Марія, Тарасова мама, дивилася на сина, підперши рукою підборіддя. — Це ж твій улюблений. Чи на паркурі тепер голодують?

— Паркур тут ні до чого, — буркнув хлопець.

Жінка усміхнулася. Їй подобалося, що Тарас займається спортом. Спорт загартовує характер, і менше часу залишається на дурощі. Тим паче в компанії гарних друзів. Що Давид, що

Микита були хорошими, їх вона знала вже давно. Та й новеньки, Лука та Ілля, теж. А ще дуже тішило те, що хлопці не зважали на вік і фізичну форму. Давид часто казав, що кожен починає з нуля. Просто нулі різні, як точка відліку. Марія навіть за власної ініціативи переглядала трейсерські відео і вивчила назви деяких трюків, часом загадуючи їх у розмовах із сином. Тарас відмахувався, але вона бачила, що йому приємно. Хоча б одному сину пощастило з компанією.

Жінка зітхнула. Сьогодні в неї вихідний. У голові вже склався чіткий план: запустити прання, приготувати їжу на тиждень, поприбирати в кімнатах, потім на кухні, помити підлогу. Вихідний на те й вихідний, щоб доробити всі домашні справи. Опісля можна буде почитати в ліжку з кавою та рогаликами з повидлом. Рогалики! Треба не забути напекти рогаликів!

— Ма', а ти не хотіла б переїхати? — Тарас відсунув тарілку й поклав голову на складені руки.

— Куди? — жінка всміхнулася. Слова сина перервали її думки про випічку.

— Ну я не знаю... До моря?

— До моря — хіба лишень помріяти. Це ж скільки грошей... — Марія зітхнула.

У голові відразу промайнув рядочок цифр із нулями. Це скільки ж треба відкласти, щоб просто поїхати до моря? А щоб переїхати? Вона за все життя стільки не заробить...

— А якщо не мріяти? — Тарас стиснув пальці в кулак.

Розмови з мамою часом заводили в глухий кут. Вона завжди насамперед думала про гроші. Її навіть нереально було кудись запросити: щойно жінка бачила ціни в меню, нервувалася й шепотіла, що це надто дорого і вдома приготує таке ж саме. Вона досі вважала, що стосунки з батьком погіршилися саме через гроші. Кляті папірці!

— Ой, сину. Такі запитання в тебе цікаві… А робота? А твої друзі? А мої колежанки? Про що ти? — Марія встала з-за столу, взяла свою тарілку й підійшла до мийки. Шум води приглушив її слова. Зайняти руки, щоб звільнитися від думок, — це завжди працює. І змінити тему — ще краще. — А твоє навчання? Тобі ж так подобається програмувати!

— Ну, нормальні універи є всюди. Можна перевестися… Чи взагалі вчитися на заочці й нікуди не переводитися. Головне — бажання. Та й робота в мене буде така, що байдуже, де жити. І тобі не обов'язково працювати. У мене вже з осені непогані замовлення намітилися.

— Ти ж мій годувальник, — мама усміхнулася. — А чим тобі наше місто не догодило?

— Я думав… Ми тут уже так давно, а могли би бути зараз десь в іншому місці…

— Ти що, знову посварився з Давидом? Що трапилося?

— Нічого, ма'. Ну чому завжди має щось трапитись? — Хлопець підвищив голос і з гуркотом відсунув стілець від столу. Зачепив ложку, і вона впала йому під ноги.

— Підніми, будь ласка, — попросила мама, продовжуючи мити посуд.

Тарас зітхнув, поліз під стіл, але коли піднімався, добряче тріснувся потилицею об кут стільниці.

— Бляха! — вигукнув, схопившись за голову. Злість разом із образою накотила хвилею й шукала виходу. Хлопець підвівся й гупнув кулаком по стільниці. Тарілка жалібно дзенькнула й ледь не перекинулася, з неї на скатертину вихлюпнувся борщ.

— Та що з тобою таке? — мама різко обернулася. У її голосі звучало занепокоєння. Вона витерла руки об фартух, підійшла до сина і провела долонею по чолу. — Ти можеш мені сказати. Я мушу знати, коли щось не так. Я ж хвилююся за тебе.

Тарас ледь стримався, щоб не обійняти маму. Здоровий глузд підказував йому, що так і до справжньої істерики недалеко. Хлопець змусив себе заспокоїтися.

— Нічого. Я просто вдарився. Вибач, ма', — він поцілував її в щоку й вийшов із кухні.

— Ти куди? А борщ?

— Потім доїм.

— Тарасе! — Марія зупинилася у дверях. Хлопець саме взував кросівки.

— До Володі підеш?

— Ні.

Жінка зітхнула.

— Він же твій брат...

— І що? — Тарас зухвало глянув на матір. Вона відвела погляд. — Правильно, жалій його. Це він хороший. Усі хороші! Навіть батько!

— Тарасе!

— Що — Тарасе? Тарас поганий, як завжди!

Хлопець хряснув дверима й вийшов із квартири. Швидко спустився сходами і вискочив на вулицю. У груди вдарив вітер. У кишені завібрував телефон. Він глянув на екран і гмикнув. Як знали! Хлопець натиснув на прийом виклику й коротко буркнув:

— Зараз буду!

Вони хотіли поганого Тараса? То він їм покаже!

3

Мама часто казала, що Володя більше схожий на неї, а от Тарас — викапаний батько. Схожості, якою можна було б пишатися, понад усе хотілося позбутися. У компанії друзів хлопець не любив зачіпати цю тему або ж дотримувався чіткої лінії: батько був покидьком, крапка.

Батько. У Чіта це слово завжди викликало неоднозначні почуття. Чоловік, котрий урешті-решт здався. Слабак, який намагався самоствердитися за рахунок залежних від нього. Брехун, який свистів направо й наліво про власні досягнення, а на ділі не мав нічого. Мудак, який використовував силу тоді, коли за це хотілося вирвати руки й ноги, щоб назавжди затямив: так не можна!

Ідеальний сім'янин в очах сусідів і далеких знайомих, він нікого не підпускав близько, щоб не розкрили його брехню. Ким тільки Ігор не називався: і засновником сучасної пекарні, і директором заводу, і власником крутої автостоянки, якої насправді ніколи не існувало. Батько вмів бути надзвичайно галантним і не мав жодної копійки за душею. Тотальний обман — його коронна фішка. І найпершим, кому батько брехав, був він сам.

Ігор уміло прикидався, до найменших дрібниць продумуючи поведінку і виправдання. Конфлікти з дружиною через його постійні фантазії про майбутнє й нове життя, які так і не справдилися, нерідко призводили до того, що батько піднімав на жінку руку. Пробачити було неможливо. Чоловік створив власний світ ілюзій і жив там, наче в затишній мушлі, де шум морських хвиль створював особливу симфонію. А коли реальність у подобі дружини намагалася витягнути його зі схованки від справжнього світу, впадав у лють і бив, бив, бив… Тільки щоб не чути дошкульних звинувачень, не зізнатися самому собі, що він ніхто. Сини як могли затуляли матір. «Тату, не треба!» — двійко дитячих голосів проти дорослого чоловіка, який «може». Але хлопців батько чомусь не чіпав. Проте відразу йшов із дому. Часом на вечір, часом на кілька

днів. Але завжди повертався, поки не знайшов іншу му-
шлю.

Для Тараса батько й досі був добрим привидом із дитячих
спогадів, який смажить найкращу у світі картоплю і готує солод-
кий чай з молоком. Вони так жодного разу й не бачилися, від-
коли тато пішов із сім'ї, залишивши на згадку кілька картатих
сорочок. Мама спочатку багато плакала, а потім віддала всю
свою любов Тарасу й Володі й пообіцяла обом бути сильною,
добре розуміючи справжню ціну такої обіцянки.

4

За рік Володя дав мамі слово стати надійною опорою сім'ї.
Обіцяв відправити її в тур Європою, а братові подарував кро-
сівки. Уперше не розтоптане нещастя з секонду, а новісінькі
оріджінали — найки ейри! Дорогезні. Білосніжні. Тарас страшен-
но ними пишався і взував лише вдома. Володя сміявся й казав,
щоб малий врешті вигуляв подарунок, бо нога виросте. Тарас
був готовий вдушитися шнурівками від тих подарованих найків,
коли правда вилізла нагору.

Старший брат міг бути прикладом, а став другим розчару-
ванням. Гроші, які він приносив, виявилися не чесно заробле-
ними, а краденими. Компанія дворових пройдисвітів із непри-
ємною зовнішністю та ще гіршою репутацію зробила своє. Коли
брата посадили до в'язниці, здавалося, мама збожеволіє. Але
Марія знову опанувала себе. Робота, яку вона могла втратити,
молодший син, який потребував уваги, і подруги, які постійно
підтримували,— усе разом діяло краще, ніж аптечні заспокій-
ливі. Життя взяло розгін на нове коло.

Тарас не знав, куди себе подіти. Він ніяк не міг зрозуміти
брата, не міг прийняти те, що так легко можна проміняти рідних

людей на зовсім чужих приятелів, маючи перед носом живий приклад — батька. Тарас потай навіть заздрив умінню цих двох легко йти на поводу власних бажань, не зважаючи ні на кого. Він добре пам'ятав, як хотілося пошматувати ті найки, а ще краще — спалити. Але натомість він пішов і продав їх на базарчику біля дому за смішну ціну, бо покупець боявся, що крадені. А гроші підклав матері в гаманець. Бо інакше вона б не взяла. Вона тепер боялася чужих грошей. Узагалі — грошей! Кляті гроші! І чому без них ніяк?!

Звісно, мама пробачила Володі. Це така стандартна материнська функція — пробачати своїм дітям, навіть якщо вони останні покидьки. Здавалося, повернися батько — і йому вона теж пробачить. Вкотре принесе себе в жертву. Так легше: іти шляхом найменшого спротиву. А от Тарас не міг. Надто багато болю завдали ті двоє. І головне, хай як він намагався бути хорошим, усе одно залишався на останньому місці. Як же це бісило, просто до сказу доводило!

Давид якось сказав, що світ несправедливий. Як же тоді хотілося розквасити носа найкращому другу! Тарас постійно перебував на межі. Дейв справді його найближчий друг, він тягнув його вгору. Біля нього хотілося бути кращим. Та водночас страшенно соромно бути гіршим, у чомусь прорахуватися. Тому, ускочивши в халепу, хлопець частіше залишався сам на сам із проблемою, ніж відкривався Давиду. Друг це відчував і нервував. Звісно, нервував, просто не показував. Тарас добре навчився розрізняти приховане роздратування. Почуття провини ще більше випалювало зсередини: він хотів розказати, але не міг. Власна слабкість затуманювала мозок, змушуючи шукати можливості для виходу адреналіну.

Одного разу Давид уже рятував його. Виявилося, боротьба з викликами — висотою, швидкістю, власною гнучкістю, силою — забирає майже весь вільний час. Тоді на моральне самознищення його залишається менше. Паркур став для Тараса ковтком свіжого повітря, коли він майже змирився з тим, що його життя — ніщо, а йому самому на роду написано бути покидьком. З'явилося друге я — краще й сильніше — Чіт. Хто може кинути собі виклик й перемогти? Дейв зміг. І поряд із ним себе переборов і він. Шляху назад не було. Він став залежний від паркуру й ще більше — від друга. Коло Дейва він справді був здатен на більше. І саме Дейв не давав йому геть злетіти з котушок.

«Троя» могла б стати домом, якби в ній було більше довіри. Хоча ні, довіра була. У момент, коли вони переставали бути одинаками — просто Дейвом, Ніком, Чітом, Люком і Пухом. У польоті, в єдності один із одним, вони наче знаходили себе. Бо коли ти летиш, важливо лише те, як далеко і чи ти вже обміркував приземлення. Забувається вранішня сварка з мамою, негаразди в навчанні, власні думки — усе відходить на другий план. Але коли тренування закінчуються, знову захлинаєшся самотністю.

Коли прийшла Таша, все змінилося. На тренуваннях стало забагато емоцій. Те, від чого він так відчайдушно ховався, перемагало їх, змушуючи щодня боротися з гострим клубком у грудях. Уперте дівчисько не сподобалося Чіту з першого погляду. Кортіло її позбутися — що швидше, то краще. Але скоро він звик (до всього можна звикнути) і став вичікувати. Інтуїція не підведе — Таша його ще потішить. Таким, чого напевно не пробачають.

Але тепер це не мало жодного значення. Коли здавалося, що нарешті можна просто жити тут і зараз, з'явилося дещо інше. Життя полюбляє знущатися, підкидаючи чергове випробовування. Страх. Він оселився у свідомості й заполонив ту ділянку

душі, де жили паркур, друзі та мама. Його неможливо було пе-
реборотти жодним трюком. Чіта охопила справжня паніка, коли
він зрозумів, що цього разу виходу немає. Шансів на втечу —
теж. Хай він цього не бажає, хай робить усе правильно, але
знайдуться ті, котрі змусять його бути іншим. Йому таки дове-
деться стати покидьком.

5

Чіт уже засинав, коли телефон знову завібрував. Дзвонила
«К». Кіра. Хлопець глянув на годинник — пів на другу ночі.
Офігєла? А якби він уже спав? Чортихаючись, хлопець ліг на
правий бік і притулив телефон до вуха:

— Алло.

— О, ти не спиш? Привіт…

— Не сплю. Ти бачила, котра година?

— Бачила. Я телефонувала вдень, але ти не відповів.

Чіт важко зітхнув. Від Кіри справді було кілька пропущених,
але день видався надто важким. А кожна розмова з нею «про
нас» — це час, емоції. Після них почувався геть виснаженим.
А тут і так уже ніякий. Кіра останнім часом ставала надто нав'яз-
ливою.

— Ти знову кудись пропав, — голос дівчини звучав жалібно.

— Я що, не можу побути сам?

— Можеш, звісно. Я поважаю твій особистий простір. Про-
сто…

— Просто що?

— Я скучила. А ти?

— Дурне слово. Що значить — скучила? Захотіла подзвони-
ти — подзвонила, захотіла побачитись — побачилися.

— Я подзвонила. Не злися, Тарасе.

— Я не злюсь. Просто... Фіговий настрій. Забий.

— То може, зустрінемося, і я його розвію?

— Я щось не хочу нікуди йти...

— То приїжджай до мене. У мене нікого немає...

— Зараз? О другій ночі?

— Коли це тобі заважало?

Чіт сів у ліжку. Гм. А це ідея. Зараз поїде до неї й забудеться. На ніч — так точно.

— О'кей, зараз буду. Їсти щось зробиш?

— Для тебе залюбки. Чекаю.

Чіт відклав телефон. Одягнувся в джинси й футболку, взувся у кроси. Тихцем прокрався у коридор, щоб не збудити маму. Залишив записку «Я в Давида» на дзеркалі навпроти дверей (есемески мама завжди забувала перевірити), і вийшов. Замок тихо клацнув за спиною, і хлопець пішов сходами вниз.

З Кірою вони зустрічалися менше місяця. Ну як, зустрічалися... Так вважала дівчина. Сам Чіт намагався про це не думати. Студентка, старша від нього на два роки, жила з батьком, який постійно літав у відрядження, тому найприємніші побачення відбувалися у неї вдома. Їй пощастило з предком, принаймні, так видавалося з її розповідей. Сама Кіра не бідувала, тому не вимагала від Чіта ані квітів, ані посиденьок у ресторанах, ані коштовних подарунків. Вона взагалі нічого не вимагала. Чому ж вона тоді так тримала за нього — шаленого й непостійного? Чіт не раз думав про це, хоча й забороняв собі гаяти час на роздуми про стосунки.

Мабуть, після того випадку з її батьком, коли він не зателефонував, що долетів. У них саме було побачення, а дівчина так хвилювалася, що проплакала цілісінький день, і Чіт просто не зміг піти. Просто залишився поруч. Відволікав розмовами і жартами. Та ніч була іншою, не схожою на всі попередні й наступні. Чіт не хотів питати себе, чи лишився би він знову, якби знав, що це прив'яже до нього Кіру ще більше. Не хотів, бо знав. Залишився б. Точно залишився б.

А ще з нею справді було круто, як удень, так і вночі. А що буде далі — думати не хотілося. Познайомилися в соцмережі, зустрілися, сподобалися одне одному. Цього було досить. Без планів на майбутнє: двоє разом, доки їм гарно разом. Чіт добре відчував межу, коли просто зустрічі ставали чимось більшим, аніж побачення: це був сигнал про перехід власне на стосунки. Їхні побачення були класними, приємними для обох. А стосунки завжди завдавали болю. Йому. З часом їх усіх починало щось не влаштовувати: його одяг, його друзі, кількість грошей, не подзвонив, надто часто дзвонив. Тому чергові *кохання* завершувалися не на його користь. Після кількох болісних розставань (тому що ж «він не підійшов»), Чіт сказав собі: «Годі, — і встановив межу. Проводити разом час, щоб було добре обом — з радістю. Починати щось серйозне, щоб потім знову залишитися самому, бо в тобі щось не так, — ні фіга, оце вже не його варіант. Тому з побаченнями було простіше: тримай дистанцію й ніхто не постраждає.

Кіра була милою, щоправда, останнім часом усе намагалася стати «офіційною дівчиною», тому Чіт уже думав, як непомітно зникнути з її життя. Так було простіше: нічого не пояснювати, не обговорювати, не дивитися у вічі. Просто піти. За втечу колишні називали його слабаком, натомість він сам же вважав це проявом сили. Так було простіше, швидше й ефективніше. Довгі розмови все одно нічого б не дали. Розходитись, то розходитись. А так він позбавить їх обох неприємних спогадів, залишивши по собі тільки хороші. Хіба після такого його можна вважати слабаком?

6

Кіра лежала біля Чіта, спершись на руку. Хлопець заснув, випивши її фірмового глінтвейну на білому вині, а от дівчині спати не хотілося. Так добре, коли він поруч. Вона всміхнулася. Чому вони так рідко бачаться? Кіра зітхнула. Що, як у нього просто є інша, а він не може їй про це сказати? Він був добрим, надто добрим. І щоб нікому цього не показувати, прикидався злим. Але тільки не для неї. Очі миттю налилися сльозами. Блін-блін-блін!

Незнання мучить більше за все. А спитати вона не наважиться. Завжди можна почути саме те, чого боїшся. Дівчина підвелася, накинула халат, стала біля вікна і сперлася на підвіконня. Погляд вихопив телефон у чорному бампері. Телефон Тараса! Точно, він витягнув його з кишені, бо вона жалілася, що він тисне їй у стегно, коли вони обіймалися. Витягнув і забув. А що, коли...

Дівчина озирнулася на Тараса, але хлопець дихав рівно. Спить. Він завжди міцно спав. Ще й жартував, що світ проколовся, бо так спати можуть тільки люди з чистим сумлінням, а в нього воно якщо й не чорне, то явно поплямоване. Дівчина ж прокидалася від кожного шурхоту: постійні хвилювання не давали перепочинку стомленому мозку навіть вночі. Дурний характер! Кіра взяла телефон. Холодний... Хоч би без пароля. Дівчина увімкнула смартфон і провела пальцем по екрану. Розблоковано! Увімкнула режим без звуку. Так, глянемо дзвінки. Гм... Невідомий номер. Дейв. А, це мабуть той Дейв, що Давид, із команди. Нік, Люк — теж команда. Добре. Невідомий номер. Мама. «К»... Що за «К»? Дівчина проглянула номер і гірко усміхнулася. Ага, «К» — то Кіра. Підозри посилилися. Від кого ж ти мене ховаєш?

Дзвінки з невідомих номерів частішали. Але тут нічого не вгадаєш. Кіра крадькома озирнулася. Чіт спав. Пробач, що риюся у тебе в телефоні, але інакше я не можу. Залишилися есемески. О, практично всі з невідомого номера. Вочевидь, її повідомлення він видаляв. То хто ж ти, незнайомцю? Кіра закусила губу, відкриваючи першу есемеску. У першому була адреса. У другому — дата й час. Побачення? Заворушилося недобре передчуття. Блін... І що тепер робити з цими знаннями?

Розділ IV

Крила для двох

1

— Ти що робиш?! Стій, злодюго! Допоможіть! Хто-небудь! Поліція! Допоможіть! — дівчина у квітчастій сукенці кричала посеред вулиці, стискаючи кулаки. Від неї мчав хлопець у кепці, і червона жіноча сумочка явно йому не личила.

Дейв швидко оцінив ситуацію — треба діяти. Учора він так і не зміг впоратися зі своїми емоціями: згадував початок заснування «Трої» і все, через що вони з хлопцями пройшли. Півночі трейсерові снилася якась фігня, тому зранку на екзамені — останньому для переходу на другий курс, юху! — у голові все шуміло, і він ледь не провалився. Н-да, батько б ним пишався.

Після універу Давид приїхав на улюблений спот — котеджне містечко на вулиці Бойківській, неподалік від гімнастичного залу. Архітектори, самі того не відаючи, створили ідеальний майданчик для паркуру — зручні перила для акур[33] та дропів, сходинки, стіни з балкончиками. У котеджах ще ніхто не селився, тому й будка охоронця на в'їзді стояла порожньою. Дівчина, мабуть, прийшла глянути на свою майбутню оселю, і, вочевидь, вже пошкодувала про це. Районник і комплектація вказували на солідну платоспроможність, тож не дивно, що сумка «дорогенької» привернула увагу злодія.

Давиду терміново потрібна була класна розрядка, і цей крадій, звісно, мимохіть, підкинув йому ідеальну для того можливість. Недовго думаючи, Дейв зістрибнув з перил, на яких щойно сидів, і погнав за злодієм, крикнувши на ходу незнайомці:

— Все буде добре!

Дівчина залишилася далеко позаду. У крадія була добра фізична підготовка, але не для змагання з трейсером. Він відразу звернув із широкої дороги у вузький провулок. Дейв побіг в обхід із протилежного боку — там, де пройшов би трейсер, злодій побіжить навпростець. Він завиграшки перелетів перила і перегородив крадієві дорогу. Хлопець зупинився, звів погляд і наштовхнувся на блондина. Здивовано кліпнув, насунув кепку нижче на очі та ступив крок уліво, Дейв повторив за ним. Потім управо — Дейв знову не поступився. Вузька вуличка не давала можливості для маневру, принаймні цьому хлопцю в кепці. Ліворуч будинок, праворуч — прямовисна стіна з перилами вгорі. Смерділо тухлою рибою. Дейв побачив, що біля стіни валяються кілька риб'ячих голів, і скривився.

— Ти що, тупий? Дай пройти! — Злодій трохи гаркавив.

---

[33] Accuracy (*англ.*) — стрибок на точність з однієї точки на іншу. Тут: з шини на шину. Сленґовий варіант — акура.

— Сумку дай сюди й вали на всі чотири! — проказав Дейв. Гидкий запах заповзав у ніздрі, і він ледве стримувався, щоб не затиснути носа.

— Нє, ти точно дебіл! — хлопець похитав головою. Він підняв кепку, щоб краще бачити супротивника. Під козирком виявилося розчервоніле від бігу обличчя з носом-картоплиною й маленькими темними очима, які підозріло блищали. На вигляд йому було ледь за двадцять. Навіть поруч із підкачаним Дейвом крадій здавався міцним і трохи небезпечним.

— Тобі що, більше за всіх треба? Я сказав — з дороги!

— А я сказав — віддай сумку! — Дейв стиснув кулаки. Його охопив азарт і дивне передчуття. Крадій оцінив супротивника, почухав голову вільною рукою й несподівано примирливо промимрив:

— Харош, малий, я не жадний. Давай так: якщо там щось є — поділимо навпіл. Добро?

— Я бачу, ти мене не зрозумів. — Дейв ступив крок уперед і різким рухом потягнув на себе сумку. Ошелешений від такого нахабства хлопець закляк, і сумка опинилася в руках блондина.

— Дякую! — кивнув Дейв, обійшов злодія, вол-апом подолав високий бордюр, а з нього — підскочив, відштовхнувся руками від металевої труби і переліз на балкончик другого поверху.

Крадій звузив очі та просичав:

— Придурку! Сюди дав бігом! — він швидко подолав сходинки і підстрибнув, намагаючись вхопити ногу трейсера, але не дотягнувся. — Проблем захотів? Я зараз тебе дістану!

— О, давай! — підбадьорливо кивнув Дейв, спираючись на перила. — О, дивися — менти! Може, разом до них підійдемо?

— Ти ще пошкодуєш! — прокричав крадій.— Це я тобі обіцяю. Я тебе знайду, чуєш, рагуль? — Він озирнувся і побіг до смітників.

— Чекатиму! — Дейв жартівливо відсалютував, дочекався, поки злодій зникне за рогом, і зістрибнув з балкона.

2

Біля дівчини у квітчастій сукні вже стояла патрульна машина, на якій приїхали троє полісменів — двоє чоловіків і жінка. Старший чоловік мав невеличке пивне черевце. Молодший був високий і худий, як жердина. Жінка, яка з усієї компанії була найприємнішою й наймолодшою, щось записувала у блокноті.

— Швидко ви,— весело проговорив Дейв. Бути хорошим хлопцем завжди приємно. Зараз йому подякують, і він у прекрасному настрої піде на тренування. Повний дзен!

— Ось ваша сумка! — блондин простягнув сумку дівчині, і його відразу скрутили.

— Це він? Той, хто вкрав сумку? — запитав молодший. Він тримав руки хлопця. На вигляд йому було близько тридцяти. Блакитні очі дивилися з підозрою, а з рота тхнуло часником. Дівчина-полісмен зиркнула на блондина, цокнула язиком і похитала головою, знову повертаючись до блокнота.

— Н-не знаю... — постраждала сумнівалася. Від пережитого шоку її ще трохи трусило. Вона нервово стискала себе за пальці.— В-він побіг за ним... — вона заталася з переляку й дивилася на Дейва розширеними зіницями, наче під кайфом.

— Перевірте, чи все на місці,— наказав дівчині молодший і обернувся до Дейва.

— Ви спільники? Совість заграла? Чи злякався? Нічого, посидиш, подумаєш...

— Бляха, ви серйозно? Та я ж допомогти хотів! — не витримав Дейв. Від внутрішнього спокою не залишилося й сліду. Усе це стало нагадувати божевільню, де йому чомусь відразу перепала роль дурного клоуна. На ньому хочуть виїхати? Та скільки разів треба отримати по голові за добро, щоб зрозуміти, що не треба лізти не в свої справи? Чи вони зляться, що їм роботи не дісталося? Стоїш перед ними, як лох, і що не скажеш — вони тебе все одно не почують.

— Ага, ага! — наче на підтримку думок хлопця, старший полісмен голосно реготнув. — Розкажеш! Усі ви допомогти хотіли. То пакети чужі донести, то чужу машину в гараж поставити, то чужий ланцюжок відремонтувати чи сережки почистити. Фантазери!

— Че-чекайте, — дівчина поволі відходила від стресу. Сумка в руках додавала їй впевненості. — Це не він.

— Точно? — перепитав старший.

— Точно. Він побіг за тим, хто вихопив, — вона обернулася до Дейва. — Я тепер точно пригадую.

— То що, заяву будем писати?

— Ні. Сумка в мене, все добре. Я краще додому.

Чоловік відпустив Дейва. Хлопець кивнув дівчині та, не прощаючись, рушив по вулиці. Злість минула раптово. Дейв зціпив зуби і перейшов на біг. Блондин перестрибнув з одного паркану на другий, третій. Тоді — дроп в уже знайомий провулок. Там, звісно, крадія вже не було. Повз сміттєві баки, до стіни, перестрибнути через неї — і вийти на пряму вулицю до маршруток. Мозок вимкнувся, працювала лише техніка. Дівчина та полісмени залишилися далеко позаду. Можна було видихнути.

Дейв урівноважив дихання й наче заспокоївся. Та вже за кілька хвилин емоції повернулися, кров шугонула венами і вдарила в голову. Добре, що не поліз кудись вище, точно поламався би! Блондин перейшов із бігу на швидкий крок і продовжив картати самого себе. Чого бісився? Розібралися ж. Він був не винен, і дівчина все згадала. А якби не згадала? Знову поліцейський відділок і чекай, поки тебе виправдають, якщо ти нічого поганого не зробив? Навіть краще — коли ти зробив щось хороше! Чорт! Чорт! Чорт!

Правду кажуть, немає більшого ворога, ніж ти сам. От кретин! Допомогти йому захотілося. Однаково та ляля сама собі іншу купить, або її пацик купить! Он які кабли та шмотки, явно не з дешевих! Нащо було лізти куди не просять? Тільки зайві нерви.

Так, чортихаючись, хлопець сів у автобус, ледве дотерпів до своєї зупинки, вийшов на Хімічній, проминув «Макдональдс», добіг до будівлі банку й усівся на бордюр, відсапуючись. А вона навіть не подякувала йому. Коза! Дейв настільки заглибився в думки, що не почув кроків за спиною, і коли йому на плече лягла чиясь важка рука, скочив на ноги і став у бойову стійку. В голові у хлопця були лише дві думки. Битися або втікати. Що обрати зараз?

3

— Воу-воу, це ж я. Ти чого, Дейве? — перед блондином стояв здивований Чіт. Давно він не бачив друга таким роздраконеним.

— От блін! — Дейв сплюнув. Присутність Чіта скоріше дратувала, ніж заспокоювала. — Ти мене нашугав.

— Ого. Хтось може налякати великого мейстра? — Чіт усміхнувся, але відразу посерйознішав. Дейв продовжував злитися — він аж пашів люттю.

— Чувак, видихни. Що сталося?

— Забудь...— блондин махнув рукою.

— Чувак, тебе аж труханить. Що таке?

— Та побачив, як якийсь урод свиснув сумку в дівки, ну я й побіг за ним... Але замість подяки мене самого менти мало у відділок не загребли.— Дейв сплюнув на землю та з силою потер чоло.

— Ну я тебе прямо не впізнаю!

— Я сам себе не впізнаю! — блондин спробував опанувати себе.

— Ти не переживай, річ не в тобі. Ті менти — просто уроди. Їм аби тільки саджати й бабло косити,— з неприхованою злістю промовив Чіт.

— Є таке,— кивнув Дейв. Ззовні він здавався вже спокійнішим. Чого розпсихувався, як істеричка?

— От тільки нафіга ти сам туди поліз? Якщо там були копи, то хай би вони й розбиралися!

— Фіг його знає. Та й усе обійшлося, mission complete[34], сумку я таки повернув.

— Правда, спочити на лаврах героя не вдалося? — підколов Чіт.

— Проїхали...— відмахнувся Дейв. Він підняв голову. Світ миттю став сірим. Та-а-ак, ще депресії йому бракувало. Час розібратися в собі, чи що?

— Ну, я так зрозумів, трені не буде?

— Саме так. Сьогодні я пасую. У такому стані стрибати — себе гробити.

— Ну тоді я теж пропущу, ти ж нашому кепу не скажеш про мій прогул?

— Не скажу,— усміхнувся Дейв.

---

[34] Mission complete (*англ.*) — місію завершено.

— Може, у кіношку? Ти, я, попкорн. Я чув, там зараз якийсь горор іде. Крики, кровіща, адреналінчик? Випустимо пару? Ну? — Чіт простягнув руку Дейву.

— Те, що треба! — Дейв ляснув по руці й підвівся. Настрій замість жахливого став помірно поганим. Це було вже щось. Дейв написав у чаті команди, щоб сьогодні влаштували собі відпочинок або тренувалися самі, і з чистою совістю вирубив телефон.

Вечір минув пречудово — друзі реготали над усіма най-страшнішими моментами фільму, а потім завалилися додому й півночі дивилися відяшки про паркур.

4

— Знаєш, про що я думав? — Дейв ліг на ліжку, закинувши руки під голову.

— Про що? — Чіт напівлежав у чорному комп'ютерному кріслі, підкидав арахісові горішки і хапав їх ротом.

— Було б круто поєднати життя з паркуром. Вийти на світовий рівень. Їздити по змаганнях, постійно крутитися в цьому. А потім стати тренером, відкрити свій зал — тут, у Львові. Круто, скажи?

— Я не думав, якщо чесно. Думаєш, на паркурі можна нормально заробляти?

— Ясно, що можна! Зйомки в шоу, кліпах, фільмах, рекламі! Каскадерські шоу! У мене знайомі так працюють — на контрактах закордоном. У тому ж Китаї. Правда, конкуренція шалена — треба бути нереально крутим і досвідченим, щоб тебе помітили. Але шанси є!

— Бро, це вже не паркур... Не знаю. Знаєш, поки я роблю це для себе — почуваюсь вільним, а якщо робитиму для когось — це вже показуха якась.

— Може, й так. Але це робота, від якої ти ловиш кайф, і це явно крутіше, ніж півжиття киснути в офісній коробці.

— Твоя правда! Бляха! — Чіт невдало хитнувся на кріслі, розсипав на себе горішки і став визбирувати їх з килима. — Але бабло не завадить. Тобі легше, а от нам з мамкою мої підробітки явно не зайві.

— Я знаю. Але ти просто уяви — не втикати по дванадцять годин за компом, а повна свобода... Прикинь, навіть у вісімдесят на морозі робиш собі виходи на турнічках — а на тебе всякі малолітки дивляться з відкритими ротами. Головне — стабільні тренування, тоді м'язи постійно в тонусі та старіти не страшно.

— Звучить круто. Може, і у нас це вийде.

— Вийде. Якщо ми зробимо для цього все, що від нас залежить. Тільки паркур, тільки хардкор!

— Тоді можеш на мене розраховувати!

— Чувак, так круто, що ти мій друг!

— Ой, всьо, тільки без шмарклів, а то зараз потечу! — зареготав Чіт. — А якщо серйозно, люблю тебе, бро! Ти ж мій BFF[35]!

— BFF! — кивнув Дейв.

5

Дейв сидів за ноутбуком, переглядаючи пошту. Він уже давно чекав листа від знайомого трейсера з Парижа. Хлопець обіцяв підкинути цікаве відео. Дейв потер чоло й перейшов на вкладку фейсбуку. Переглянув список профілів тих, хто стукав у друзі, — в нього самого їх було лише сорок три, і список постійно підчищався. Дейв не бачив сенсу в кількості ботів, тому слідкував за чистотою свого акаунту. Раптом серед списку

---

[35] BFF, best friend forever (*англ.*) — найкращий друг назавжди.

охочих промайнуло знайоме обличчя. Дейв пополотнів і проскролив сторінку трохи вище, машинально клікнув мишкою на фото, з якого усміхалася світловолоса дівчина з яскраво-червоними губами, і закляк. Та-а, життя, вмієш ти поцілити в яблучко. Оленка Шерет. Сусідська мала, що виросла в нестерпне та красиве дівчисько, яке змогло зробити його найщасливішим, а потім через власну дурість усе зруйнувало. Оленка була онлайн. Повідомлення вже світилося у віконці запитів:

«Привіт! Впізнаєш?»

Пальці Дейва зависли над клавіатурою. Звісно, що він упізнав. Та, бляха, він не зміг її забути, хай як хотілося. Подруга дитинства, споріднена духом, настроєм. З нею було легко. А згодом дружба переросла в щось більше. Наче вони були разом завжди. Отак виросли з малих до підлітків — майже дорослих. На сімнадцятиріччя дівчини вони стали близькі не лише душею, а й тілом. Трохи страху, багато сміху, довіри одне до одного, тепла, всеосяжного, незбагненного. Щастя. Вона в нього — перша, і він у неї — теж. І єдиний. Щоразу казала, пригортаючись:

— Ти — мій єдиний.

Оленці теж подобався паркур, але більше як глядачці, ніж як учасниці. Вона залюбки знімала відео для хлопців і була, як жартували інші, штатним менеджером команди. Приносила бутерброди на тренування, бігала за водою — і все те з радістю. Мабуть, тому Дейв так до неї тягнувся. Вона була його світлом. Його світом. Дівчина чудово порозумілася з іншими членами команди. Ніколи не просила обирати між нею та друзями чи, тим паче, паркуром. Коли до нього дзвонив Чіт, не закочувала очей, вимагаючи приділяти їй більше часу. Вона дозволяла йому бути вільним, не намагалася втримати на місці чи заборонити щось. Стосунки не нагадували кайдани, і смак цієї свободи, розділений навпіл, прив'язував Дейва до Оленки більше, ніж будь-які слова чи вчинки. Вона була ідеальною. І це часом лякало. Але не до такого ступеня, щоб почати в ній сумніватися.

Оленка жила з бабусею. Батьки дівчини працювали в Іспанії і щороку забирали доньку до себе на літо. Дейв із легким серцем відпускав дівчину. Адже вона завжди поверталася. Проте минулого літа щось було не так. Наче якесь дивне передчуття. Але хлопець зміг переконати себе, що лише накручує й вигадує і, не показуючи виду, провів Оленку на літак. Вони телефонували одне одному щодня. А потім Оленка не передзвонила раз, удруге. Була офлайн. Він писав їй, дзвонив, але дівчина наче зникла. А за місяць повернулася і кинулася йому на шию, мов нічого не було. Проте Дейв теж змінився. Бляха, він досі в деталях пам'ятав ту злощасну розмову, наче то було вчора.

— Ді, чого ти? — засмагла весела дівчина ще була Оленкою. Але вже не його. Чужою.

— Що це було?

— Ти про що? І взагалі, де радість? Твоя дівчина приїхала! Якщо чесно, це мене трохи образило. Але я тобі пробачу, якщо ти зараз вибачишся, обіймеш мене й поцілуєш!

— Ти не відповідала на мої дзвінки та есемески… Не виходила в мережу, а тепер кажеш, що все о'кей? Серйозно?

— Ді, ну чого ти надувся? Уяви: сонце, літо, Іспанія… Я просто намагалася класно провести час і відпочити. На пляжах не було вай-фаю, а потім взагалі телефон втопила. Але тепер я повернулася і все буде добре.

— У тебе хтось був?

— Зараз це не важливо, — Оленка розгубилася і швидко закліпала очима.

— Для мене це важливо. Якщо ти скажеш, що нікого не було, я тобі повірю. Але краще не бреши.

— Не будь дитиною! Ясно, що я там не сиділа вдома. Клуби, танці, нові знайомства! Але нічого серйозного...

— А може, я зараз для тебе теж — нічого серйозного?

— Блін, Дейве, я ж тобі ясно сказала — я повернулася до тебе, чуєш, глухе? А те, що було в Іспанії, залишилося в Іспанії. Кілька ночей нічого не значать.

— Ночей? І ти так просто про це говориш?

Оленка ще щось казала, намагалася виправдатися і пояснити, що вона ніби обмовилася, але її голос раптом перейшов у монотонний шум, наче гул від рою набридливих мух. Вона відкривала рот і закривала, як велика риба. А він стояв, дивився на неї і не міг повірити, що це сталося саме з ним. А потім просто розвернувся та пішов. Оленка бігла за ним і кричала просто на вухо:

— То що, це все? І ти готовий перекреслити все те, що між нами було, через якесь літо? Ти це зробиш зі мною, з нами?

— Це ти зробила.

Вони не бачилися з осені. Скоро буде рік. Ого, як час летить... Оленка спершу дзвонила й писала, але Дейв не відповідав. Спробувала діяти через Чіта, але різкий на слово і щедрий на праведний гнів хлопець відразу виклав дівчині все, що про неї думає, у найкрасномовніших виразах, і насамкінець послав її куди подалі. Правда, після того мав серйозну розмову із другом та почув прохання не лізти не у свої справи. І хоча Чіт трохи перегнув палку, Дейвові таки було приємно, що друг взяв його бік.

А щодо Оленки в нього щезли рожеві окуляри. Після цієї розмови Дейв інакше дивився на спільні спогади. Те, як вона по-різному розмовляла, завжди однаково усміхалася, втиралася

в довіру й випитувала чужі таємниці, щоб потім використати їх…
Як він цього раніше не помічав? Чи не хотів помічати? Не вірив,
що його дівчина може прикидатися для власної вигоди? Зако-
ханий баран! Оленка вміла маніпулювати людьми. Завдяки
гарному личку й великим очиськам крутила всіма, як пішака-
ми. Королева без королівства. А він не бачив цього. Вона
могла задурити голову й іншим, але, на щастя, її просто ніхто
не слухав. Дейв стиснув зуби. Наприкінці осені вона таки зро-
била останню спробу — пробилася до його мами й ридала на
кухні. Цієї огидної сцени він ніколи не забуде. Всюди фальш.
Сльози, губи, патьоки туші, кришталево-чисті, такі безневинні
очі… Фарс! Він потім іще довго пояснював мамі, що саме ста-
лося та як він НЕ ображав Оленку. Зате мама теж стала на його
бік та згодом лише сухо відповідала на привітання дівчини.
Ставити крапку було б важче, якби Олена зрозуміла, що вона
зробила. Але дівчина справді вважала себе невинною. Дейв
чортихнувся. Оленка завжди була настирною. Вочевидь, ні-
чого не змінилося. Під першим повідомленням з'явилося
друге.

«Я в місті. Може, побачимося?»

Дейв іще раз глянув на аватарку усміхненої дівчини й рішуче
натиснув клавішу «заблокувати». От би це працювало й у житті.
Заблокував — і більше ніколи не побачиш, не зустрінеш випад-
ково на вулиці, і не каратимешся тим, що тобі зробити — при-
вітатися чи вдати, що ви незнайомі. Чи привітатися першому,
чи відповісти на привітання, якщо привітається вона? Так, кра-
ще було б розважливо привітатися. Навіть першому. Якщо гра-
тися в незнайомців — це буде брехнею, бо за рік такі «знайомі»
точно не забуваються. А ще — це нагадуватиме якусь болісну
дитячу образу — не пробачив, не забув. Та бляха, він і не зби-
рався пробачати! Чи збирався? Мама казала, що зраду можна

пробачити. А от забути — навряд. Спогади не зітреш кнопкою *delete*[36], не заблокуєш, не закинеш у чорний список. Але принаймні у віртуальному світі ця свобода ще залишалася. Хоч звідкись він міг видалити минуле, щоб жити теперішнім. І він це зробив, не вагаючись. Ну, майже.

Якийсь підступний голос, щось таке прохолодне й лоскітливе заворушилося під ребрами. Шанс. А раптом вона змінилася? Але Дейв вимкнув комп і повернувся на ліжко.

Коли голову заполоняють думки, добре просто лежати й дивитися в стелю, уявляти, що це — небо, і відкривати нові види хмар на ньому, ковзати поглядом по багетах, рахуючи тріщинки та нерівності. Хтось розумний вигадав чудовий спосіб корегувати свої думки банальними речами й дитячими фантазіями, не дозволяючи їм повністю заполонити свідомість. У вухах дзвеніла тиша.

Минулого не існує, принаймні ось такого: Дейв провів рукою по обличчю, немов знімаючи невидиму маску, а потім стиснув у кулак волосся. Зараз є лише це. Хлопець скотився з ліжка і підійшов до вікна. Деталі реальності особливо важливі тоді, коли залежність від спогадів грає не на твою користь. Знову розпочавши біг, ніколи не знаєш, чим він обернеться — марафоном чи короткою стометрівкою.

За вікном пролетіло кілька голубів. Товстих, угодованих. Чомусь від цього стало смішно. І полегшало на душі. У голові розвиднілося. Люди не змінюються. А навіть якщо й так — це більше не його проблема. Час навчитися цінувати те, що маєш, а не витрачати життя на сум за минулим. Минуле залишається в пам'яті примарами. Ти сам створюєш цих привидів, які ходять за тобою, мов тіні. Годі. У нього було те, заради чого можна

---

[36] Delete (*англ.*) — стирати, видаляти.

дещо забути і перебороти себе. Родина, друзі й паркур. На щастя, цього вистачало не лише для того, щоб жити, а навіть більше — щоб насолоджуватися життям.

6

Тільки-но Дейв зручно вмостився на дивані, заклавши руки під голову, телефон просигналив нове повідомлення в телеґрамі. Писала Таша.

«Я готова до сальто на вулиці! Підстрахуєш?»

Дейв переглянув рівний рядок букв і усміхнувся. Таша вже пробувала сальто у залі — у неї більш-менш виходило на матах, і вона рвалася до твердої поверхні. Правда, було ще трохи зарано. А тут — відразу на землі. І хочеться відмовити, і цікаво подивитися, що з того вийде. Дівчина була впертою й цілеспрямованою. Схожою на нього. Блондин глянув на годинник — дванадцята. У хлопців були якісь справи, тренувань не планувалося, і він збирався щонайменше півдня провалятися вдома. Телефон запікав від другого повідомлення:

«Чи великий трейсер дуже зайнятий?»

Дейв пирхнув. Він узявся строчити довгу й детальну відповідь, що краще іншим разом. Але раптом зачепився поглядом за аватарку Таші. В голові загорілася червона лампочка: «Не тупи!» Хлопець сів на дивані, видалив усе, що писав, і швидко наклацав:

«Для паркуру час завжди знайдеться. Питання, чи ти готова?»

«Якщо це виклик, то я його приймаю. За півгодини біля СКА».

«Не спізнюйся».

Дейв усміхнувся, стягуючи домашню майку. Таша зуміла витягнути його із задуми, навіть потішити. Цікаво, що він досі про неї нічого не знає...

7

— Запізнюєшся.— Таша похитала головою.— Ай-яй-яй. Як негарно!

Вона чекала його біля клумб. Дейв усміхнувся. «Біля СКА» могло означати де завгодно: біля входу, всередині, біля стіни. Але він чомусь теж спочатку зазирнув сюди. Совпадєніє? Не думаю.

Дівчина одягнула сірі спортивки й обтислу блакитну майку на бретельках, що вигідно підкреслювала струнку талію. Розпущене волосся огортало плечі. Дейв ковзнув поглядом по привабливій фігурці. Сьогодні Таша була іншою. Якоюсь загадковою та трішки грайливою.

Дівчина весело усміхалася. Ранок у неї пішов на те, щоб наважитися написати Дейву. Страшенно хотілося потренуватися, та й що там — побути вдвох. А ще з'ясувати для себе, що вона відчуває та, можливо, зрозуміти, що на думці в симпотного блондина. Усередині булькав дивний страх і передчуття чогось нового. Він же міг не погодитися, мало, які там у нього справи. Цікаво, наодинці він буде теж поводитися як зазвичай, чи щось зміниться?

Дейв усміхнувся у відповідь. Вона знову його провокує. Але не сьогодні. У чорних потертих джинсах, високих білих кросівках, білій футболці та розщібнутій картатій чорно-білій сорочці хлопець мав стильний вигляд — не як на тренуваннях у звичних спортивках. Розпущене пряме волосся, зачесане на бік, личило йому не менше, ніж хвацький хвостик на потилиці. Дейв витягнув телефон і помахав увімкненим екраном перед носом у дівчини:

— Це ти прийшла раніше. У мене ще п'ять хвилин. І взагалі, я міг сидіти вдома. Де твоя вдячність?

— Ну добре, дякую-у-у! — з готовністю мовила Таша.— Так краще?

— Краще.— Давид із серйозним виглядом потягнувся потрі-
пати дівчину по голові, але вона ухилилася.— Ну що, готова?

— Ага!

— Страшно? — скрадливо запитав він.

— Ні,— дівчина хитнула головою. Вона вже закрутила во-
лосся в гульку і тепер скидалася чи то на гімнастку, чи то на
балерину, яка переплутала пачку зі спортивками.

— А якщо чесно? — перепитав Дейв.

— Страшно,— дівчина кивнула.

Хлопець усміхнувся й підійшов ближче. Її відвертість притя-
гувала.

— Дивись, якщо ти стрибатимеш з рівної поверхні, може
статися, що не докрутиш сальто. Важливо — не злякатися в ос-
танній момент.

— Я не буду боятися...

— Пофіг. Ти можеш боятися, але — доки не побіжиш. Коли
починаєш рух — страху не має бути, лише впевненість. Упевне-
ність у собі і в тому, що ти зараз зробиш.

— Думаєш, я зможу? — Таша обернулася до бордюру і Дейв
зауважив, що в дівчини класний профіль, наче виточений.

— Зможеш,— упевнено відповів.— Я ж бачив тебе в залі.

— Ти що, за мною стежив? — дівчина обернулася до Дейва
та схрестила руки на грудях.— Та я жартую. Насправді приємно,
що ти в мене віриш...

— Ага...— Дейв дивився на схрещені руки дівчини і чомусь
уявляв, що це він обіймає Ташу. Хлопець несвідомо ступив іще
півкроку до дівчини та вчасно стримався. Так, щось він підвисає
біля неї. Треба розрядити обстановку.

— Ну і в принципі — найгірше, що може з тобою статися,—
скрутиш собі в'язи. І мені буде менше проблем.

— Ей! Що значить «скручу в'язи»?

— Жартую. Так… Думаю, тобі буде краще стрибнути з бордюру, — хлопець вказав на середню клумбу. — Земля м'якша, ніж асфальт, не сильно покалічишся. — Є два варіанти — ти приземляєшся на ноги і все о'кей або, якщо відчуваєш, що інерція несе тебе вперед, робиш рол. Із цим точно проблем не буде.

— Добре.

— Не переживай. Я тут і допоможу, якщо що. Ну там, у травмпункт віднести, «швидку» викликати чи ще щось…

— Замовкни вже! — Таша уявила себе в обіймах Дейва і відчула, що червоніє. Вона прийшла тренуватися чи фліртувати? Давай, ще зламай собі щось прямо тут — чудовий спосіб, щоб тебе носили на руках.

— О, злість — це добре. — Дейв по-своєму витлумачив поведінку Таші. — Особливо спортивна, здорова злість. Отже, схема така — розбігаєшся, відштовхуєшся від бордюру, вистрибуєш якомога вище й далі, групуєшся, перекручуєшся в повітрі, розгруповуєшся та приземляєшся. План зрозуміла?

— Ага.

— А я буду тут. Усе буде о'кей. У тебе вийде. Я бачу, що ти готова.

— Сама знаю, — прошипіла Таша.

— Усе-усе, мовчу, — Дейв підняв руки вгору й відійшов убік. Хлопець зловив себе на думці, що йому подобається дражнити Ташу. Ага, і ще рюкзаком їй по голові дай — чи як там у першому класі симпатію показували?

Таша відійшла на кілька кроків від бордюру. Заплющила очі. Повторила подумки техніку стрибка. Розбіглася й зупинилася за крок від бордюру.

— Блін!

— Нічого, це нормально, — підбадьорливо проказав Дейв. — Можеш кілька разів просто підбігти й зістрибнути з бордюру.

Кілька разів перетворилися на десять. Урешті на одинадця-
тому Таша змусила себе відштовхнутися від бордюру та з кри-
ком і писком полетіла вперед. Дейв підбіг до неї, але дівчина
швидко піднялася.

— Я сама!

— Добре.

Таша знову взяла розгін. Вона мусить, мусить перемогти
себе. Їй не страшно. Просто треба уявити, що тут зал і вона,
якщо й упаде, то на землю, тобто на мати. І нічого їй не буде,
он уже скільки разів падала, і все гаразд. Немає чого нервува-
тися, немає.

Дейв помітив, що дівчина вже довго стоїть, і вирішив підбад-
ьорити:

— Слухай, що більше ти стоїш і чекаєш, то більше страху.
Треба себе хакнути. Просто зрозумій, що вибору немає — тобі
лиш треба це зробити. Найголовніше — не передумати в про-
цесі.

Таша кивнула:

— Дивися! Я зараз це зроблю!

Дівчина вкотре взяла розгін. З голови вивітрилися усі думки.
Очі звузилися, погляд зосередився на тій частині бордюру, від
якої вона мала відштовхнутися. Чотири кроки та стрибок. Чо-
тири кроки та стрибок! Раз, два, три, чотири! Таша щосили
відштовхнулася від бордюру, згрупувалася в повітрі й відчула
легку ейфорію. Летить! Вона летить!

Земля добряче вдарила по ногах. Приземлення було надто
стрімким. Дівчина не втрималася та з розгону врізалася облич-
чям у коліна.

— Ауч! — поряд відразу опинився Дейв. Хлопець обійняв
дівчину за плечі й ледь стримався, щоб не притиснути до себе.

— Ніс? Зуби?

— Око, — прошипіла Таша.

— Ух! Фінгал буде…

— Компромат на тебе буде. Замість того, щоб тренувати дівчат — б'єш їх.

— Сильно болить? — Дейв поклав руку на плече дівчині.

— Терпимо. Як це було? — у голові Таші ще досі стояв дивний гул, а почуття ейфорії не відпускало, мабуть, тому й око боліло не надто сильно.

— Початок був хорошим, — чесно відповів Дейв. — А далі…

— Лажа, — видихнула дівчина.

— Лажа, не спорю. Ти просто забула розгрупуватися. Але нічого, тепер пам'ятатимеш. Ну, якщо захочеш ще раз стрибнути.

— Захочу. Ой! — картинку перед очима повело і Таша хитнулася. Дейв притримав її за поперек.

— Що таке?

— Голова тріщить.

— Пішли, горе моє, тобі треба відпочити.

Від жартівливого звертання Дейва всередині щось потепліло. Дівчина спробувала усміхнутися:

— Куди?

— Хочеш на коней подивитися? Тут неподалік іподром, — запропонував блондин. Тренування з Ташою виявилося надто приємним і не хотілося її відпускати.

— Клас! Хочу! — Таша зраділа пропозиції. До вечора ще було далеко.

— Тоді ходімо!

Дейв повів Ташу через дорогу, пожартувавши, що сьогодні вони зайдуть через головний вхід «як нормальні люди». Парочка піднялася дорогою вгору між високих дерев. Поле з живою огорожею було заховане від сторонніх очей, і поки вони не наблизилися, його не було видно.

— Сьогодні, щоправда, може вже нікого не бути.

— Ні, точно є, — Таша усміхнулася. — Я відчуваю запах.

— Гм. А я нічого не чую. Але ти таки вгадала — дивись.

По полю на молоденькому коні колами їздила дівчина.

— Сядемо? — Дейв кивнув на бетонні блоки із залізними штирями.

— Тільки давай вище! — Таша піднялася нагору і сіла на бордюр.

— Дивись, який краєвид! Навіть вишку видно. Мабуть, увечері прикольно, коли вона світиться. Рамантíк, — Таша раптом затнулася.

— Ага… — Дейв кивнув, сідаючи біля дівчини.

— Цікаво, що тут колись було? — чорнявка квапливо змінила тему.

— Лавочки. А потім познімали. Тут уже давно нічого не відбувається.

— Ага, а народ тепер може собі все що хочеш на бетоні відморозити.

— Як око? — Дейв прибрав пасмо з обличчя дівчини та присвиснув. Місце удару повільно набирало фіолетової барви. — Таки буде синець. Болить?

Таша торкнулася ока й зойкнула.

— Трохи. Але фігня, намащу вдома чимось і пройде.

— Кажуть, зеленка допомагає… — довірливо проказав Дейв і отримав штурхана в бік.

— Жартую-жартую. Можеш пишатися, ти перша з наших, хто заробив фінгал.

— Серйозно?

— Ага! У Ніка найслабше місце — ніс, він його вже купу разів розбивав, ламав…

— А на вигляд рівний.

— Ну, у травмпункті працюють дуже хороші майстри. А які там часом медсестри — Ніку на них тупо щастить, if you know what I mean[37].

— Ха-ха-ха!

— Чіт узагалі собі якось зуба розколов. Приклався теж коліном. Його батько Люка підлатав.

— Ого! Ненавиджу стоматологів. Навіть знайомих. Як уявлю звук бормашини — усередині все стискається!

— Але вони дуже корисні. Так би Чіт і ходив з половиною зуба, і довелося б пояснювати все мамі. Вона б точно подумала, що це йому хтось у бійці вибив.

— Чіта легко уявити в бійці. Він типовий гопник! Йому б ще кєпасік, сємки, посадити на картані і «єсть чьо, а єслі найду?»

— Ти просто його погано знаєш. Він насправді дуже добрий. Просто імпульсивний.

— Ну так. А ще нахабний, агресивний, впертий…

— Не перебільшуй. Він такий, але, попри те, класний хлопець. І мама в нього хороша. Чого ти на мене так дивишся?

— Ви такі близькі?

— Ясна річ, ми ж найкращі друзі. А ти про що подумала? О-о… У когось дуже збочена фантазія!

— Сам ти збоченець!

— Не переживай, дівчата з фінгалами мене абсолютно не цікавлять.

— А без фінгалів теж? — мстиво запитала дівчина. Недбало кинуті слова пролунали, як образа.

— Ха-ха, дуже смішно. Знаєш, ти сьогодні молодець, — Дейв кивнув Таші. — Багато хто першого разу так і не наважується

---

[37] If you know what I mean (англ.) — Якщо ти знаєш, що я маю на увазі.

стрибнути. Чесно, я думав, ти теж не стрибнеш. Побігаєш ще трохи й усе. А ти мене здивувала.

— Дякую. Знаєш, щоразу, як роблю це, відчуваю, що можу більше. Щоразу. Круті відчуття. Одного дня я зможу, як і ви.

— Як ми... Що?

— Літати, — Таша усміхнулася. — Ви ж так це називаєте?

— Ну, так. Ми ще ті літуни.

— Бракує тільки крил.

— У паркурі не потрібні крила. Голова — цього досить. Ти все мусиш прорахувати, ніколи не стрибати бездумно. Ну й тренування. Вертикаль приймає лише підготовлених. Вона не пробачає помилок.

— Не пробачає... А ти? — Таша раптом змінила тему, жартівливо штовхнувши Дейва в бік.

— Що я?

— От чого б ти ніколи не пробачив? — лукаво запитала дівчина, але раптом наткнулася на серйозний погляд і замовкла.

Перед очима у хлопця раптом виникло фото світловолосої дівчини з червоними губами.

— Зради, — твердо відповів блондин. Із його погляду зникла напруженість, Дейв дивився кудись вдалечінь. Таша опустила голову. Жарт не вдався. Трейсер був наче й біля неї, а насправді — десь далеко. Захотілося його розрадити чи хоча б розворушити. Висмикнути з того болота думок, яке повільно, але впевнено затягувало ще хвилю тому веселого хлопця.

— Ти боїшся лоскоту? — Таша зістрибнула з місця та стала навпроти хлопця.

— Що? Ні... — блондин здригнувся, наче скидаючи з себе рештки думок і запитально подивився на співрозмовницю. Хвиля спогадів відступила, він знову був тут.

— А якщо знайду?

— Спробуй! — Дейв розвалився, звісивши ноги, і сперся руками на бордюр за собою.

— О-о-о! Я точно знайду! — Таша почала лоскотати хлопця. Підігруючи їй, Дейв опирався. Парочка сміялася і жартувала, поки Таша раптом не усвідомила, що стоїть практично впритул до хлопця. Той завбачливо затиснув її руки за спиною. Яскраво-сірі, майже срібні очі опинилися надто близько. Дейв відчув напругу, а ще — як Таша раптом перестала пручатися. Повітря між ними наче наелектризувалося та стало майже відчутним на дотик. Дівчина була так близько, що він чув її пришвидшене серцебиття й тепле дихання на своїй шиї. Раптом захотілося, щоб вона стала ближчою. Дейв відпустив руки Таші та злегка притягнув її до себе. Вона кліпнула й завмерла. Губи Дейва опинилися на рівні її губ. Дівчина заплющила очі й відчула ніжний дотик у кутику своїх вуст. Дейв поцілував Ташу і зупинився, наче дозволяючи їй відсторонитися, але дівчина сама потягнулася до нього, запустивши руки у волосся. Хлопець притиснув Ташу до себе міцніше.

Другий поцілунок був уже більш пристрасним, таким, наче їм обом одночасно знесло дах. На плече їй упала перша крапля. Знову дощ, як і тоді, коли Люк зголосився провести її до зупинки. Тільки тоді не було такої напруги. Лише дружня легкість. Навіть коли Люк жартував, це було зовсім не схоже на заграваня. І цієї електричної напруги теж не було. А тут… Образ Люка зник, немов розтанув. Усі образи зникли, залишився лише один білявий трейсер, його руки та губи. І дощ…

Згадалося, як вона мріяла спробувати поцілунок під дощем. Скільки разів бачила таке в фільмах і кліпах. Суцільна романтика, але чомусь у житті такого ніколи не траплялося. Мрії здійснюються. Але чому саме зараз? Думки вислизали, і вона не встигала за жодною. Дощ посилювався. Мокрі як хлющ, хлопець із дівчиною не зважали на краплі, повністю поглинуті новими почуттями.

Під трибунами, неподалік від парочки, стояли Люк і Нік. Хлопці саме знімали відоси на вишках і вирішили пошукати локації вище. Люк сплюнув крізь зуби, вилаявся, розвернувся і пішов.

— Ти куди? — Нік у два стрибки наздогнав похмурого Люка. — Чого схарився? Це було очікувано. Я бачив, як Дейв на неї дивиться. Скажемо нашим, чи хай самі признаються?

— Та мені пофіг! Хай роблять, що хочуть, — Люк вхопив шматок цегли і швиргонув кудись в дерева. Руки свербіли до чогось вчепитися. Розламати. Розбити.

— А ти чого такий злий? — з підозрою спитав Нік. Його побачене не здивувало, а от Люк, вочевидь, надто вразливий. — Вони вже дорослі, їм таке можна, — реготнув. — І не тільки!

— Головне, щоб зі своїми амурами не забували про команду.

— Дейв не забуде. Він ще й нам нагадає, — Нік плеснув друга по плечу. — Ну а їхні стосунки — то не наша справа!

— Ага, — Люк коротко кивнув. Руки стиснулися в кулаки. Хлопець процідив крізь зуби: — Дейв у нас побєдітєль по жизні!

Усередині Люка стискався багряний кулак. Він був готовий вдарити Ніка, щоб той нарешті заткнувся. Дейв… Бляха, усюдисущий капітан Дейв, якому завжди дістається все найкраще… Він із першого дня знайомства по-справжньому захоплювався капітаном, його силою духу, витримкою, спокоєм і впевненістю. Але після побаченого біла заздрість обернулася на чорнющу жабу, яка раптом схопила за горло так, що неможливо дихнути. Невже весь цей час він йому тупо заздрив? І потреба бути в команді насправді лише надія одного дня перевершити Дейва? Довести, що він теж може, що він не гірший? Охрініти можна! І все через Ташу? Люк видихнув повітря крізь зуби і криво посміхнувся. В голові вже зрів новий план. Кажеш, не наша справа? Помиляєшся. Ще й яка наша!

Розділ V

Біжи

1

— Кому вже там строчиш? — Чіт штурхнув Дейва, який переписувався в телефоні, і перевів погляд на дорогу. Хлопці сиділи на трамвайній зупинці біля Парку культури, очікуючи на транспорт. Приємна втома в тілі розслабляла, дозволяючи забути про емоції. Усе, чого хотілося, — якнайшвидше дістатися дому й закинути в шлунок щось поживне і бажано калорійне: після тренажерки завжди виникав скажений голод.

— Таші, — Дейв усміхнувся. Дівчина саме написала, що відмокає у ванні з піною і думає про нього. Від цього навіть стало трохи спекотніше.

— Та-а-аші… — іронічно протягнув Чіт. — І що там Та-а-аша?

— Бро… — Дейв надіслав Таші смайлик, вимкнув телефон і звів очі на друга. — Не починай…

— Та добре, добре. — Чіт підняв руки вгору. — Твоя дівчина. Роби що хоч!

Стосунки між Ташою й Дейвом тривали другий тиждень. Новину про «любоф» між капітаном і новенькою сприйняли по-різному. Нік порегботав, сказав, що «вже знає», і почав щось туманно розводити про обіймашки під дощем. Люк — мовчки. Чіт холодно привітав. Пух — радісно.

— Ти бачив, який там світлофор? — Чіт махнув у бік «Динамо».— Блакитний!

— Ага, бачив,— кивнув Давид.— На тому перехресті всі світлофори блакитні.

— М-да… Це для кого, цікаво? Для енелошників? Хах! Чуєш, а Люк де? — спитав Чіт.— Щойно ж був тут!

— Пішов через парк. Казав, що хоче пробігтися.— Дейв кинув рюкзак на лавку й опустився біля нього, витягнувши ноги. Останнім часом Люк справді поводився дивно — уникав дружніх посиденьок після тренувань, ще більше замкнувся в собі, здебільшого відмовчувався. Дейв спохмурнів. Усе це можна було списати на сварки з батьком, але інтуїція підказувала, що є ще щось. І це *ще щось* рано чи пізно доведеться розгрібати.

— Пробігтися? — Чіт згадав про штанги і підтягування з важезними дисками, прикрпленими до пояса. І думка, що потрібно повторити щось подібне, особливо коли стоїш на зупинці та чекаєш на «домашній» трамвай, уявлялася вже надто задротною. Трейсери нечасто ходили в тренажерку: вуличних тренувань та гімнастичного залу вистачало з головою, але двічі на місяць хотілося змінити локацію і тип навантажень. Такі тренування були раде для відпочинку мозку й виснаження тіла.

— Я завжди казав: в Люка здоров'я, як у коняки.— Чіт смачно присмоктався до скляної пляшки з колою.— Або сидить на стероїдах. І коли він вирішив нас киданути?

— Коли ти займав чергу в магазині, — ліниво відповів Дейв. Думати про Люка з його закидонами зараз геть не хотілося. Все було добре. А легка напруга піде тільки на користь, тим паче, що в залі можна було класно зігнати злість. Хлопець задивився на жовтий ліхтар і тепер кліпав очима, намагаючись прогнати набридливу пляму з-перед очей.

— Купив молока?

— Так, узяв! — Чіт відвів руку назад і поплескав по рюкзаку.

— То давай його сюди!

— Но-но! — Чіт відсунув рюкзак трохи далі. — Тільки не кажи, що хочеш його на зупинці видудлити.

До зупинки поволі сходилися люди. Довгими тротуарами гуляли молоді матусі з візочками, купки підлітків і господарі йоркширських тер'єрів і чорно-білих хаскі. Наприкінці дня місто повнилося жвавим рухом, котрий лише посилювався на фоні сутінкової заграви. І от якийсь чувак п'є посеред вулиці молоко та дарує перехожим блаженну посмішку немовляти, облямовану білим контуром.

Чіт зробив великий ковток коли. Крижані шипучі бульбашки приємно щипали за язик.

— Молоко — краще за твою хімку, — єхидно гигикнув Дейв, потихеньку підсовуючись до Чітового рюкзака. Але той добре пильнував рухи друга й заперечливо похитав головою.

— Молоко не засвоюється дорослим організмом! І взагалі, ця твоя жижа в пакетах не має нічого спільного з коровами! — Чіт відчув, що вступає в словесний батл, тому подумки шукав доступні аргументи.

— Слухай, — несподівано змінив хід розмови Дейв. — Може, і ми махнемо в парк? А потім через центр пішки. Погода класна, і я сьогодні не дуже втомився...

— Ага, вже. Це не я там побіг? — Чіт гмикнув, витягнув телефон і став строчити есемеску Ніку: той уже другий день поспіль валявся з температурою. Захворіти посеред літа — це треба бути особливо фартовим.

«Хворий, ти як? Лікуєшся?»

«Краще. Чаєм лікуюся. Ще священик прийшов, посвятив. Шкода, тебе не було — тебе би точно треба було скропити святою водою. Покайся, грішнику!»

— От дебіл! — вилаявся вголос Чіт.— Сорі, це я не тобі,— відповів на іронічну посмішку Дейва.

— Чувак, ти не шариш! — блондин пішов напролом.— Давай по снікерсу та рвонемо через парк? Потренимо разом акури, дропи...

Дейв уже бачив, як легко перелітає з бордюру на бордюр. Відчуття азарту було поряд, ні — уже в ньому. Воно розпирало зсередини. Чіт теж це відчував, тому тільки хитро посміхався, киваючи натхненним словам друга. Круто, коли в тебе є захоплення, від якого їде дах настільки, що змушує з останніх сил іти й щось робити. Бо це не примус, це твій вибір. І вдвічі крутіше, коли це божевільне відчуття є з ким розділити.

Під'їхав трамвай, зробивши одних пасажирами, інших — пішоходами. Чіт допив колу й викинув пляшку в смітник. Прохолода червневого вечора проганяла втому, як холодний душ змиває вранці залишки сонливості. Спекотне повітря раптом розтануло, забрало з собою важкість у ногах і поколювання в м'язах, натомість охопило хвилююче передчуття нічних сюрпризів і присмаку карамелі з арахісом.

— Твоя взяла! Тільки давай по шурі! — Чіт простягнув Дейву пару зіжмаканих купюр.— Мені два снікерси! — гукнув услід.

Трамвай уже поїхав, дзенькнувши на прощання хлопцю, котрий лишився обіймати свій рюкзак. Цей маленький потяг довго возить дух обідньої спеки — «зайцем», як завжди.

2

У парку Культури завжди вистачало місця для активної діяльності. Якщо верхня сцена була місцем тусовки ролерів, скейтбордистів та біеміксерів, то паркові сходинки, перила й парапети привертали увагу трейсерів: безліч простору для руху, ще більше свободи для думок.

Сьогодні їх було двоє. Нік валявся вдома, Таша вже пішла. Пух знову зависав у репетиторки, а Люк, хоч і склав компанію в тренажерці, мабуть, захотів побути на самоті і першим подався через парк. Хлопці йшли мовчки, думаючи кожен про своє. Тільки пакет молока переходив із рук у руки. Спрага від шоколаду — штука серйозна, тому Чіт уже не зважав на походження продукту.

Тіні від дерев довгими смугами тягнулися по траві й ламаними лініями переходили в доріжки-змиючки. Хлопці рухалися знайомою стежкою до «Романтика», біля якого були чудові споти, коли перед їхніми очима зіткнулися два промені потужних прожекторів.

— Що за?.. — крізь зуби процідив Чіт. Хлопців миттю засліпило яскраве світло фар.

— Певно, менти, — без емоцій констатував Дейв. — Може, у них тут якась облава...

Останніх слів Чіт уже не чув. Ноги враз ніби примерзли до землі, у роті з'явився неприємний металево-ментоловий присмак. Менти. Слово, від якого в мами був серцевий напад. Слово, яке вганяло в ступор. Слово, яке рвало дах. Яке мало б рятувати, а натомість забирало надію на порятунок. Якщо тебе схоплять — зроблять винним. А якщо ти винен — тобі срака! Раптовий страх скрутив хлопцю нутро, забрав спокій і заволодів свідомістю. Без причин і пояснень Чіт схопився з місця та рвонув поміж темних силуетів кленових стовбурів, подалі від рівної дороги. Трейсер нічого не відчував — ні тіла, ні руху. Лише серцебиття і пульсація в скронях підганяли бігти ще швидше, як героя фільму про апокаліпсис, за яким розростається дедалі ширша тріщина з киплячою магмою на дні.

Чіт хотів стати невидимим — очима шукав перешкоди, паркани, гаражі, приватні будинки та хоч цілі багатоповерхівки, розписані муралами. Те, що для інших ставало кінцевим бар'єром, було для нього лише злітною смугою, точкою дотику з хмарами, філософією свободи, котру можуть відібрати. Натомість з усіх боків миготіли лише дерева. Рідкі кущі тонким пруттям шмагали по обличчю, намагалися поставити підніжку. За спиною лунали придушені зойки: хтось кричав, сипав лайкою і погрозами. Подекуди темний простір розсікав прожектор.

Раптом Чіт злетів. Він перестрибнув бордюр, його права нога перечепилася через пеньок, якого не було видно у темряві, і хлопець за інерцією зарився носом у землю. Надії потонули в чомусь холодному й землистому. Запахло сирістю та прілим листям. Відчутно боліло підборіддя, а з носа, здається, юшила кров.

Зненацька хтось ухопив хлопця за комір.

— Вставай, ментів уже нема! — почувся захеканий голос Дейва.

— Кого, кажеш, нема, засранцю? — високий силует у чорній формі присів, ухопив обох хлопців за барки і дужою рукою підняв на повний зріст. Світло різонуло звиклі до темряви очі.

— Добрий вечір, хлопці, — грубим басом загудів кремезний майор. — Поліція вашого рідного міста вас турбує. Чому тікали?

— Та ми й не тікали... — невпевнено почав Дейв.

— Чуєш, хлопче, дурня з мене не роби! Ти мене зрозумів?! — гаркнув майор. — Не бігли вони. Рудий он, як олень, повалив, ледве нас побачив!

— А ви поет, товаришу майоре, — несподівано обізвався Чіт. Вилиці хлопця тремтіли, а це означало лиш одне — Чіт був не на жарт розлючений. Русявий колір його волосся справді мав непримітну рижинку, а веснянки додавали жару, але за «рудого» хлопець з дитинства був готовий будь-кому перегризти горлянку.

— Слухайте, ми — спортсмени, а навколо — бігові доріжки, то які до нас претензії? — Дейв говорив швидко та впевнено.

— І яким же спортом ви займаєтеся? — до компанії підійшов худий і чи не вполовину нижчий від майора на зріст сержант та втупився поглядом Чітові в обличчя.

— Паркур, — сухо відрізав Чіт.

— Це що, по парку ловите кур? — глузливо запитав сержант, але затнувся під зневажливим поглядом старшого колеги. Майор уважно подивився на хлопців. Молоді, з міцною статурою — справді схожі на спортсменів. Обличчя розумні, стомлені, що-правда, очі бігають. Проте втікачі не були схожими ані на злодюжок, ані на наркоманів. Могли справді рвонути подалі від прожекторів і голосів. Що зробиш, якщо поліція свого часу встигла заробити собі не найкращу репутацію? Але це тільки здогадки, а здогадки ще треба перевірити. Чоловік гмикнув і спокійно мовив:

— Отже, так. Годину тому двоє хлопців вашого віку витягну-ли ноутбук із салону автомобіля — власник залишив лептоп на видноті. Ваші документи, будь ласка.

— Не ношу! — огризнувся Чіт.

— Із собою немає, — хитнув головою Дейв.

— Ясно. Тоді доведеться проїхати зі мною до відділка.

3

Трейсери відсиділи в кімнаті затриманих законні три години. За цей час у них узяли відбитки пальців, щоб звірити з відбитками, знайденими криміналістом на дверцятах машини, записали імена й адреси. Довелося давати телефон батька Дейва. Мамі Чіта вирішили не дзвонити: її трусило від одного слова «поліція». Чоловік був здивований таким дзвінком, але він і хвилини не сумнівався у невинуватості сина. У Дейва була надто добра репутація, щоб він міг ускочити в халепу, і надто гострий розум, щоб чинити дурощі. Це, безумовно, була прикра помилка. Батько без зайвих розпитувань підтвердив, що знає таких хлопців, відклавши розмову з сином на вечір. Трейсери видихнули, а вже за кілька хвилин опинилися в кімнаті на очній ставці зі свідком.

Вусатий дідусь у піджаку й капелюсі відразу заперечно похитав головою:

— Та де то вони, прошу пана! Ті вар'яти були вполовину менші й зелені якісь, як хорі. Певно, ті во — наркомани. Ми з Лордом їх добре роздивилися! — свідок дружньо поплескав хлопців по плечах, неофіційно знімаючи з них цим підозру.

Потім були підписи в протоколах, перевірка даних і легкість на душі, коли трейсери вийшли за двері відділка. Біля входу молотив хвостом прив'язаний до перил чорно-білий пес.

— Лорд! — свиснув Дейв і чотирилапий з готовністю гавкнув. Вгадав. Свідок із відділка і пес добре пасували одне одному. Як дві самотності чи два диваки. Завжди так — хтось комусь потрібен. Чомусь згадалася Таша. Треба буде розповісти їй про сьогоднішню пригоду. Хотів бути крутим перед дівчиною? Ясна річ! Хлопець усміхнувся своїм думкам і обернувся до Чіта.

— І якого фіга ти так стартанув? — Дейв запитав без особливої надії на відповідь.

— Терпіти не можу... — огризнувся Чіт, картаючи себе за дурість.

— Кого? — здивовано запитав Дейв.

— Молоко, болото і пампушки! — монотонно перечислив хлопець.

— Аха-ха-ха! — Дейв засміявся. — Молоко для тебе — дійсно рвань! А до чого тут пампушки?

— Та лежали на пасажирському сидінні пограбованої KIA. Я встиг роздивитися, поки нас вели до машини, — спокійно відповів Чіт, витягнув із кишені черговий снікерс і вже добродушно пробурчав: — А Люку я ще особисто привіт передам. Дебілоїд! Мало йому було залу... Через парк йому йти захотілося...

4

— Давиде, є щось, про що я маю хвилюватися? — кароокий смаглявий брюнет сидів за столом із чашкою кави. Вона діяла на нього як заспокійливе. Без дози на ніч Андрій — батько Давида — не міг заснути.

Світловолоса жінка з короткою асиметричною стрижкою поралася біля мийки — там шуміла вода та дзеленчали тарілки. Євгенія — мама Давида — у піввуха слухала розмову сина з чоловіком, прокручуючи у голові звітність до податкової.

— Ні, тату. Усе добре, — хлопець кинув рюкзак і сів біля батька.

— Ти ж знаєш, поліція — це не жарти. Ти ж не вляпався в якусь історію через свій паркур? — Андрій сплів пальці в замок й уважно дивився на сина. Він звик, що Давидом можна і треба пишатися. Бездоганна поведінка, високі оцінки, повага до старших. Син був тим, ким його хотіли бачити. Захоплення, щоправда, несерйозне, хоч і небезпечне. Але повністю хлопчаче. Уже краще, ніж народні танці, на які його водила дружина до п'ятого класу. Син-танцюрист. Оце вже ні, краще, як там він каже, — трейсер. Звучить по-чоловічому, без жіночих сю-сю.

Дейв напружився. Він практично відразу розповів батькам про своє захоплення. Та й не звик він брехати чи приховувати щось. Вони ніколи нічого йому не забороняли, хоча розмови про небезпеку заводили дедалі частіше. І дався їм той паркур?

— Паркур тут ні до чого. Це просто дурне непорозуміння. Але все вирішилося, тому не переживайте.

Мама витерла руки й поцілувала сина в чоло. Вона мала такі самі світлі очі, тільки в зіницях більше блакиті.

— Синку, ми з батьком просто хвилюємося за тебе. Ти займаєшся небезпечним видом спорту…

— Я знаю, що роблю і, повірте, я ду-у-уже обережний. Вам немає чого хвилюватися. Я в душ, — хлопець вийшов із кухні й зачинився у ванній.

— Женю, це в нього мине… –– чоловік усміхнувся дружині. — Я он до зустрічі з тобою з мотоцикла не злазив, теж травматично, але ж живий.

— Думаєш? Уже який рік пішов, а я щодня боюся, що він собі щось переламає.

— Головне — йому того не кажи. Давид нам довіряє і йому вже не п'ять, щоб оберігати від усього. У нього своє життя.

— Своє, своє, хто ж сперечається? Хай робить що хоче, аби був здоровий!

5

— Привіт. Як ти там? Не втопилася? — Дейв подзвонив Таші вже з дому, ситий і задоволений після контрастного душу та вечері.

— Ага, — Таша гмикнула. — Ти говориш із трупом, мерзенний некрофіл! — Дівчина відклала планшет, на якому передивлялася «Грімм»[38] і зручніше вмостилася на дивані.

— Краще вже некромант. Яку там книжку треба читати, щоб тебе воскресити? — хлопець скуйовдив мокре волосся й відчинив вікно, спершись на підвіконня.

— У когось непристойні фантазії про дівчину-мумію?

— Нє-е, краще вже про живу... — низьким голосом промовив Дейв, і Таша відчула, як шкіра вкрилася сиротами. Вона справді з ним? З оцим хлопцем, який може розізлити її, і розсмішити, і змусити червоніти? Дівчина усміхнулася.

— Ну-ну... Це ти зараз так говориш. Як тренування? Прокачався?

— Тренування — то фігня. Нас із Чітом після нього до відділка загребли.

— За що?

— Подумали, що ми обчистили якусь машину.

— І з ким я зв'язалась? — скрушно промовила Таша. — То в мене хлопець із кримінальним минулим?

— Єс, мем. Тому пакуй речі, бери паспорт і ми валимо з цієї країни.

Таша розсміялася.

— Знаєш, мені подобається твій сміх.

— Це приємно.

---

[38] «Grimm» (*англ.*) — американський телесеріал (2011) у жанрі темного фентезі, частково заснований на казках братів Грімм.

— Але краще слухати його наживо…

— Це натяк?

— Ага. Ти як, не зайнята?

— Страшенно. Але для тебе хвилинку виділю… Куди підемо?

— На Кайзер. Ти, я й Лиса гора!

— М-м… Будемо палити вогнища й викликати демонів?

— Побачимо, як ти поводитимешся.

— Я буду ду-у-уже чемна.

— Добре, умовила. Зустрінемося біля Ляльки[39]. Я беру сірники. Коли можеш бути там?

— За півгодини.

— До зустрічі.

— До зустрічі.

Таша відклала телефон і розтягнулася на дивані. На її губах блукала щаслива усмішка. Від очікування зустрічі з Дейвом у животі з'явилося лоскітливе відчуття. Як же з ним було класно! І як дивно все це… Їй ніколи не подобалися блондини. І Дейв здавався надто правильним… Типовим хорошим хлопчиком. Хто ж знав, що під цією маскою стільки цікавого… Чим іще ти мене здивуєш, мій особистий Капітане Америко?

---

[39] Львівський академічний обласний театр ляльок.

Розділ VI

Lost frag [40]

1

На даху Сихівської чотирнадцятиповерхівки було свіжо й дихалося вільно. Над проспектом Червоної Калини похмуре небо заховало спеку якнайдалі, і місто нарешті вийшло зі стану сну. Дощу не очікували, але хмар було задосить, щоб ті не гірше за спеку тиснули на мізки. Трейсери сиділи на даху, спинами спираючись на виступ стіни. Зібрані, серйозні. Пух — майже біля Таші. Нік щось обговорював із Чітом, який сидів на бордюрі, склавши ноги по-турецьки. Люк стояв, схрестивши руки, і дивився перед собою.

Дейв пройшовся краєм даху, зустрівся з випичним поглядом Люка й зітхнув:

— Ти справді цього хочеш?

---

[40] Lost frag (*англ*.) — втрачений фраг. У комп'ютерних іграх — труп, уже вбитий або ще живий (але ненадовго) суперник, а також бали, нараховані за вбивство суперника.

— Так! — Люк кивнув, скоса глянувши на Ташу. Дівчина дивилася лише на блондина й помітно нервувала. Це тільки посилювало азарт брюнета. Хлопець криво посміхнувся. Так, він не відступить.

2

Люк зник тиждень тому. Як крізь землю провалився, без пояснень і попереджень — не відповідав на дзвінки та повідомлення. Дейв запропонував почекати ще кілька днів і навідатися до хлопця додому — хтозна, що могло статися, і, може, Люк потребував дружньої допомоги. Але візит не знадобився. Люк з'явився сам у командному чаті в телеґрамі. Полуденна спека не діймала хіба що у віртуалі. Тому троянці були онлайн у повному складі: обговорювали завтрашнє тренування. На завтра обіцяли хмари.

«Усім хай», — коротке повідомлення Люка змусило решту припинити обговорення й переключитися на нову тему.

«Опаджа, які люди!» — Мажор розвалився на кріслі-подушці, однією рукою набираючи текст, а іншою обіймаючи рудокосу дівчину. Руда клацала телефоном малиновий лимонад на столику й невдоволено супилася — картинка на екрані їй не подобалася.

«Здоров, Люку!» — Таша зраділа появі трейсера. Останнім часом її муляло недобре передчуття, і вона ніяк не могла його позбутися. Дівчина вмостилася на широкому підвіконні й гортала журнал.

«Ти де був?» — Пух строчив повідомлення з ванної. Мама окупувала його кімнату й пильнувала, щоб він не байдикував.

«З тобою все норм?» — Чіт сидів на лавочці біля дому й жував насіння, спльовуючи в урну для сміття.

«Допомога потрібна?» — Дейв внутрішньо напружився. *Люди ніколи не щезають просто так. Завжди є причина*. І щось підказувало йому, що цього разу причина серйозна. *Щось змінилося. У Люку. Між ними.*

Люк криво посміхнувся, читаючи останнє повідомлення. У колонках співали *Wolfmother — «Victorious»*. *То за нього переймалися? О'кей. Дякую, чуваки, приємно.* Хлопець видихнув і швидко застрочив:

«Сорі, що пропав. Знаю, це може прозвучати тупо, але я хочу позмагатися з Дейвом за право бути капітаном. Я вже давно з вами, ви знаєте мене, а я знаю вас. Це буде чесно».

«Чувак, нафіга тобі це? — Нік смикнувся, штовхнувши руду під руку, від чого вона невдоволено зашипіла, але хлопець лише відмахнувся. — Особисто я проти».

«Чим тебе не влаштовує Дейв? — Чіт підвівся з лавочки, розсипаючи навколо себе насіння. *Бляха! Зайти до Дейва, чи що?* — Що з тобою, бро? Де ти пропадав узагалі? Думаєш, це нормально?»

Таша й Пух мовчки переглядали повідомлення. Дівчина намагалася відписати щось веселе й безтурботне, щоб змінити тему, звести на жарт, але виходила якась дурня, і вона вкотре стирала повідомлення. *Все було так добре... Чому все не може бути просто добре?*

Пух пустив холодну воду і вмився. *Такого від Люка він не очікував. Може, це такий прикол?* Хлопець навіть почав строчити про це в чаті, коли урешті відписав Дейв.

«Якщо ти справді цього хочеш — я готовий».

«Дейве, та забий! — написав Нік. — Я не бачу сенсу».

«І я за Дейва», — додав Пух.

«От і перевіримо. За дві години в мене на районі на споті з трактором. Приходьте всі».

Люк не міг відірватися від монітора. Плювати на те, що сказали інші. Він був готовий до цього. Головне, що погодився Дейв.

«Буду», — блондин надіслав купу смайликів, хоча всередині все переверталося. Від самого початку він був готовий прийняти виклик від будь-кого. Для цього він і тренувався днями та ночами. Але отак, ні з того ні з сього, отримати удар під дих від Люка, якого вже почав уважати своїм другом?! Хлопець вимкнув комп'ютер і потер долонею чоло. Що за муха його вкусила? Спершу зникнення, а тепер — бажання стати капітаном. Щось довести? Кому і що? Люк не гірше за нього знав і поважав правило паркура — не змагатися, а зараз щось змусило його знехтувати цим. Питання — що? Завібрував телефон. Дейв автоматично підняв слухавку, навіть не глянувши, хто це.

— Дейве, привіт.

Хлопець усміхнувся, почувши дівочий голос. Вона теж переймається. Що ж, це приємно.

— Привіт, Ташо.

Дівчина усміхнулася.

— Слухай, ти що... Справді будеш із ним змагатися?

— З Люком? Так, я ж написав.

— Може, не треба...

— Чому? Ти що, переживаєш?

— Ясно, що переживаю!

— Та все буде добре, ти ж знаєш, я обережний! Може, і взагалі нічого не буде, це Люк приколюється.

— Блін, та знаю, але ці змагання... Ти ж сам казав, що вони небезпечні. Доводити, хто крутіший, нащо?

— Якщо я відмовлюся, думаєш, буду себе поважати?

— Я буду тебе поважати.

— Знаю. І я тобі за це дуже вдячний. Прийдеш підтримати?

— Ясно, що прийду! Не питай дурниць!

Таші раптом стало страшно. Вона на власній шкірі відчула, що паркур — геть не дитяча забавка. Небезпека завжди була поруч, а коли на неї наражаєшся свідомо — від цього удвічі страшніше.

— Обіцяєш, що з тобою нічого не станеться?

— Усе, що могло, зі мною вже сталося.

— Ти про що?

— Ну, тебе ж я вже зустрів, — хлопець усміхнувся.

— Дейве… — у слухавці чулося шумне дихання. — Ти змушуєш мене нервуватися.

— Це приємно.

— Ну добре. Якщо це тобі приємно…

— І не тільки це.

— Ну все, годі. А то я червонітиму.

— Хочу на це подивитися.

— Скоро побачимося.

— Тоді давай.

— Давай.

Дейв із хрускотом потягнувся та прислухався до своїх думок. Ніби все добре, але чогось неприємно пекло під грудьми. Це радше лякало, ніж дратувало. «Напевно, я просто хочу залишатися лідером. А якщо продую? Не хочу навіть думати про це. Цікаво, що робитиме Люк, якщо переможе?»

Хлопець трохи подумав і набрав Люка. Може, вдасться вирішити усе без дурних змагань? Але Люк був поза зоною. Дейв глянув на годинник і чортихнувся. До зустрічі залишалася ще година. Що йому робити аж шістдесят хвилин? Краще не сидіти вдома, а то він себе з'їсть зі всіма тими здогадами й сумнівами. За два роки можна звикнути до людини, прийняти її та перестати підозрювати в підставі. Який же ти насправді, Люку?

3

— О, ти вдома? Привіт! — до кімнати Луки зайшов веселий чоловік. Розстібнув верхній ґудзик на блакитній сорочці та сперся долонями на спинку крісла. Валерій, батько Люка, перебував у піднесеному настрої. Улюблена робота приносила масу задоволення — власний кабінет, увічливі пацієнти, симпатична помічниця; енергії цьому чоловіку вистачало на все. От тільки стосунки з сином чогось ніяк не хотіли переходити з холодного нейтралу у хоча б напівтеплі.

Чоловік пробігся чіпким поглядом по кімнаті: гармидер Луки завжди тримав чітку дистанцію з хаосом, проти якого можна було б боротися. А сам хлопець сидів за столом у своєму кріслі й відреагував на появу батька хіба коротким кивком. Чоловік стиха зітхнув. Так, синові бракувало уваги, бракувало матері, але зараз запізно щось виправляти. Добре, що Лука не був дурнем: пішов у медичний його слідами. Щоправда, він трохи залежний від ігор, але це з часом минеться.

— А я за телефоном заїхав, уявляєш, забув! — бадьоро почав чоловік. — Зранку на роботі такий кумедний випадок трапився. Жінка привела малого виривати зуб і каже, що він зубним хоче стати. Зуб йому я, звісно, вирвав, усе добре. Питаю вкінці: «Ну що, будеш стоматологом?» А малий мені: «Нє, дякую, я вже передумав».

— Ха-ха, дуже смішно, дякую, посміявся, — механічно відповів хлопець, торкнувшись сережки в брові. У голові Люк уже прокручував можливі варіанти змагань із Дейвом, і батькові розповіді про роботу були дуже не в тему.

— Луко…

— Люк, я просив називати мене Люк.

— Мама назвала тебе Лукою. Їй подобалося. А от мені імена апостолів ніколи не були до вподоби. Так і хочеться додати — святий. А які ж ми святі? Я уявляв собі твоє ім'я інакшим — більш сучасним та менш «релігійним». Артем чи Денис… — спробував пожартувати чоловік. Він узяв зі столу ручку, покрутив між пальцями, клацаючи ковпачком. Як цей хлопець міг перетворити його — успішного й поважного лікаря — на розгубленого чоловіка, який не знає, що сказати своєму сину? Від власної безпорадності хотілося вити, або заглушити її чимось, залити, забутися. Він забувався в роботі, дозволяючи синові щораз більше віддалятися. Але як інакше? Навіть коли хотілося вибухнути, врешті-решт показати, що його слово тут важить більше, трусонути сина так, щоб із нього злетіла вся відстороненість — тоді перед очима з'являлася колишня дружина і лють вщухала, поступаючись розгубленості. Чому бути батьком так важко?

Люк звів брови. Присутність батька починала дратувати. Він заважав зосередитися.

— Знаєш, я думаю, тому мама й пішла: з тобою було занадто просто.

Чоловік потер чоло. Люк будь-який їхній діалог міг перевести на розмову про матір. Це означало — діла не буде.

— Ти їв?

— Їв, — Люк стенув плечима. Їжа — останнє, що його цікавило в цьому житті.

— До іспитів готуєшся? У мої часи… — чоловік усміхнувся, згадавши власне навчання в інституті.

— Не переживай, складу.

Батько спробував зазирнути в монітор.

— У що рубишся?

— Ні у що, — Люк вимкнув екран. Запала мовчанка. Батько стиснув ручку, і ковпачок із хрускотом відламався.

— Це була моя ручка.

— Вибач, я не навмисне. Куплю тобі іншу.

— Ти зі всім так... Ламаєш, коли хочеш. Тобі простіше купити. Може, сина собі іншого купиш?

— Луко... Добре, Люку. Тобі б дівчину... Може, тоді б став добріший.

— Як тільки — так зразу, — хлопець стиснув щелепи. Батько, сам того не знаючи, вдарив у болюче місце. Квест під назвою «Таша» було практично пройдено, залишалася одна деталь. І треба ж було Дейву влізти, куди не просять? Фак!

Валерій ще двічі зітхнув і вийшов, зачинивши за собою двері. Люк відкинувся на кріслі, масуючи голову. Може, не треба було з ним так різко... Сам винен — треба стукати, і взагалі... Хоч би раз поцікавився його життям, а не триндів про своє! Нічого. Він знайшов спосіб, як можна обійти систему. Стосунки Таші та Дейва — чиста випадковість, і він доведе усім, доведе їй, з ким вона насправді мусить бути. Межа між реалом і віртуалом була надто тонкою, а він — надто хорошим гравцем, щоб спасувати перед першим же босом.

Раніше Лука був ґеймером. Світ комп'ютерних ігор вигравав у порівнянні з сірою реальністю. Там навіть ботан, із якого знущалися однолітки, міг бути крутезним героєм і справді здобував перемоги, проходячи потужні квести й небезпечні випробування. У реалі все було складніше. Батьки розлучилися, коли йому було десять. Мама поїхала за кордон й обірвала всі контакти. Малий страждав, а потім підсів на ігри. Батько постійно пропадав на роботі, а вдома просто валився із ніг від утоми і зачинявся у своїй кімнаті. Часу на «поговорити» не було. А друзів більше цікавили власні проблеми, ніж чужі. Реальний світ поставив на худорлявому темноволосому хлопцеві тавро «невдаха» і не збирався підкидати жодних завдань для прокачування рівня.

Типові налаштування — що б ти не робив, не зрушиш із місця.

Хлопець почав із *CS* і *Dota*, пробував *Warcraft*. А згодом підсів на *Assasian Creed*[41]. Сюжет, який до болю нагадував його життя. Звичайний хлопець за допомогою спеціальних технологій потрапляв до одного зі своїх минулих життів, де був крутезним героєм, найманим убивцею з розкішними скілами[42]. Лука настільки зжився з грою, що вже не відрізняв, де вигадка, а де реальність.

Він міг по кілька днів нормально не їсти й не спати, заливаючись енергетиками й закидуючись снеками. Під очима залягали тіні, а в очах, здавалося, не було жодної цілої судини — сама багряна пелена. Батько прямо в одязі запихав його під душ, щоб хоч якось витягнути з ігрового «запою». Але це не мало ані ефекту, ані значення. В Люка була своя ґеймерська туса — такі самі хлопці, з якими можна було поржати над придурками з реалу, які не шарять в цьому житті, і навіть пара ґеймерок, як теж були «своїми хлопцями» — могли відкрити пиво зубами, носили мішкуватий одяг і цікавилися власною зовнішністю не більше за нього. З ними було комфортно. Комфортно бути «своїм». І кому потрібен реал, населений одними дебілами?

Та якось на одному з ґеймерських форумів хтось висловив цікаву думку: «Гравець нічого не вартий, якщо не може в реалі зробити те саме, що його герой». З усієї туси Луку це зачепило найбільше. Хлопець почав шукати тих, хто в житті робив

---

[41] *Assasian Creed* (*англ.*) — «Кредо Асасина», серія мультиплатформових відеоігор у жанрі action-adventure, що наразі складається із дев'яти основних, а також декількох другорядних ігор, які видає французька компанія *Ubisoft*.
[42] Skill (*англ.*) — уміння.

те саме, що і його герой. Якщо найманих убивць знайти було проблематично, то схожий спорт було визначено дуже швидко. Найближчими виявились акробатика, капоейра[43] і паркур.

Переглянувши сотні роликів та просерфивши[44] форуми, Лука зупинився на паркурі. Він уже знав, що у Львові є багато команд, які ведуть свої канали на ютубі й у телеґрамі, однак свідомо не звернувся до жодної з них. Хлопець хотів досягнути всього сам. Адже в іграх його герою ніхто не допомагав. Інакше перемога була б неповною, її довелося б ділити з іншими.

П'ятнадцятирічний Лука почав тренуватися самотужки. Однак те, що у віртуалі було в кайф, у реалі виявилося непосильним завданням. Хлопець зіткнувся з власними страхами, слабкістю й відсутністю всіх потрібних умінь. Тоді Лука склав список. На прикладі комп'ютерної гри він визначив основні якості свого реального персонажа та почав їх прокачувати. За кілька років тренувань хлопець незчувся, як реальний світ почав заступати віртуальний, а паркур став важливішим за будь-яку гру.

Він більше не був задротом. Лука ловив *живий* адреналін і неймовірне відчуття польоту. Прокачувати власне тіло й дух виявилося крутезною вправою. У якості бонусів ішли впевненість у собі й відчуття внутрішньої сили. Тепер і реал хлопцю був по зубах. Не до порівняння зі звичними перемогами в ґеймерському світі.

Але була одна-єдина проблема: Лука не контактував з іншими трейсерами, і якоїсь миті йому стало замало лише себе.

---

[43] Capoeira (*порт.*) — афро-бразильське бойове мистецтво з елементами танцю, музики й акробатики.
[44] To surf (*англ.*) — кататися на дошці по хвилях; тут: переглядати численні сайти.

Закортіло розширити межі свого світу, і він став шукати собі команду, за ідеальних умов плануючи очолити її. Лука, який тоді вже був досвідченим трейсером Люком, почав шукати потрібних людей. Він приходив на спільні тренування та придивлявся, відзначаючи сильні та слабкі сторони ймовірних друзів за майбутньою командою. Та жодна з трейсерських груп не була такою, яку він собі уявляв. Це було до зустрічі з «Троєю». З Дейвом, Ніком, Чітом і навіть незграбним Пухом Люк нарешті відчув себе у своїй тарілці та зміг видихнути. Команду він знайшов, однак у неї вже був капітан. Цей нюанс його бентежив.

З появою Таші в команді Люк раптом зрозумів, чого йому бракувало. Крутої дівчини! Звісно, з переходом у трейсери симпатичному акробату перепадало більше жіночої уваги, але жодна його не вразила. «Вау» не відбувалося. А от Таша чіпляла. Хлопець придивлявся до дівчини, шукав спільні теми й намагався аналізувати свою та її поведінку У комп'ютерних іграх переможець часто отримує красуню — як приз за всі випробування, що він їх подолав. Таша підходила за всіма параметрами. Проте Люк забув урахувати найважливіший фактор — людський. Він банально втюрився. А Таша не поспішала звертати на нього увагу, поводячись однаково доброзичливо з усіма. А коли він наважився діяти і захотів був відкритися перед нею, перед тим тиждень аналізуючи всі можливі варіанти зізнання, вона просто опинилася в обіймах Дейва. Люк мало не провалився у депресію і ледь не забив на тренування. Він вимкнув телефон і начхав на всіх і все, аж тут до нього дійшло: Таша не з ним, бо він не капітан! Це він має стати на чолі команди, тоді отримає й дівчину. Залишалася справа за малим — кинути виклик Дейвові. І капітан не підвів. Люк знав, що Дейв тренується багато та плідно, однак на його боці досвід та неабияка практика.

4

Сихівський спот ховався на внутрішньому подвір'ї між однакових бежевих та коричневих дев'ятиповерхівок. Дитячий майданчик видавався вельми оригінальним інженерним рішенням на фоні зелених газонів і пішохідних доріжок, що тягнулися обабіч і приступали майже впритул до фасадів будинків. Поміж сучасних дитячих гойдалок і каруселей, спортивних турніків і рукоходів із біговими барабанами височіли поодинокі вигадливі стіни, котрі скидалися на залишки старовинних будівель.

Тут гуляли діти з сусідніх будинків, із батьками та без. Біля стін збиралися місцеві хлопці від тридцяти до п'ятнадцяти на пивко чи щось міцніше, або просто потусити. На столиках попід стінами часом можна було засісти в шашки-шахи-доміно чи вічні карти укупі з активними дідуганами.

У центрі майданчика стояв «трактор», як його між собою називали трейсери. Дахова панель лежала на бетонних кільцях, якими зазвичай укріплювали шахти колодязів. Різні діаметри кілець якраз і робили фігуру схожою на трактор марки Т-40, оскільки задні кола були в рази більші за передні. Відразу за «трактором» — стіни з рожевої цегли, розписані чорними, синіми й червоними «теґами»[45] вуличних художників, малюнками монстрів і цитатами з претензією на філософський зміст. Перша — півколом, триметрова, з промовистим графіті «Le Parkour» по центру. Праворуч і ліворуч від неї — менші, заввишки з півметра.

— У правому куті — боєць у червоних трусах під ніком Люк. У лівому куті — боєць у синіх трусах під ніком Дейв. Ну що,

---

[45] Tagging (*англ.*) — вид графіті, швидке нанесення підпису автора на будь-які поверхні, найчастіше в громадських місцях. Окремо підпис називається «тег», від tag — мітка.

пацани? Летс ґет реді ту ра-а-амбл![46] — копіюючи Майкла Баф-
фера, прогарчав Нік. Трейсер тримав біля рота мобільник, не-
мов мікрофон.

— Ти що, бачив мої труси? Чувак, ти мене дивуєш! — гмикнув
Люк. Хлопець відчував, як його охоплює азарт. Кінчики пальців
поколювало, наче від електричних розрядів.

— Розслабся, усі бачать твої труси, коли ти крутиш сальто! —
розсміявся Чіт. — Штани підтягни!

— Поцілунок на удачу? — прошепотів Дейв Таші, обіймаючи
дівчину за талію.

— Краще після перемоги, — хитро усміхнулася та, вивільня-
ючись із рук хлопця.

— Домовились, — Дейв серйозно кивнув.

— Починаємо зі спід-тесту на звичній смузі перешкод. — Нік
узяв на себе роль судді й увімкнув таймер на телефоні. — По-
чаток перед «трактором». На «трактор», кет-ліп на стіну, вихід
на стіну, пробігти по ній. Акура вниз на меншу стіну. Вол-ап
і перестрибнути через стіну. Спід-вาулт. І закінчуємо манкура-
сі[47] або дабл-конґом. Хто швидше пробіжить — той переміг. —
Нік підкинув монетку. — Дейв перший. Готовий? — звернувся
до нього.

Блондин підійшов до «трактора» й підняв руку.

— Пішов!

Люк стежив за чіткими рухами Дейва й кивав головою.
Все-таки капітан був крутим. Хлопець запхав руки в кишені та
стиснув кулаки, дивлячись, як легко трейсер заходить в ман-
курасі. Красава! Блін, зараз не час для підтримки. Перед тобою
не друг, а суперник. Тому забудь усе, що було, і сприймай його

---

[46] Let's get ready to rumble! (*англ.*) — Приготуйтеся до бійки!
[47] Вистрибнути на стіну манкі, випрямити ноги й перестрибнути стіну.

як ворога. Так буде простіше. Люк перевів погляд на Ташу. Так легше перемогти: жодних емоцій, повністю відключитися. Тільки холодний розрахунок. Це його гра, його квест. І його перемога.

— Люку! Твоя черга! — Нік штурхнув замисленого трейсера.

Люк підійшов до «трактора», зіткнувшись поглядом із Дейвом.

— Удачі, — кивнув блондин.

Брюнет хитнув головою.

— Мені не потрібна твоя удача.

— Як скажеш. — Дейв стенув плечима й відійшов.

Люк приготувався і стартонув із вигуком «пішов». Відключити емоції було важко. Чому, блін, Дейв завжди такий... Правильний? Хороший? Він же кинув йому виклик. А Дейв поводиться так, наче це не змагання, а звичайне тренування. Він що — знущається? Точно. Дейв просто не сприймає його серйозно. О'кей. На ґеймерських форумах його теж довго не сприймали всерйоз, тим паче коли дізнавалися про вік. Нічого. Він іще покаже їм. Усім покаже!

Люк зробив дабл-конґ і зупинився, зводячи дух.

— І що там? — спитав якомога байдуже.

— Отже, пацани! — оголосив Нік. — Суперники пройшли смугу одночасно. Ну, майже. Дейв — 20,7 секунди. Люк — 20,8.

— Один нуль, — сказав Чіт. — Дейв попереду.

— Ми тільки почали, — Люк криво посміхнувся, намагаючись зберігати спокій. Нещасні мілісекунди! Бляха! І треба було тобі виснути на зайвих думках? То от ти який, Дейве. Вирішив натиснути на емоції, щоб перемогти? Гаразд. Будемо грати за твоїми правилами.

— Що далі? — спитав Пух.

— Хай кожен придумає по завданню. Так буде чесно, — сказав Чіт. — І цікавіше.

— Може, фрістайл? — запропонував Дейв. — Майданчик є. Оцінюється флоу[48], складність трюку й чіткість виконання[49].

— Я не проти, — сказав Люк.

— О'кей! — Нік відверто насолоджувався суддівством. — До хвилини на виступ. Усім ясно? Дейв починає як переможець минулого конкурсу.

Суперники кивнули. «Троя» розмістилася на колесах в очікування вистави. До трейсерів приєдналися допитливі малі, які здалеку спостерігали за акробатичними трюками, і кілька матусь. Цікаві дійства завжди збирають народ, навіть якщо нікого не запрошують. Натовп гудів і перемовлявся. Зовні спокійний Дейв перезирнувся з напруженим Люком. То що, похизуватися перед глядачами? Це він легко! Шоу починається!

Блондин почав із місця. Ступив крок, відштовхнувся правою ногою, пірнув уперед, прокрутивши переднє махове сальто з однієї ноги, і перейшов в акурасі.

— Вебстер! — задоволено прокоментував Чіт. Малі захоплено охнули.

Дейв ідеально приземлився на виставлені цеглини під перші оплески. З місця зробив спін на одному з коліс трактора: схопившись за стіну, яка йому була по пояс, крутнувся навколо себе. Стрибнув кетліп на стіну з виходом. Стрибнув акурасі й зі стіни відразу зробив бокове. Розвернувся й побіг на маленьку стіну. Зробив реверс і відразу перейшов у рол триста шістдесят. Виконав вол-ап на стіну, вичекав долі секунди перед стрибком і зробив затяжне заднє сальто. Для хлопця все відбулося наче в уповільненому фільмі, для глядачів — за долі

---

[48] Flow (*англ.*) — потік руху.
[49] Бездоганне приземлення, без зашпортувань і похибок.

секунди. Дейв був уже готовий до стрибка, але мусив зберігати повну впевненість, щоб добре відштовхнутися. Політ — й ідеальне приземлення.

— Красава! Круто! — Трейсери аплодували. Малі щось захоплено вигукували. Матусі ойкали, роздивляючись натренованого атлета.

— Молодець! — вигукнула Таша. — Ти як, нормально? — вона підійшла та простягла рушник. Хлопець витер спітніле обличчя й шию. Він кивнув Таші й підбадьорливо підморгнув:

— Не забудь про поцілунок.

— З тобою забудеш... — дівчина жартівливо штовхнула хлопця в плече.

Люк теж аплодував — стримано та прораховуючи власну трасу. Дейв не показав нічого надзвичайного: так, усе чітко та красиво, але йому бракувало небезпеки. Зухвалості. Ризику. А от у Люка цього було досхочу. Зараз він покаже, яким має бути справжній капітан команди трейсерів!

— Твоя черга, Люку, — Нік кивнув брюнету.

Люк жартівливо вклонився глядачам і став на майданчику навпроти того місця, звідки стартував Дейв. Хлопець вирішив почати відразу з ефектного трюку. Манкі-ґейнер. Попереду була стіна по пояс. Брюнет приготувався, узяв розгін, поставив руки на стіну — вихід як на манкі. Але тільки-но руки відірвалися від стіни, крутнув заднє сальто вперед. Ґейнер вийшов майже ідеальним.

— Ні хріна собі! — вирвалося в Чіта.

Трейсери стояли в шоці.

— Це круто, та? — спитала Таша в Дейва.

— Дуже круто та складно, — блондин кивнув, не відводячи очей від суперника.

Люк трохи не докрутив сальто, і тому приземлився не прямо, а ледь нахилившись уперед. Щоб не втрачати флоу, він швидко зробив рол. Потім відразу перейшов у скуд-корк. Хлопець ступив крок правою ногою, поставив ліву руку на землю, вивів ліву ногу вперед так, що вона стала опорною, і з неї вийшов у сальто. Відштовхнувся лівою ногою, витягнув праву махову ногу вперед і закрутив сальто на триста шістдесят градусів.

— Вау! Схоже на капоейру! — видихнула Таша.

— Ага. Оце перше називається скуд, елемент трікінґу, — пояснив Нік. — Та-а, оце Люк дає.

— Це точно! — підтримав Чіт.

Пух стискав кулаки. Не хотілося, щоб Дейв програв, але трюки Люка були надто ефектними. Він переможе. І хоча Пуху більше подобався Дейв у ролі капітана, внутрішнє відчуття справедливості було сильнішим за власні бажання. Люк був цікавіший технічно, а поки Дейв відточував рухи — постійно експериментував. І це мало сенс. Люк на фоні Дейва виглядав диким хижаком — було нереально круто.

Тим часом Люк виконав вол-ап. Стрибнув на колесо трактора, з місця зробив мах ногою назад і закрутив себе вперед, заводячи руки в правий бік, та увійшов у твіст.

— Півтора еріал-твіста! — вигукнув Нік. — Ваще агонь! — На хвилі емоцій він підскочив до Люка та поплескав його по плечу.

— Все реально, коли не боїшся, — відмахнувся задоволений хлопець.

— Пацани, це було мега. Люк — монстр! Був стиль, складність рухів і флоу. Дейве, сорі, у тебе все було чітко, флоу теж був, але рухи не такі складні. Тому... — Нік витримав паузу і прокричав:

— Один — один!

— Ну що, сили рівні. Обидва круті, — Чіт поплескав по плечу Дейва. — Що далі? Розходимося й забуваємо про все, як страшний сон?

— Це ще не все, — Люк похитав головою. Він уперся долонями в коліна й важко дихав. Нічия? Серйозно? Такий розклад хлопця геть не влаштовував. Люк звів погляд на Дейва. О'кей, ризикувати — так на повну. Ідея пульсувала в голові хлопця, змушуючи серце калатати.

— Що ти ще придумав? — запитав Нік, звертаючись до Люка.

— Побачиш. Давайте за мною! — Люк кивнув Дейву. Той спохмурнів, але пішов за суперником. Погляд Люка йому абсолютно не сподобався. Здавалося, у ньому промайнули вогники божевілля. Дейв досі сприймав змагання як частину парних тренувань, гру — та й годі. Але, здається, Люк не поділяв його думок. У голові було тільки одне: навіщо тобі все це, чувак?

5

Сихівська чотирнадцятиповерхівка з обох боків була оточена нижчими дев'ятиповерховими сестрам й височіла над ними, немов сувора наглядачка. Майже ніхто не помітив, як до під'їзду одне за одним прослизнули п'ятеро хлопців і дівчина. Рухаючись майже без шуму, компанія швидко подолала всі дев'ять зиґзаґів перил і сірий моноліт бетонних сходинок. Мешканці будинку, очікуючи прибуття ліфту, проводжали трейсерів зацікавленими поглядами.

Вибратись на дах було неважко. А для тих, хто навідувався сюди не раз і знає, де ховають ключ від колодки, і поготів. З даху баготоповерхівки було видно супермаркет «Арсен», будівлю дитячої поліклініки, комплекс магазинчиків і старий кінотеатр імені Довженка. На автобусній зупинці пасажири чекали на свій транспорт. Трохи ліворуч виднілися схожі будівлі шкіл — «84» та «96». За ними сліпуче сяяли в промінні сонця золоті бані церкви Різдва Пресвятої Богородиці. Праворуч від круглої алейки рожевіли молоді сакури — здавалося, це був острівець Ужгорода[50] посеред Львова.

— І що далі? — спитав Дейв.

— Станемо на руки на краю, — з готовністю відповів суперник. Він розправив плечі, готовий до вирішального протистояння. — Хто довше простоїть — той переміг.

— Ти що, хворий? — до хлопця підбіг Нік. — Обоє можете впасти.

— І що? Це ж змагання, — Люк стенув плечима. Небезпека його не лякала. Перед очима було одне: перемога за будь-яку ціну. — Дейв вибрав, тепер вибираю я.

— Народе, ви серйозно? — прошепотів Пух. — Я не хочу на це дивитися...

— Згодна, — відповіла Таша й продовжила трохи голосніше: — Хлопці, може вже досить? Ви обоє круті. Це вже too much[51], як на мене.

— Нормально, — кивнув Люк. — Хіба Дейв відмовиться. І тоді — програє. Я готовий.

— Дейве, не будь дурним! — Нік схопив друга за плечі.

Блондин зціпив зуби. На вилицях грали жовна. Він дивився на край даху й розумів, що зможе вистояти. А якщо вітер? Якщо рука зісковзне чи дощ піде? Чи птах на голову нагидить? У мозку з'явилися знайомі слова: якщо ти хоч на один відсоток не впевнений, не роби цього.

---

[50] В Ужгороді є гарна алея сакур, всі їдуть туди фотографуватися під час цвітіння дерев.

[51] Too much (*англ.*) — тут: занадто.

— Дейве, будь ласка,— прошепотіла Таша.

— Пацани, реально, це перебір,— промовив Чіт.— Край даху — це круто й усе таке. Але падати дуже високо. І тоді вже нічого не зміниш.

Дейв пройшовся від бордюру на краю даху й назад, зустрівся очима з викличним поглядом Люка й зітхнув:

— Ти справді цього хочеш?

— Так! — Люк кивнув, кидаючи косий погляд на Ташу. Дівчина дивилася тільки на блондина й помітно нервувалася. Це лише підстьобувало азарт брюнета. Хлопець криво посміхнувся. Так... Він не відступить.

— Добре.— Дейв видихнув і кивнув Люку, який уже приміряв-ся до місця, на якому збирався стати на руки.— Твоя взяла. Ти переміг. Я відмовляюся брати участь у цьому. Не бачу сенсу ризикувати життям за право бути капітаном. Вірю, що ти будеш кращим.

— Так просто? — Люк розгубився. Такого він не очікував.— І ти навіть не спробуєш?

— Може, колись і спробую,— серйозно кинув Дейв.— Не буду зарікатися. Зараз я не готовий. Сорі.

— Добре, як хочеш. Справа твоя.

Нік подивився на суперників.

— Технічна поразка. З рахунком 2:1 перемагає Люк. Є-ей! — хлопець намагався сказати останнє речення з ентузіазмом, але вийшло слабенько.

Пух нервово гмикнув. Йому таки не доведеться бачити, як один із його друзів летить із даху. Мандраж відступив, натомість прийшов голод. Пустку всередині треба було терміново чимось заповнити. Пух ковтнув слину та промовив:

— Я думав, ти погодишся... Добре, що нічого не сталося.

— Я ж не псих,— Дейв усміхнувся.

— Знаєш… Я завжди думав, що паркур — це круто й весело. Що тут я можу бути собою, переступати через свої межі, боротися зі страхами. Тому я був із вами. А сьогодні мені вперше було страшно від самого паркуру. Дуже страшно. Що, як я більше не зможу бути трейсером?

— Зможеш,— упевнено відповів Дейв.— Якщо захочеш. Паркур — це не тільки красива картинка, це робота над собою. Просто вір у себе, і ти все зможеш.

До Дейва підійшов Чіт.

— Бро, навіть я переживав. Ну нафіг такі змагання! Як уявив, що ти падаєш, і все — ноги підкосилися. В Люка реально дах знесло. І нафіг йому це здалося? Самоствердитися хотів, чи що?

— Думаю, там щось інше.— Дейв похитав головою й побачив, як Люк щось говорить Таші й погляд дівчини стає серйозним і трохи сумним.— Я в цьому майже впевнений.

6

Люка розпирало від ейфорії. Переміг. Він — переміг. Дейв сам визнав свою поразку. Залишилося зробити останнє. Хлопець підійшов до Таші, яка обхопила себе за плечі. Дівчину ще злегка трусило від того, що могло статися.

— І як тобі?

— Що саме? — Таша звела на нього очі.

— Наші змагання. Я тепер капітан.

— Вітаю…

— Шкода, що Дейв відмовився — це було б круто! Тобі б сподобалося!

— Мені б не сподобалося. Люку, це реально було тупо…

— Ти так думаєш? — хлопець розгубився. Не такої реакції він очікував.

— А як іще? Чи тобі просто хотілося здохнути? — Таша відчула, як замість страху всередині підіймається хвиля люті. Добре, Люк — ідіот, але ж він міг потягнути за собою Дейва.

— Я що — дурень? Знаєш, я ніколи не роблю нічого, у чому не впевнений. І я переміг.

— Переміг. Ніхто ж не сперечається. А далі що?

— Далі… Слухай. Блін! Усе мало бути не так! Ай, кароч… На правах нового капітана… Як щодо тренування тет-а-тет?

— Яке тренування, бляха? Ти серйозно? Та я тебе взагалі бачити не можу. Ти реально придурок!

Люк спохмурнів. Він чекав не такої реакції. А Таша не вгавала:

— Які тренування? Ти знаєш, що я з Дейвом. Що в тебе взагалі в голові?

Люк здригнувся. До нього долітали смішки з-поза спини. Про щось розмовляли Чіт, Нік і Пух. Вони сміялися… Сміялися з нього? Вони справді думають, що він несерйозно? О'кей! Він доведе!

— Як знаєш, — Люк обірвав тираду Таші. Він весь кипів від обурення. «Зараз я покажу тобі, хто тут слабак. Залишайся зі своїм хорошим хлопчиком і дивись, від чого ти відмовилася».

— Пацани, я тут подумав, — він розвернувся до хлопців, сплітаючи руки в замок. — Я таки хочу зробити це. Останній трюк. Тебе, ясна річ, не змушую, — він кивнув Дейву. — Це чисто для себе. Я не кидаю слів на вітер. А то виходить, що я балабол. Сказав, але не зробив.

— Чувак, ти вже все довів… — почав, було, Нік, але Люк усміхнувся.

— Не все. Але зараз побачите.

Люк повернув до краю, але Дейв заступив йому дорогу.

— Люку, подумай головою. Нафіг тобі це? Це тупо й небезпечно.

— А давай я сам вирішуватиму, що тупо і що небезпечно. Якщо ти чогось боїшся,— додав голосніше,— то не означає, що і я мушу, ясно?

— Я не боюся.

— Так, карочє... Ти довбаний перестраховщик! Сто разів подумаєш перед тим, як зробити.

— Люку, не треба ризикувати,— до хлопців підійшов Чіт.

— Хто б говорив... Та ти взагалі не знаєш, що я можу! Ніхто з вас не знає, на що я здатен. У чому фішка паркуру? У тому, що немає меж. У мене немає. А от ви обмежені. Але я вас не звинувачую. Який капітан, така й команда. І чому я досі з вами?!

— Люку, тебе заносить! — Дейв стиснув кулаки.

— І що ти мені зробиш? — Люк відчув, як злітає з котушок.— Що? Ти ні на що не здатен, Дейве. Ти можеш тільки красиво говорити, але піти та зробити щось небезпечне, щось екстремальне — це не для тебе. Ти завжди залишися боягузом.

— Ану повтори,— Дейв напружився. Ще трохи, і він теж перестане стримуватися.

— Що, сподобалося? Може, ти ще й мазохіст? Боягуз, слабак і мазохіст. Ташо, у тебе прямо потрійний попадос. Прешся від слабаків... Ви всі претеся... Зробили собі бога! Ви реально осліпли? Він же...— останню фразу Люк не договорив, Дейв просто збив його з ніг. Хлопці покотилися по даху. Таша зойкнула. Нік кинувся рознімати трейсерів, але Чіт його зупинив.

— Самі розберуться. Хай випустять пару.

— Ага,— кивнув Пух.

— Авжеж. Часом корисно,— Нік стежив за бійцями.— Так, рахую до десяти. Раз, два, п'ять, десять. Годі!

Він розняв хлопців. У Люка нал* валася фіолетовим вилиця, а в Дейва боліло під лопатками — Люк добряче зацідив туди. Дейв стискав кулаки. Його лють, яку він намагався постійно тримати під контролем, знову знайшла собі вихід. Хлопець сплюнув і відкарбував:

— Хочеш вбитися — вбивайся. Я тебе попередив. Твоє життя — роби з ним, що хочеш.

— Я не збираюся вбиватись, — криво посміхнувся Люк, — я просто зроблю те, що всі ви сците зробити!

— Дебіл! — вигукнув Чіт.

— Дивись і вчися, — Люк пішов до даху. — Усі дивіться!

— Я не буду підтримувати це божевілля, — Таша ступила кілька кроків назад і зникла в дверях. Їй було надто страшно. Якщо Люк зараз упаде? Що буде? Що тоді буде? Дівчина присіла за стіною на сходах, обхопивши себе за плечі. На очі навернулися злі сльози. А якщо це вона винна? Вона його спровокувала. Так, Люк дебіл, що взагалі запропонував це, але якщо він упаде з даху, то яка різниця… Боже, будь ласка. Хай усе буде добре. Хай усе буде добре.

— Ну й нехай, — Люк провів поглядом Ташу. Вирівняв дихання та став на край. Ейфорія знову повернулася. Хлопець упевнено тримав рівновагу. Вщухли всі звуки. Влада. Сила. Він відчував себе володарем свого життя. Свого світу. Він — не боягуз. Він може все. Раптом права рука здригнулася. Люк хитнувся вперед і ледь не закричав. Натреноване тіло звично хитнулося назад, і Люк знову опинився на ногах, які по-зрадницьки підкошувалися. До нього підбігли хлопці й втримали його.

— Чувак, усе нормально. Все добре, — Дейв поклав руку на плече хлопцю.

Люк мовчав і трусив головою. Рівень запалу вивітрився тієї ж миті. Це як моментально протверезіти. Подумати тільки, лише секунда, лише рух, і все: політ в один кінець. Він щойно міг здохнути ні за що.

— Я ідіот, — прошепотів хлопець.

— Є таке, — трохи нервово реготнув Нік. Усе зайшло надто далеко. Хлопець сів біля Люка та штурхнув його в плече. — Ну ти псих, чувак, я реально чуть не обісрався.

— Я сам ледь не обісрався, — проговорив Люк.

— М-да... — сплюнув Чіт.

— Ну нафіг такий паркур, — Пух склав рухи на грудях. — Я махав вас від землі відшкрібати.

— Та ніхто тебе й не просить, — буркнув Люк.

Дейв зробив глибокий вдих.

— Люку, ти реально дебіл. Але фартовий, срака! Чуєш? — Він штурхнув брюнета, викликаючи в нього усмішку.

— Фартовий, — повторив Люк. Здуріти можна, він реально фартовий. Яке ж кайфове життя! Хлопець сміявся, і цей сміх перейшов у регіт, його підхопили й інші трейсери.

— Дебіл! — реготав Нік.

— Псих! — Пух тримався за чоло.

— Дякую, що живий, — усміхався Дейв.

— Живий, — кивнув Люк. — Живий!

7

Лука машинально клацав мишкою. Від його рук на моніторі гинули тамплієри, а сам хлопець навіть не відчував задоволення від гри. Після провалу місії його накрила глибока апатія. Він навіть із батьком перестав сваритися.

Люди часом надто самовпевнені в плануванні «тактичних операцій», де на умови інших не зважають. Це має наслідки. Проте росло дивне відчуття: все, що сталося, — правильно. Так і мало бути. Після прийшло розуміння — Таша йому подобалася, так, але це була легка симпатія, якої не досить, щоб отак просто взяти й одним махом перерубати все, що йому було дороге.

Тривала дружба завжди переважатиме миттєву закоханість, і не варто розігрувати ці дві речі як колоду карт — без стовідсоткової впевненості в успіху партії. Адже ймовірність завдати травми не лише собі надто висока. Зрештою, почуття — це не гра. Слово говорить буквально: варто почути, відчути — тоді усе стане ясно. Але спершу потрібно навчитися слухати. І Люк зробив це. Прислухався до внутрішнього голосу, того, що зважує факти, й ампутував ефемерне захоплення як злоякісне утворення, яке анестезує свідомість і нівелює критичне мислення. Залишилися холод і пустка: так переважно трапляється, коли відпускаєш мрію — якою б не була її природа. Потім настав вакуум — потреба заміни, бо порожнє завжди прагне стати повним. Люк знав, чим себе наповнити. Спершу запевнив батька, що з ним усе добре. Змагання з Дейвом змусило його переглянути стосунки з усіма. Люк наче вперше побачив батька та його старання заради сина. Між ними відбулася довга розмова, зрештою Валерій не витримав і сказав:

— Ти змінився.

Змінився, так. Люк це відчував. Не зовні — зсередини. Його витівка виявилася пшиком, дитячою забавкою, через яку він міг утратити те справжнє, що в нього було. Життя. І друзів. Паркур наодинці вже не приносив такого задоволення, як у команді. Спробуй-но стати частиною чогось великого, чогось справжнього, що приносить шалений кайф, — і ти вже не зможеш повернутися до самотності.

Не обов'язково, щоб усі скіли були прокачані — важливо отримувати втіху від життя. Залишилося тільки виправити помилки. Люк узяв телефон і натиснув кнопку виклику. Відповіли після першого ж гудка.

— Я знав, що ти подзвониш! — Було чутно, що Дейв усміхається.

Люк видихнув:

— Чувак, вибач. Не знаю, чим я думав… Реально протупив. І Таша… За неї вибач.

— Проїхали. А Таші скажеш сам. Давай краще повертайся до нас!

— Дякую.— Люк усміхнувся.— Коли треня?

— О третій біля «Галичини»⁵². Підтягуйся! Будемо знімати відос, і нам потрібна вся команда.

— То я знову в команді?

— Ясна річ, бро. Від нас не так просто звалити, чув?

— Чув.

Люк відклав телефон і відкинувся на спинку крісла, запустивши пальці у волосся. Дурнувата усмішка не сходила з його обличчя. Фак, а це ще крутіші відчуття, ніж від перемоги! Знати, що на тебе чекають і в тебе вірять, навіть якщо ти накосячив. Часом треба зробити кілька крутих і небезпечних віражів, щоб урешті знайти своє місце. Від друга до суперника й назад. Якщо, звісно, тобі пощастило з другом.

---

⁵² Колишній кінотеатр на вулиці Любінській.

Розділ VII

Зірки, що падають

1

День народження Ніка припав на середину липня. Хлопець обожнював влаштовувати вилазки на природу. Торік хлопці тусили на озері за містом, а цьогоріч іменинник покликав усіх до себе на дачу. Щоправда, дачею це можна було назвати з натяжкою. Одноповерховий дерев'яний будиночок тримався на чесному слові. Батьки туди рідко їздили, тому ключі були у вільному доступі.

Навантажені рюкзаками з продуктами, троянці у повному складі запхалися в сьомий трамвай і зайняли три ряди сидінь. Таша з Дейвом, Люк із Чітом, Пух із рюкзаком і Нік. Останній категорично відмовився сідати, відчуваючи, що від спеки прилипне до підступного пластику. Дейв пройшовся за квитками і вручив один Таші. Дівчина покрутила в пальцях папірець.

— Перевір, чи щасливий.

— Це як?

— Складаєш три перші і три останні цифри. Якщо суми однакові — щасливий. Якщо щасливий — мусиш з'їсти.

Таша швидко порахувала. Десять і вісім.

— Нещасливий. Мабуть, тому що я не голодна. І що далі з ним робити?

— Давай мені, — Нік узяв у неї квиток із рук. — Я прокомпостую.

Хлопець клацнув компостером і повернув продірявлений квиток дівчині. Таша скептично гмикнула. Дірявий квиточок. Як мило.

Людей у вагоні майже не було. Жінка в сорочці та джинсах, що обмахувалася яскраво-рожевим віялом, позирала на компанію трейсерів. Старенька з малим, який пускав ротом бульбашки. І двоє чоловіків із червоними обличчями й чималими мішками під стомленими очима. Від них добряче тхнуло елітним запахом «академіків» — спиртом. Нік відверто нудився. Він пройшовся туди-сюди трамваєм, позависав на поручнях і раптом усміхнувся.

— Ану, Пуху, зніми! — Нік дав Пуху телефон, відійшов подалі і став у висхідну позицію.

— Пішов! — вигукнув Пух.

Нік перевальцем рушив трамваєм, щось мугикаючи собі під ніс. У місці з'єднання двох вагонів хлопець схопився за два паралельні поручні, зробив швидкий переворот уперед і, наче нічого не сталося, пройшов далі по вагону.

— Зняв? — підбіг до Пуха.

— Зняв. Прикольно.

— О, найс! Оце я й кажу, народе! Треба знімати більше таких відосів — де ми ніби звичайні люди, ну там, пасажири трамваю, а потім — оп! — і якась сальтушка. Буде круто!

— Тєма! — підтримав Дейв.

— Можна, — підхопив Люк, знімаючи вуха[53]. — Чіте, ти як?

— Нормально, — буркнув Чіт, не відриваючись від телефону.

— Скільки ти ще будеш бурчати, бро? — Люк штурхнув друга в плече.

У Чіта був препаскудний настрій від самого ранку. Йому все не подобалося: і те, що його розбудили і він не виспався, і сонце, яке світило прямо в очі, і рюкзак натирав. Урешті Дейв обізвав його базарною бабою й вирішив не чіпати. Приїдуть на місце — відійде. А Чіт просто ховався під кепкою і залипав в інстаґрамі.

Трамвай востаннє повернув і зупинився. Троянці, весело перемовляючись, висипали з вагона. Дейв подав Таші руку, і вона зістрибнула з верхньої сходинки.

— Ого! Це що, тюрма? — Пух розглядав похмуру споруду з колючим дротом.

— Ага, будеш втикати, тебе заберуть і закриють! — підколов Нік.

Чіт похмурим поглядом провів огорожу. Одразу з'явився відгомін поганих думок. Хлопець запхав навушники та ввімкнув музику на повну гучність. У вухах зазвучав *Nas feat. The Large Professor* — *«Loco-Motive»*, і на душі стало трохи легше. Вони з Дейвом їхали на дачу Ніка не вперше, і щоразу біля в'язниці з'являвся дивний холодок під ребрами — як небезпека. Дурне передчуття. І ще дурніша думка: «Там твоє місце».

— Народе, за мною! — Нік почав спускатися вузькою доріжкою попід в'язницею. Тротуар підпирали високі стіни. Колись вони точно були білими, але наразі їхню поверхню повністю забивали яскраві графіті.

---

[53] Тут: навушники (*сленг*).

— Ух ти, прикольно! — Таша зупинилася біля одного з написів. На ньому величезний темно-синій дракон вивергав полум'я на іншого — чорного й більше схожого на змію.

— Любиш фентезі? Я майже всіх знаю, хто їх малював, — махнув рукою Нік.

— Серйозно? — Дівчина торкнулася синьої лінії, яка переходила у хвіст дракона.

— Ну да. Міф, Француз, Скайвокер, Фрімен, Гоуст, Шаман, Деймон... Усіх не згадаю навіть. Це робота Шамана — бачиш теґ? — Він показав на дрібну закарлючку на крилі дракона. Таша придивилася: і справді, у закарлючці вгадувався напис «Shaman».

— Круто!

— Ага. Якось теж пробував, але це не для мене. Зате контакти залишилися. Якщо тобі треба буде щось розмалювати — звертайся! — Нік весело підморгнув дівчині та знову рушив уперед.

Троянці перебігли через дорогу з двома смугами, якою без упину проносилися машини. Перейшли невеличке поле й колію. Нік першим потупотів на пагорб вузькою протоптаною стежкою. Таша йшла останньою. Підйом виявився досить крутим, і треба було дивитися під ноги.

— У тебе дача в лісі? — спитала дівчина, коли опинилася нагорі серед високих дерев.

— Ага! — реготнув Нік. — Головне — йти й повертатися вдень, бо вночі тут можна довго лазити.

— Це точно, — підтримав Дейв. — Ми якось уночі пару годин добиралися, ледве знайшли ту колію.

— Ага... Пам'ятаю, — обернувся Нік. — Ліс, темрява, ні фіга не видно, телефони сідають — а ліхтарики тільки в них. А десь на фоні чути голоси, крики, свист, гавкіт собак, — хлопець стишив голос. — Постріли...

— Постріли? — з недовірою перепитала Таша.

— Ага, — кивнув Нік. — Тут бояться дачі заводити: кажуть, зеки часто тікають і ховаються в них. От, може, і тоді облава була.

— Я в шоці! — вигукнула дівчина. — І куди я йду?

— Не бійся, усе буде добре! — запевнив Нік. — Тій дачі вже років із двадцять, якщо не більше. І ніхто в неї ще не лазив.

— Просто вона така на вигляд, що навіть зекові соромно туди пхатися, — раптом подав голос Чіт.

— Заткнися! — огризнувся Нік. — Сам заткнися! — буркнув Чіт.

Пахло теплими від сонця суницями і кіптявою залишених відпочивальниками обвуглених головешок. У повітрі роїлися дрібні лісові оводи; сиві комахи змусили друзів пришвидшити ходу й енергійно розмахувати руками. Нарешті трейсери вийшли на північну частину пагорба й почали спускатися донизу. Тут ліс набув інших відтінків: став виключно грабовим зі стовпчиками трухлявих пнів та ароматом прілого листя. Попереду з'явилося щось схоже на галявину з фруктовими деревами.

— Ми прийшли! — урочисто виголосив Нік, зупинившись біля невеличкого одноповерхового дерев'яного будинку. Колючі малиново-шипшинові зарості щільно обплели сітчастий двометровий паркан. На металевій хвіртці з облущеною зеленою фарбою висів масивний замок.

Троянці вже добрих двадцять хвилин стирчали під дачею, чекаючи доки Нік закінчить перетрушувати рюкзак.

— Бро, просто зізнайся, що ти забув ключі, — Чіт скуйовдив волосся. — Я вже хочу облитися водою. Сподіваюся, вода в цій глушині є?

— Є, з криниці! І нічого я не забув, ясно? — Нік стукнув по рюкзаку. — План «Б»! — хлопець кинув речі на землю й одним рухом перемахнув через малинову огорожу.

— М-да, а я сьогодні думав відпочити, — Люк потягнувся.

— О, народе, а замка нема.

Хвіртка прочинилася, і в неї просунулася винувата голова Ніка.

— І ти весь цей час тримав нас тут? — Таша звела брови.

— Чувак, тільки тому, що в тебе днюха, тільки тому, — Дейв узяв рюкзак Ніка й першим пройшов крізь отвір у заростях.

Маленький будинок у фінському стилі міг сміливо претендувати на звання оселі Баби-Яги, бракувало лише курячих ніжок. Фасад, обшитий дерев'яними дошками, де-не-де вигорів на сонячному світлі, що іноді пробивалося сюди крізь густе гілля ягідно-фруктових насаджень. Було помітно, що тут докладено рук: хаотичне на перший погляд павутиння дикого винограду та хмелю мало досить культурний вигляд — густі пагони смарагдового кольору стильно вкривали стіни й добрий шмат черепичного даху, водночас не торкаючись вікон і дверей. Та, попри втручання цивілізації, хатинка ідеально вписувалася в пейзаж, наче ті, хто її будував, прекрасно володіли майстерністю конспірації й ландшафтного дизайну. Маленьке подвір'я зеленіло від споришу. Тут же було невеличке підсобне приміщення, де зберігався різний інвентар для господарських справ.

— Заходьте! — Нік зняв колодку з дверей і гостинно запросив друзів до будинку. Хлопець дістав колонку, поставив її на перила біля ґанку та врубив *The Prodigy* — «*Breathe*».

Таша на мить зупинилася перед дверима. Рука ковзнула по дошках, на землю посипалися залишки салатової фарби. Ретро-стиль зачаровував, а надто деталі — облущене покриття зовнішніх стін, пухнастий мох у кожній щілині. Усередині було не менш затишно. Меблі з обрізної дошки й художньо оформлена пічка-буржуйка, здавалося, були створені для довгих зимових вечорів.

Пух усівся на розтягнутій овечій шкурі, що лежала перед топкою буржуйки.

— Кльово тут у тебе! — він блаженно занурив пальці в м'яку й теплу вовну.

— Ти давай не розслабляйся, — штурхнув його Люк. — Пішли.

— Куди?

— Дрова збирати. Шашлик сам себе не посмажить!

2

День поволі повнився спекою. Хлопці набрали дров у лісі й розпалили вогнище. Нік притягнув ціле відро м'яса й розповів, що впросив профі-батька власноруч замаринувати його. Таша з Пухом робили канапки. Люк із Дейвом винесли з дому дві лавки та стіл, на якому поступово з'являлося невибагливе частування.

— Так, народе, водяри я не брав, по цій спеці нас розвезе як тарганів! Тому сьогодні — та-дам! — коктейль «Ідіот»! — Нік дістав пару пляшок коньяку й показав на палету коли.

— Чому «Ідіот»? — спитала Таша.

— Є такий анекдот, — відповів Нік. — Приходить мажор у бар. З ним — тьолочка в золоті. Ну й вона замовляє найкрутіший коньяк за шалене бабло. А коли їй його приносять, влаштовує скандал — чому коньяк без льоду й коли.

— Слабенько, — гмикнув Люк.

— Це на смак слабенько, тому дивіться самі — не відчуєш, як від'їдеш. Так, ну що, налітай?

— Чекай, куди женеш? — Люк зупинив його. — Спершу подарунок.

— О, а що, сьогодні ще й щось дають?

— Тільки тобі й тільки за особливі заслуги перед суспільством, — виступив уперед Дейв із великою коробкою. — Словом, це від нас, користуйся й пам'ятай, які в тебе круті друзі!

Нік узяв коробку й почав роздирати червоний шарудливий папір. Він дістався до коробки й розчаровано видихнув. У коробці була ще одна коробка в такому ж шарудливому папері.

— Серйозно? — протягнув іменинник, розриваючи наступну коробку. — Просто дитячий садок!

— Помучся, помучся, тобі корисно, — розсміявся Чіт.

— Ого, нічого собі! — видихнув Нік, обмацуючи упаковку крихітної камери. — Ґоу-прошка? Дякую, пацани! І дівчата! — обернувся до Таші. — Ай, словом, усім дякую!

— Знімай круті відяшки і не забувай про команду, — урочисто виголосив Дейв.

— І хоум-відео... — гигикнув Чіт.

Іменинник кинув погляд на друга й кивнув з хитрою посмішкою:

— Тєма... Ну що, тепер поїхали? — Нік увімкнув камеру й навів її на троянців.

— Це ще не все, — Таша витягла рюкзак. — Я дещо придумала.

— А я підтримав, — весело додав Дейв.

— Ну зві-і-сно підтримав, — глузливо почав, було, Чіт, але затнувся під запитальним поглядом друга.

— Словом. Я з вами дуже мало. Але дуже ціную кожного. Ви мені стали як родина. Тому... Мені захотілося дещо зробити для кожного з вас. Для команди.

— Ми давно були «Троєю», — підхопив Дейв. — Але в нас багато нових учасників! Звісно, це ідея Таші, я тільки трохи допоміг.

— НАША ідея. Сподіваюся, вам сподобається. — Дівчина відкрила рюкзак і кинула кожному по темному згортку.

— Футболки, клас! — першим згорток розгорнув Пух.

— І нова назва, — додав Чіт, розглядаючи графіті на грудях. — Хороша тканинка. Не дешева. І звідки баблішко? — хлопець скоса подивився на Ташу. — Хто це такий щедрий?

— Не я, — Дейв усміхнувся.

— Яка різниця? — дівчина знизала плечима.

— А що, «Зграя» — круто звучить! — Нік одягнув футболку поверх своєї. — Ну як?

— Круто! — Пух теж одягнув футболку. — Я в «Зграї»!

— І я з вами, — Люк теж приєднався до хлопців.

— «Зграя» — це вже набагато більше, ніж команда. У нас є дещо спільне — це паркур, — сказав Дейв. — Але, крім того, ми друзі, ми рівні, ми довіряємо одне одному й підтримуємо, що б не сталося. Згодні?

— Авау-у-у! — раптом завив Нік.

Його голос підхопили Дейв і Таша. До них приєдналися Люк із Пухом. Чіт гмикнув.

— Аву-у-у! — пронизливе, але дуже веселе «вовче» виття розкотилося луною над дерев'яним будиночком і за мить розсіялося в паркому повітрі.

— Ну а тепер, коли ми розігнали всіх бомжів і наркоманів, можна я нарешті щось зжеру? — запитав Чіт.

— Можна, чувак, сьогодні можна все, налітай! — Нік обійняв його за плечі й підсунув до столу.

— З днюхою, Ніку! За Ніка! Дзинь!

— Дзинь! — слухняно повторила решта команди, стукаючись пластянками з коло-коньячним коктейлем.

День за їжею і веселими розмовами пролетів непомітно. Нік уже встиг під'єднати шланг до колонки і з гучним сміхом обливав усіх з голови до ніг крижаною водою, поки його не скрутив Дейв, а Люк добряче намочив самого іменинника. Мокрий як хлющ, Нік витерпів водні тортури й, дочекавшись, поки Дейв послабить хватку, повалив друга на траву.

— Мала купа! — виголосив Пух, завалюючись зверху.— Ташо, давай з нами!

Дівчина, сміючись, теж приєдналася. А зверху гепнувся Люк.

— Пощади! — просичав Нік, б'ючи долонею об землю на манер армреслерів.— Задавите, слони! У мене день народження, а не похорон!

3

Біля будинку хлопці розклали багаття. Нік устиг пострибати з даху із криками «я Бетмен», тримаючи над собою ковдру, яку витягнув із хати. Пух задрімав за столом, і Чіт намалював сплюхові вуса й окуляри маркером, зробивши кілька фоток на телефон. У Люка раптом прокинувся господарський інстинкт, і він, знайшовши десь стару косу, викосив траву з бур'янами, розчищаючи простір. Дейв із Ташею втекли на прогулянку. Дорогою парочка наткнулася на кущі ожини й перемастила пальці й губи, годуючи одне одного найбільшими ягодами.

— Посидимо трохи тут? — запропонувала Таша.

— Легко,— Дейв опустився на траву. Дівчина сіла біля нього. За весь день сонце добре прогріло землю, тому сидіти було тепло. Приємний трав'яний дух лоскотав ніздрі, проганяючи думки про міський смог і запах асфальту. Таша взяла в долоні руку хлопця й водила пальцями по його шкірі.

— Лоскотно! — Дейв здригався, але мужньо терпів. Від доторків дівчини тіло вкрилося сиротами.

— А це звідки? — Таша торкнулася невеличкого шраму на середньому пальці.

— Бандитська куля! — усміхнувся Дейв.

— А якщо серйозно?

— Ну, це не зробить з мене супергероя у твоїх очах. Помилка дитинства. Ми з Чітом знайшли потічок, завалений сміттям, і вирішили героїчно його розчистити. Хвилин десять витягували всяку фігню, а потім мені пощастило: я знайшов класний уламок скла, який зі вдячності розпанахав мені палець. Кров тоді лилася рікою. А на згадку лишився шрам.

— Ти таки супергерой, — пирхнула дівчина. — Рятував потічок.

— Ану глянь, там буква «S» ще не проступила? — запитав Дейв, задираючи футболку. Таша перевела погляд на груди хлопця й усміхнулася. Вона пробіглася кінчиками нігтів по кубиках пресу знизу догори й похитала головою.

— Нема.

— Шкода, шкода, — сказав Дейв. Від дотиків Таші хлопець спалахнув і накрив її долоню своєю, потягнувши на себе. Дівчина не втримала рівноваги й опинилася в його обіймах.

— Думаєш, такий сильний? А так?

Таша притиснула руки Дейва до землі й нависла над ним із грізним виглядом. Дейв зо хвильку дивився їй в очі, а потім легким рухом перекинув дівчину, і вже він був зверху, притискаючи руки Таші до землі.

— А так? — відповів Дейв.

Таша виклично дивилася на нього й навіть клацнула зубами майже біля його носа. Дейв гмикнув: така Таша йому дуже подобалася. Він торкнувся її губ. Дівчина відповіла на ніжний поцілунок. Дейв наче пробував Ташу на смак, і цей смак йому надто подобався, щоб просто так відпустити.

— То на чому ми зупинилися? — промовила дівчина, коли після довгого поцілунку Дейв урешті відпустив її.

— На тому, що твій особистий супермен завжди до твоїх послуг.

— Я запам'ятаю, — Таша підвелася та струсила з шортів травинки. — На Диво-Жінку я не тягну. Буду Гарлі Квін. Усе-таки теж гімнастка.

— Ти можеш скільки завгодно прикидатися колючкою, але я бачу тебе справжню, — Дейв теж звівся на ноги.

— І яка ж я... справжня? — Волосся дівчини розплелося, і тепер вона заплітала його в косу.

— Ти мила та щира. У тебе багато страхів і проблем, від яких ти намагаєшся сховатися під маскою агресії. Але насправді ти дуже чутлива й ніжна.

— Ти що, психолог? — Дівчина підняла брову. Дивно було чути правду про себе, коли намагаєшся її глибоко приховати. І звідки він знає?

— Ні, просто вмію дивитись трохи далі та чути трохи більше.

— То тебе не проведеш? — Таша розслабилася. Дейв просто вгадав, але це було приємно.

— Нє-а. Я ж казав, що я супермен! — Хлопець упевнено кивнув, схопив Ташу за руку й притягнув до себе. І цього було досить, щоб почуватися вразливою. Чомусь тільки біля тих, хто по-справжньому дорогий, ми дозволяємо собі бути слабкими. І справжніми. Таша всміхнулася. Вона була щаслива. Може, тому, що вперше за довгий час почувалася в безпеці?

4

Чіт сидів, обхопивши пляшку коли, щоправда, вона чомусь була каламутною.

— О, у тебе ще є? — біля Чіта опустився Люк. — Більше наче немає, дай ковтну?

— Відчепися.

— Дай сюди! — Люк вихопив пляшку з рук хлопця, зробив великий ковток і виплюнув рідину на землю.

— Це що за хрінь?

— Кола… Маккофє… Водка…

— Нафіга тобі ця бурда?

— Я тебе її не змушую пити. Віддай. — Чіт забрав пляшку та зробив кілька ковтків. Люк присвиснув і опустив руку на плече друга.

— Та ти вже навалений.

— Відчепися! — Чіт скинув руку Люка, пішов до вогню, усівся біля Ніка та знову зробив великий ковток.

— Що вам заспівати? — Дейв узяв гітару. — Тільки колонку вируби, а то я перекрикувати не хочу.

— Окі. — Нік вимкнув *Kodak Black* — «*Transportin*» на середині.

— Давай Скай «Тебе це може вбити»? — попросила Таша, присунувшись до блондина.

— Класний вибір, — кивнув хлопець, налаштовуючи гітару.

У вечірньому повітрі музика змішалася разом із вогняними іскрами, жаром багаття та прохолодою ночі, що впевнено наближалася. Таша торкалася теплого боку Дейва й усміхалася. У хлопця був гарний голос. Її хлопця. Хотілося, щоб ця мить тривала якомога довше. І хай завтра все зміниться, хай це буде останній вечір разом, для неї існує лише ця мить. Головне те, що зараз.

Дейв доспівав і обернувся до Таші.

— Дякую, — прошепотіла дівчина.

— А це бонус, — Дейв схилився до неї й поцілував.

Хлопці стали свистіти і щось вигукувати. Таша зашарілася і сховала обличчя на плечі свого хлопця.

— Скільки можна лизатися? — Чіт звівся на ноги.— Гидко дивитися! — Хлопця трохи хитало.

— Чувак, ти де встиг так накидатися?

— А ти думав, у нього там кола? — запитав Люк.

— Ясно,— Дейв теж підвівся.— Комусь час спати.

— Тобі треба, ти й іди, ясно?

— Чіте, тобі треба проспатися, чуєш? — біля Чіта опинився Нік.— Ходи, я тебе відведу у м'якеньке ліжечко. Завтра будеш як новенький.

— Та що ви всі до мене вчепилися, як... як... Дістали! — Тарас обвів хлопців затуманеним поглядом.— Ти! — він підійшов до Таші.— Як же ти мене дістала! Носяться всі з тобою, а насправді...

— Чіте, охолонь. Ти не при тямі! — Дейв спокійно став перед Ташею.— Хлопці, проведіть його.

Люк і Нік узяли Чіта під руки, але хлопець вирвався.

— Значить так, та? Мене, значить — нафіг, а вона — залишається?

— Давай поговоримо завтра...— сказав Нік.— Тобі треба заспокоїтися.

— А давай подивимося, хто ще в неї в друзях, окрім нас? — Чіт одним рухом опинився біля Таші й вирвав у неї з рук мобільник.

— Віддай! — Таша підскочила до хлопця, але він похитав головою.

— Віддай її телефон,— Дейв підвищив голос. Ситуація почала виходити з-під контролю.

— Тоді хай скаже сама! Чи ти хочеш, щоб я це зробив?

— Дай сюди! — Дейв простягнув руку до Чіта. Але хлопець наче його не чув. Він увімкнув телефон і гидко посміхнувся.

— Ну що, готова почути про себе правду, сучко?

Таша підлетіла до Чіта й зацідила йому в обличчя. Тишу наче дзвін розірвав. Чіт струсонув головою й кинувся на дівчину, але дорогу йому заступив Дейв.

— Ця вівця мене вдарила...

— Добирай слова, — мовив Дейв загрозливо.

— Слова? До с-сук слова не добирають!

— Я сказав: думай, що говориш! Ти глухий?

— А то що? Удариш свого кращого друга за якусь с-сучку?

Від удару Дейва Чіт похитнувся, але встояв на ногах. Провів пальцем по губі. Кров. Хлопець раптом посміхнувся й розреготався. На них дивилися Нік, Люк і Пух.

— Народе, не треба... — залопотів Пух.

— Так, давайте ми всі заспокоїмося! — Нік спробував розрядити обстановку, натягнуто усміхаючись. — Все-таки це мій день народження і я тут на правах іменинника вирішую, кому й кого бити!

— Що ж. На краще. Дякую, що полегшив мені життя. — Чіт дістав із кишені свій мобільник і, пару раз тицьнувши по екрану, підсунув його Дейвові. — На, дивися, бро, — виплюнув останнє слово.

Телефон був вимащений кров'ю, кров на пальцях, кров на екрані. Але там було щось іще. Таша. Він упізнав би її профіль і три сережки у вусі будь-де. Очі заплющені. А губи... Губи цілував якийсь незнайомий хлопець, владно притискаючи дівчину до себе. І, судячи з розслабленого обличчя дівчини, це аж ніяк не був поцілунок силоміць. Це був фотошоп. Точно, це міг бути фотошоп. Дейв узяв телефон і показав його Таші.

— Це ж не фотошоп, так?

Люк присвиснув. Дівчина відвела погляд. Остання надія зникла, як бульбашки з вигазованої коли. Це був не фотошоп. Що він має зараз відчувати? Злість? Ненависть? Жалість до себе? Дейв примружився.

— Хто він?

— Дейве, я…— Таша намагалася добрати слова, але всі думки вивітрилися з голови, і вона могла тільки шепотіти ім'я хлопця. На очі навернулися сльози. Як усе так обернулося? Що вона наробила? Що тепер буде?

— Ясно. — Дурень… Ой, дурень… — Сорі, чувак,— Дейв повернув телефон Чіту. Хлопця огорнув дивний спокій. Хотілося просто піти й вирубитися аж до ранку. І щоб ніхто не заважав.

— Народе, я піду посплю. Ніку, ще раз із днюхою, сорі, що так вийшло. Мені шкода.

— Та цей… Нічого…— пробелькотів Нік, переводячи погляд із заплаканої Таші то на Чіта, у якого досі сочилася з губи кров, то на зовсім спокійного Дейва. Такої реакції від друга він точно не очікував.

— Дейве, будь ласка… Прошу, вислухай мене…— Голос, за який він іще хвилину назад ударив кращого друга, став чужим. Дейв ковзнув по Таші збайдужілим поглядом і промовив: — А ти… Просто йди. Прошу тебе. Просто йди.— Хлопець обернувся та зник у будинку.

Дівчина стягнула футболку з написом «Зграя», потримала її в руках, зіжмакала й кинула на стіл. Подивилася на трейсерів.

— Ви теж хочете, щоб я пішла?

Чіт щось клацав у своєму телефоні, не звертаючи на неї уваги. Нік неоднозначно стенув плечима. Люк супився. Пух втягнув голову в плечі. Таша стиснула щелепи та криво посміхнулася.

— Ясно. Дякую за вечір. Удачі!

— Ташо, ти куди? — за дівчиною кинувся Пух, але Люк зупинив його помахом руки.

— М-да, недовго протрималася наша «Зграя»,— іронічно протягнув Нік, відтягуючи комір своєю футболки.— Що далі?

— Та до сраки то все! — Чіт скинув футболку. — Піду провітрюся.

— Я з тобою, — додав Люк і пішов слідом.

— А мені все це прибирати? — простогнав Нік і зиркнув на ошелешеного Пуха. — Ти — не смій нікуди звалювати.

— Та куди я дінуся? — зітхнув Пух і почав згрібати сміття в пакет.

— Не кисни. Це життя, так буває… — удавано весело почав Нік і замовк. Говорити не хотілося. Усі слова зараз видавалися зайвими, непотрібними. Він підійшов до вогнища, яке ще блимало теплими вогниками, і вилив у нього колу. Полум'я ображено зашипіло.

— Досвяткувалися, бляха, — пробурмотів Нік. — О, з днем народження, Ніку! О, дякую, друзяки! — і долив іще півпляшки.

У колонках затихали останні акорди «Колір» — «Пливи, рибо, пливи».

Полум'я згасло.

Частина друга

Земля під ногами

Розділ I

Замкнуте коло

1

— Стасе, нам треба поговорити.

Гучна музика тиснула на вуха, змушуючи нервуватися ще більше. Прочинені двері не заважали популярним ритмам проникати на вулицю, але тут хоча б можна було нормально поговорити. Біля входу юрмилися охочі потрапити досередини. Пронизливі погляди ковзали по спині, між лопаток залягав дошкульний холодок. Відчуття, коли тебе роздягають очима, створює більше фізичної незручності, ніж промокле до нитки взуття. Вулицею ліниво проїхало таксі. Під колесами хлюпнула вода, і в калюжі відбилися габарити, на мить забарвивши воду в багряний. Долітали фрагменти пісні: «...give me your love». *Sigala* з Джоном Ньюменом і Найлом Роджерсом ніби точно знали, що потрібно молоді цієї ночі.

Наталя кілька разів намагалася домовитися зі Стасом про зустріч телефоном, але хлопець тільки ржав, як кінь, і казав, що знайде її, як йому захочеться любові. А коли вона вже думала, що можна обійтися й без розмов — дзвонив їй уночі й годинами виносив мозок розмовами ні про що. Далі так тривати не могло. Вона мусила йому все сказати, і бажано, щоб він її вислухав. Чи почує — це вже не її головний біль. Зрештою, у Львові не так просто загубитися: теорія шести рукостискань працює надто добре. Та й узагалі, коли дізнаєшся, що твій найкращий друг — рідний брат однокласника, з яким ви в школі наставили один одному синців, не дивуєшся збігам. Але згодом перестаєш почуватися захищеним. Рано чи пізно тобі доведеться зустрітися з тим, кого ти відчайдушно уникаєш — це буде випадковістю. Проте ліпше бути до неї готовою.

Наталя знала, де можна знайти Стаса. Щосуботи — тільки улюблений клуб у центрі міста. Вона вивела хлопця надвір і змусила спуститися з нею у вузький провулок. Що менше свідків — то краще.

— Стасе, ти можеш хоч зараз бути серйозним і просто мене вислухати?

— Ага, я тебе ува-а-ажно слухаю,— вродливий брюнет, одягнений у світло-рожеву сорочку, бежеві шорти до колін і взутий у мокасини, навмисне розтягував слова. Він спробував обійняти дівчину за талію, але та відсахнулася. Хлопець махнув головою так, що волосся впало на очі, зробив великий ковток з пляшки, яку прихопив зі столика, і сперся правою ногою на стіну.

— Ти що, знову накурився? — дівчина принюхалася. Від хлопця відгонило чимось терпко-нудотно-солодким.

Стас нервово гигикнув і пролив на землю трохи рідини з пляшки. У нього був надто хороший настрій. Він щойно веселився з друзями, а тут ще й прийшла його дівчина. Сама прийшла. Щоправда, якась напружена. Але він знає, як можна розслабитися. І нащо витрачати час на розмови, коли можна просто розважатися?

Наталя зціпила зуби й наказала собі мовчати. Це більше не її проблема. Хай робить що хоче зі своїм життям.

— Чого ти така знервована? Ходи до мене... — Хлопець простягнув вільну руку.

Дівчина похитала головою й обхопила себе за плечі. Вона прийшла поговорити, а він знову її не слухає... Він бодай колись чув, що вона говорить? Для нього хоча б щось мало значення, окрім нього самого? Наталя скреготнула зубами.

— Стасе, це все. Між нами більше нічого немає. Скажи, що ти мене почув, і я піду.

Піде від нього? Стас здивовано звів брови. Від нього не йдуть. А-а, вона, напевно, жартує. Точно, вона любить жартувати. Хлопець розтягнув губи в посмішці.

— Ти не пі-ідеш. Ти мене лю-у-биш.

Наталя дивилася в темні очі й бачила розширені зіниці. Колись вона любила його очі, любила його. Але той, хто зараз стояв перед нею, уже давно не був тим Стасом, із яким вона познайомилася. Вона зможе довести це до кінця.

Дівчина відступила, ще більше віддаляючись від нього.

— Не люблю. Раніше любила, тепер не люблю. Любов закінчується, коли любить тільки один. Ти мене теж не любиш. Тому давай просто розійдемося.

Остання фраза прозвучала надто байдуже. Стас хитнувся. То вона не жартує? Чи, може, хоче, щоб він довів їй свої почуття? Точно, дівчата люблять учинки. Хочеш учинків?

— Ні, я люблю тебе, Натусь. Люблю, чуєш? Ти, напевно, просто про це забула. І я тобі доведу! — Стас раптом звузив очі, відкинув пляшку, яка з дзеньком покотилася по асфальту, ступив крок уперед, різким рухом завів руки дівчини за спину, штовхнув до стіни та впився в її губи жорстким поцілунком. Наталя боляче вдарилася спиною об камінь. Як на гріх, у провулку не було жодного перехожого, нікого, хто б їй допоміг, нічого, щоб урятуватися. У Стаса вже траплялися дивні напади агресії та паніки, але дівчина списувала все на поганий настрій. Зараз лише хотілося, щоб усе закінчилося якнайшвидше. Вона просто прийшла поговорити, зупинити все. Чого йому від неї треба? Нащо вона йому здалася? Йому ж добре без неї!

У розпачі дівчина вкусила Стаса за губу до крові, але це тільки розпалило хлопця. Болісний поцілунок затягувався. Таша пручалася й навіть пробувала копнути ногою, але хлопець був сильнішим. Навіть зараз Стас залишався сильнішим. А якщо наступного разу він вирішить не поцілувати її, а вдарити головою об стіну? Дівчина ледь не виблювала від нудотної слини Стаса. Так, треба розслабитися. Щоб він повірив і відпустив. Просто уяви на його місці Дейва, який добряче накидався. Просто уяви, і буде легше. Від самої згадки про Дейва стало боляче. Вона мусить розповісти йому, бо якщо він дізнається про її брехню...

Таша нарешті відповіла на поцілунок і навіть прошепотіла щось приємно-романтичне в губи Стаса. Хлопець нарешті розслабився і відпустив дівчину.

— Я ж казав, що ти мене любиш,— промовив він задоволено. Напад агресії відступив, до Стаса повертався веселий настрій.

— Ага, до болю,— кивнула Таша.— Так, що дихати важко.

Стас відступив на крок і розвів руки.

— То дихай, поки можеш! — він весело розсміявся й закричав: — Дихай!

Таша дивилася на хлопця й розуміла: їй хочеться сильно вдарити його. Так, щоб він відчув, так, щоб нарешті перестав ржати, як дебіл. Зробити йому боляче. Скільки вона терпіла, на що тільки не заплющувала очі? Терпіла випадкових дівчат у клубі, які були «просто знайомими», зникнення на кілька днів без пояснень, дурні жарти в присутності *друзів*... І заради цього? Ні. Заради себе. Своїх почуттів. Стас, напевно, і сам не знає, що таке кохати. Для нього це просто слова.

Що ж, тепер вона знає, що може й без нього. І взагалі — без нього їй краще. Паркур дає не лише крила. Після перемоги над собою ти ніколи не будеш колишньою. Кожна перемога робить тебе кращою, додає сил. Дівчина кліпнула. Наразі Стас був бридким, викликав огиду. А його зухвалості давно бракувало добрячого прочухана.

— Задоволена? — раптом спитав Стас, і Таша усміхнулася. Вона більше не закохана дурепа. Вона більше не дозволить йому маніпулювати її почуттями. А це — на пам'ять!

— О, так! — Дівчина різко зацідила добрячого копняка хлопцеві прямо межи ніг. Той аж підстрибнув, підгинаючи під себе коліна, і впав на землю зі скавчанням побитого пса. Таша влучила прямо в ціль.

— Нізащо не смій мене торкатися, ясно? Я більше ніколи не хочу тебе бачити. Забудь про моє існування, зрозумів? — Дівчина витерла губи долонею й розвернулася з твердим наміром забратися звідси. За спиною раптом почувся тихий сміх. Він перейшов у регіт і врешті в якийсь напівбожевільний крик. Таша обернулася й побачила, що Стас стоїть навкарачки й хитає головою, наче божевільний. Дівчині стало страшно. Що, як його справді вставило від курива? Таша розізлилася на саму себе. Хіба тобі не все одно? Ти вже мала піти. Хай сам дає собі раду! Вона не втрималася:

— Я зараз викличу «швидку», придурку!

Стас зареготав іще дужче:

— Ти від мене не підеш!

— Що ти сказав? — Таша ступила до хлопця.

— Я сказав, що ти від мене нікуди не підеш! — повторив він, витираючи сльози, що виступили від раптового нападу сміху.

— З чого ти взяв? — дівчина схрестила руки на грудях.

Стас здавався безпечним. Ну що він їй зробить?

— Інакше я себе вб'ю! — У руках хлопця щось блиснуло. Таша відсахнулася. Ніж-метелик слухняно розклався в руці, оголюючи лезо. Стас притулив гострий бік до зап'ястка й обернувся до Таші. — Ти готова це побачити?

— Ти що, здурів? Забери ніж! — дівчина заклякла. Надто легко було уявити, що Стас може себе порізати. А її зробить винною? Чи накинеться з ножем на неї? Вона витягла телефон.

— Подзвониш комусь, і я себе поріжу, — хлопець підвищив голос. Йому подобалася зміна настрою Таші. Дівчина була наляканою. Бійся, Натусь, бійся мене. Відчуття влади приємно зігрівало. Стас звик, що все буде так, як він захоче. Навіть якщо для цього треба влаштувати невеличку виставу.

— Добре, добре, — Таша поклала телефон до кишені. Краще не робити різких рухів і не злити цього навіженого. Хай тільки все закінчиться — і більше ніколи не бачити його. — Я просто дивилася, котра година, і все. Чого ти хочеш?

— Все просто. Щоб ти завжди була зі мною. — Стас перекидав ніж у руці.

Таша здригнулася. Добре, підіграй йому.

— Я ж тут, бачиш? — дівчина через силу всміхнулася. — Я з тобою.

— Ні. Ти щойно хотіла піти. І цим зробила мені боляче. Але про це ми потім поговоримо, — Стас облизав губи. — Дай слово, що ти мене не залишиш!

— Добре,— Таша кивнула. Блін, чому все так обернулося? Чому вона знову мусить робити те, що хоче він?

— Підійди,— задоволений собою, хлопець підвівся. Усе йшло за планом. Натусь, ти так легко всьому віриш. Куди ти без мене? — Підійди ближче.

Таша стиснула кулаки, але підкорилася. Стас подався до неї і схопив за лікоть. Дівчина зойкнула від болю. Від пальців, мабуть, залишаться синці… Хлопець добряче струсонув її і промовив:

— А тепер повтори це так, щоб я тобі повірив! І не смій брехати.

— Я тебе не залишу,— чітко промовила Таша.— Так?

Стас кивнув. Молодець. Він посміхнувся. Нащо було починати цю розмову? Все одно буде так, як він захоче. Завжди так було.

— А тепер скажи, що ти мене любиш.

— Я тебе… люблю.

— І поцілуй мене.

— Стасе, ти накурений, і в тебе ніж,— Наталя виставила перед собою руки.— Тобі треба проспатися. Давай зустрінемося завтра й нормально поговоримо?

— Я сказав зараз!

— Тоді викинь ніж!

— Він уже в кишені,— промурмотів хлопець, скорочуючи відстань між ними.— А тепер ходи до мене, Натусь. Запам'ятай, ти завжди будеш моєю. Завжди!

Таша відчула, як її стиснули в гарячих обіймах. Вона заплющила очі та зрозуміла, що падає. Якщо довго вдивлятися в прірву, прірва почне вдивлятися в тебе. Прірва перемогла, і вона стрибнула. Тепер їй була лише одна дорога — на дно. Поцілунок із нудотно-слинявого став солоним. Слабачка! У тебе був шанс

162

утекти. Був! Таша кліпнула. Вона плаче? Плач, дівчинко, плач. Це тобі вже не допоможе. Ти сама в усьому винна.

2

...двадцять відсотків. Батарея нерідко підводить, тим паче якщо все котиться псу під хвіст. Таксі навряд чи попреться в хащі, а телефон, який ось-ось вимкнеться, був єдиним джерелом світла. Місяць не виходив. Крізь густе гілляччя Львів навіть не проглядався. Хотілося просто вийти з цього місця, викликати машину, а потім...

Таша не знала, що буде потім. Дівчина йшла звивистою стежкою лісосмуг, освітлюючи шлях перед собою спалахом камери. Ташу розпирала лють. Це додавало сміливості. Вона залишила свій страх за дачною огорожею, де все ще тліли крихітні жаринки донедавна веселого багаття. *Там* не стихали жарти, атмосфера натякала на ще краще завершення вечора. З Дейвом, так... Коли ж усе полетіло шкереберть? Вона тоді збиралася поставити телефон на зарядку. І майже встигла б це зробити, якби не Чіт.

«Просто йди».

Дівчина розреготалася, згадуючи слова Дейва.

«Правильний хлопчик. Усе логічно. Правильні хлопчики вірять у факти, не слухають виправдань і нічого не чули про «презумпцію невинності». Яка невинність, коли тобі на тарілочці приносять *такі* докази?»

Ображена Таша знову й знову прокручувала події останніх хвилин, розпалюючи в собі лють. Гнів дозволяв не боятися й іти далі темним лісом.

«Куди ти полізла, дурепо? Що, взяли тебе в компанію? Потішилася новим друзям? За першої ж нагоди тобі дали копняка під зад».

Цього й слід було чекати від Чіта. Вирішив погратись у шляхетність, мудак! Блін, він же з першої зустрічі дав зрозуміти, що буде тільки радий її позбутися. А інші — теж молодці. Могли б хоч щось сказати, хоч щось зробити! З Пухом усе ясно — він би не ризикнув йти проти друзів, тим паче пам'ятаючи, *як* його взяли в команду. Ніка шкода — зіпсували днюху. Але ж у нього постійно рот не затуляється. Чого цього разу змовчав? А Люк... Напевно, відчув, що вдруге бунту йому не пробачать. Отже, або вона, або капітан. Хтось колись обирав аутсайдера? Ні фіга!

Якби не треба було ліхтарика, смартфон Таші вже давно б полетів у найближче дерево: таким сильним було бажання жбурнути його якнайдалі. О'кей, вони зробили свій вибір! Коктейль зі злості й образ бив у голову не гірше за алкоголь. Якась частина дівчини хотіла організувати собі проблеми, щоб хоч трохи помучити Дейва (так, хай теж мучиться!) за те, що відпустив її саму. І не просто відпустив, а наказав забиратися. Таші насправді хотілося просто зникнути. Найгірше болить образа від людини, якій довіряєш.

Телефон-ліхтарик видав жалібні звуки. Батарея вперто втрачала заряд. Наталя якраз підійшла до крутого схилу, коли стежина різко змінила напрямок. Можна було вимкнути телефон і пересуватися наосліп, зберігаючи дорогоцінні міліампери. Або — світити далі, сподіваючись уже за лісом зупинити таксі чи хоч якийсь транспорт. Певно що перший варіант доречніший за емоціями. І ще був страх — підступний і з величезними очиськами, подекуди геть незрячими в гамірній темряві ночі.

Таша вже навіть не була впевнена, чи йде в правильному напрямку, керуючись лише внутрішнім джіпіесом. Вона завжди знаходила потрібний шлях у місті без карт, то чому має відступити перед якимось ліском?! Але цей шум... Скрізь лунало шарудіння, щось брязкотіло, глухо тріщали гілки. Було неможливо визначити, звідки ті звуки: іноді здавалося, що хтось просто над головою грається обгорткою від цукерки чи дивна істота нишпорить прямо під ногами. Угорі чулося пищання: кажани, полюючи на комах, подеколи змінювали частоти голосу на цілком доступні людському вуху, і Наталя чула їхні моторошні пісеньки.

— Ташо! — пролунав голос позаду, і відразу різкий порив вітру розтріпав листяні кучері лісових верхівок.

«Приїхали, мені вже ввижається», — подумала Наталя, але всередині щось солодко заскиміло: раптом її шукають? Повертатися на дачу вона не збиралася, але образ Дейва, його винуватий погляд і бажане «я все не так зрозумів, пробач» — розмивали нещодавню злість. Вона не покаже цього, але буде безмежно рада, бо останні хвилини сліпої мандрівки відверто лякали.

Раптом почулися голоси. Їх було двоє. Крижане жахіття притрусило спину сиротами: дівчина мимоволі згадала про зеків, а десь зовсім поруч лунала брудна лайка та чулися п'яні протяжні слова. Це точно не її друзі. Колишні друзі. Груди стиснуло від панічного страху.

— Валє-еро-о-о, не сци, я рєшотку взяв!

— Юрєц, та забий на ту рєшотку, іди прямо. Твою ж дивізію, де всі наші? Ми, по ходу, загубилися! Га-га-га!

Таша притулилася до стовбура й заклякла. Хотілося стати частинкою цієї кори, дрібним жучком, але найбільше кортіло додому, повернутися на знайому вулицю, забігти в під'їзд, у квартиру... І розповісти все найкращій у світі подушці. Коли вже закінчиться цей клятий вечір?

Поруч задзвонив телефон.

— Так, мамо.

Наталю спантеличила раптова зміна тембру одного з незнайомців. Між тим чоловічий голос продовжував переконувати когось по той бік зв'язку у своїй тверезості та повному контролі над ситуацією:

— Скоро буду, так, ми трохи засиділися, але вже йдемо додому. Не пив, ти що! Тверезий, як має бути! Не хвилюйся!—Хлопець завершив розмову, і в світлі від екрану Таша помітила смішне обличчя юнака з дещо розсіяним поглядом.

— Так, Юрєц, викликай таксі, а то мені мамка вже наярює!

Таша видихнула: ніякі то не зеки, а звичайні хлопці, що добряче хильнули й також намагаються звідси вибратися. Свій страх потрібно тримати в кулаку. Таша знала, що робити, от тільки б вони не сильно злякалися. Памперсів тут точно не дістанеш.

Коли дівчина вийшла з-за дерева й заговорила, то ліс ураз прокинувся від короткого зойку. Невисокий на зріст хлопчина, здавалося, миттю протверезів і мало не впав, негайно вирішивши тікати від нічної незнайомки. Другий хлопець виявився надто п'яним, аби реагувати на будь-що: він ледве стояв на ногах, тримаючи в руці набір шампурів і зчорнілу від сажі решітку для барбекю.

Потому Таша дізналася, що двоє студентів відпочивали в лісі разом із одногрупниками. Коли настала ніч і смажені сосиски закінчилися, компанія навіщось розбрелася околицями. Підбадьорена таким супроводом, дівчина разом зі своїми супутниками невдовзі вийшла з підліску. Профільтровані страхом мізки надзвичайно легко знаходять правильну дорогу, проте коли сріблясте авто з жовтою шашкою приймало до салону таких дивних (чи навпаки — надто звичних для цих місцин пасажирів), одна деталь залишилася непоміченою...

Він стояв за десять метрів і нервово жував соснову голку, відчуваючи присмак хвої на язику — забутий прийом із дванадцяти років, щоб заховати від батька запах сигаретного диму. Вичікував, доки все вляжеться. Неординарний вечір, раптовий шанс чи відверта спроба стати хорошим? Він не знав, чому подався слідом, а для інших — він також зник. Кілька разів кликав її та врешті-решт побачив край дороги — у світлі фар та в супроводі двох незнайомих хлопців. Люк іще деякий час залишався у лісосмузі, смакуючи німе запитання: «Хто ти, Ташо?» Таксі хутко віддалялося. Хлопець повів плечима, розминаючи м'язи. Час повертатися.

3

«Ти сама в усьому винна!» Злість минула, проте, наче ковток дуже гарячого чаю, залишила по собі болюче відчуття. З'явилася нудотна жалість до себе й повна апатія. Ранок тепер починався не раніше третьої. Це якщо пощастить. А закінчувався о п'ятій ранку. Узагалі хотілося, щоб день минув якнайшвидше й можна було завалитися спати. Уві сні було легше. Таша днями залипала в планшет, передивляючись улюблені серіали. Щоправда, це аж ніяк не тішило. Найбільше дратували романтичні сцени. З ліжка дівчина практично не вилазила, хіба до туалету й відчинити двері кур'єру. Їжа теж не викликала ентузіазму, але під піцу було веселіше тупити в екран. На тумбочці біля ліжка та навколо неї було розкидано безліч коробок із рештками піци, пакетів з-під бургерів, пластянок з-під салатиків і жерстянок з-під напоїв. Прибирати взагалі не хотілося. Вероніка, мама Наталі, кілька разів намагалася змусити доньку вилізти зі своєї мушлі, але безрезультатно.

Телефонувати Дейвові дівчина не могла. Телефони інших вона стерла практично відразу на хвилі злості. Його ж залишила... Зі спільного чату трейсерів Дейв видалив її того ж дня. Це ще більше гнітило. Вона навіть кілька разів сходила на стару тусовку до клубу. Зі Стасом там, на щастя, не перетнулася, зате зустріла старих друзів, які страшенно тішилися її появі. Але почувши, що дівчина на нулі, вмить залишили її на самоті. Таша напилася й реготала півночі. А потім повернулася додому. У стані афекту гепнула по кількох автівках, насолоджуючись сигналкою, і була готова розбити чиєсь вікно, але зависла, розглядаючи горщики з білими бегоніями, які майже розквітли. У дівчини ж не виживала жодна квітка. Може, річ не в північній стороні, відсутності води чи сонця? Може, справа в ній самій? Вона не створена для такого, просто не створена і крапка. Її вишка — такі, як Стас. Пройди всі стадії прийняття, змирися з цим і живи далі. Просто живи. Хоча б існуй! Уже вдома Таша зрозуміла, наскільки ступила. Нічне місто пошкодувало розгублену дівчину й відпустило додому. Їй пощастило. Шалено пощастило.

«Ти сама в усьому винна!» Таша лежала, укрита ковдрою по вуха. З навушників, під'єднаних до планшета, співала *Amy Winehouse* — «*The Girl from Ipanema*». Подумати тільки, ішов лише третій місяць її «нового життя», а здавалося, що воно триває вже кілька років. Так буває, коли кількість емоцій і подій перевершує «норму». Час минає швидко, проте стає ціннішим, вагомішим.

Золота дівчинка з правильними друзями та правильним поглядом на світ. Мама ніколи не шкодувала для неї грошей. Відколи вони з батьком розлучилися — через банальну зраду — і мама забрала собі його фірму, для доньки було відчинено всі двері та знято всі заборони. Щоб компенсувати брак батьківської уваги. Батька Наталя не пробачила, стала на бік матері, і спілкувалася з ним у вайбері лише на свята. Він вітав, вона дякувала й відповідала «навзаєм» — не більше.

Зате компанія в неї підібралася класна, і хлопець теж — Стас. Старший на два роки, високий, чорнявий, кароокий, він був схожий на героя з обкладинки романтичного фентезі. Вони познайомилися в клубі два роки тому. Уже тоді вона звикла до принципу: якщо тобі чогось хочеться — підійди й візьми. Тож і того вечора вона просто підійшла до симпатичного брюнета й без зайвих розмов поцілувала в губи. І він відповів їй не менш пристрасно.

Вона закохалася. Хлопець був з одного із нею тіста. Ніколи не думав про гроші й жив одним днем. Зі Стасом завжди було весело. Біля них постійно крутилися друзі й подруги; вона на ура сприймала будь-яку пропозицію затусити вдома в Стаса чи в якомусь клубі. У такій компанії дівчина почувалася потрібною, важливою. А друзі щоразу нагадували, як сильно вони її люблять і цінують.

Рік веселощів минув як один день, а потім зненацька прийшла темрява. Несподівано Наталя побачила, що її оточують цілковито чужі люди. Вона близько не знає нікого з них, у компанії відбувався постійний рух: приходили незнайомці, які теж залишалися чужими, і потім йшли. Друзі були поруч, коли вона пригощала всіх коктейлями та платила за вхід. І казали, що завтра їхня черга. Але те *завтра* ніколи не наставало. Наталі здавалося, що вона застрягла в цьому *сьогодні*, і воно щоразу повторюється, як день вибуху в «Початковому коді» — її улюбленому з дитинства фільмі. Вона сама почувалася героїнею трилеру — провалилася у часову діру і так довго летіла донизу, що аж забула, що падає.

Наталя з жахом гортала контакти в телефоні. З жодною з так званих подруг вона не могла поговорити відверто.

Коли прокидалася після чергової крутої вечірки, її вивертало від самої себе і часто хотілося просто по-людськи з кимось поговорити. Але нікого не було. І вона розважалася на черговій шаленій тусі. Коло замкнулося. Яка ж вона дурна!

І Стас... Тут на неї чекав прикрий сюрприз. За рік стосунків дівчина дізналася, що Стас підсів на травку, а згодом спробував й потужніші варіанти «розваг». На зміну веселощам приходили жорсткі «відхідняки». Стас був сам не свій, він крив її п'ятиповерховим матом, зрештою посилав. А потім, коли його «попускало», просив пробачення, переконував, що тоді не володів собою. Таша залишалася поряд, бо знала його іншим. А ще — відчувала, що потрібна, і потай мріяла, як одного дня зможе повернути його — витягнути з тієї прірви. Кляті наркотики забирали її час і його глузд, і вона програвала в цій нерівній боротьбі.

Дівчина страшенно втомилася від такого життя, втомилася від однакових розмов і приколів. Поряд опинялися лише ті, кому потрібні були її гроші, а не вона сама. Їй бракувало щирості, живих людей, зі своїми недоліками та дивацтвами, але — справжніх. Тих, яких можна було назвати друзями. Хотілося ковтнути свіжого повітря.

4

Вона вирішила дати собі ще один шанс наприкінці весни. Літо — класний час, щоб створити круті спогади чи... вскочити в халепу. Останній варіант дівчина категорично відкидала. Наталя з легкістю вибудувала собі в голові потрібний образ. У ньому вона буде тільки собою — жодних золотих дівчаток, мажорок і слабкостей. Пацанка. Щоб дивилися на неї насамперед як на друга, а вже потім — як на дівчину. Жодного флірту — лише дружні стосунки. Правда, з цією настановою довелося попрощатися ледь не першого ж дня. Життя любить глузувати над бездоганним плануванням.

Сказано — зроблено. Перелопатити купу фоток у пінтересті та інфи в гуглі. Найпростіший одяг — джинси-кеди, безрозмірна футболка, зверху — кенгурушка з капюшоном. Із косметики — нічого. Зняти нарощені вії та гель-лак. Забути про парфуми й помади. Поводитися трохи нахабно, трохи агресивно, трохи по-хамськи. Але водночас бути собою. Просто випустити себе, дозволити трохи більше, говорити все, що на думці, не стримуючись, не прикриватися, як завжди, усмішкою. Правди! Більше правди! Купити пачку цигарок і демонстративно курити, ледь стримуючи себе, щоб не закашлятися від смердючого диму. Коли Дейв викинув її цигарки, вона була йому шалено вдячна. І її прийняли! Вона цікавила їх така, яка є. Була потрібна. І навіть приваблива. Хто ж знав, що Дейв такий?..

Таша надто швидко втягнулася, а коли зрозуміла, що загралася, розповідати правду було запізно. Вона боялася. Страшенно боялася, що хтось викриє її таємницю. А потім... Блін, як же все змінилося! Вона не була в цьому винна. Не її провина, що подружилася з ними, що сподобалася Дейву, не її провина, що сама теж закохалася. Правда ж? Вона намагалася поставити крапку в стосунках зі Стасом, але минуле надто міцно тримало її. Де й коли їх удвох міг побачити Чіт, було байдуже. Те, чого вона найбільше боялася, наздогнало її надто скоро. І від цього не ставало легше.

Дейв довіряв їй, Таші. Але Таша жила далеко від цього життя, від цього всього. Вигадана Таша, якій море по коліно, яка не боїться нічого й нікого, іде напролом до мети. Цій Таші можна було закохуватися в класного хлопця, перемагати себе та свої страхи, вчитися бути кращою та ставати такою, мати справжніх друзів.

Хто вона зараз? Наталя чи Таша? І хто з них справжня? Та, якою вона є, чи та, якою прагне бути? Дівчина обійняла подушку й розридалася. Нічого не змінилося: зараз, як і раніше, нікого не було поруч, щоб поговорити про це, хоча б виговоритись. Створити новий світ і зруйнувати його. Вміємо, практикуємо. Тільки чому почуваєшся не переможницею, а переможеною? «Зграя» (голос всередині гірко підказував — «Троя») їй не пробачить. Дейв не пробачить зради — він сам це казав. І якщо все пояснити, навряд чи захоче слухати. Вона навіть не змогла йому подзвонити. Кілька разів приходила та крутилася біля дому, але так і не зустрілася з хлопцем. Вони востаннє бачилися тиждень тому, а здавалося — вічність. І їй його страшенно бракувало.

5

— Нато, ну в тебе й дубак! — до кімнати у світло-блакитному діловому костюмі зайшла мама Наталі Вероніка. Вона була в доброму гуморі: сьогодні планувалася довгоочікувана зустріч із потенційними інвесторами. — Де пульт, я зроблю тепліше?

— Не треба, — буркнула дівчина, повертаючись на інший бік. — Мені так добре.

— Як хочеш, — жінка стенула плечима. — І штори, я так розумію, теж не можна розсувати?

— Правильно розумієш.

Вероніка насупила брови й відразу ж потерла чоло — ні до чого їй ті мімічні зморшки. Донька останнім часом поводилася дивно. Казала, що знову повернулася на гімнастику, і тому ходила в синцях і навіть із підбитим оком. Після багаторічної перерви це було несподівано, але не критично. Наталя просто ще не знайшла себе. Зрештою, часто хочеться повернутися до захоплень, які колись закинула не з власної волі. Мама усміхнулася.

— Може в SPA сходиш? Ти ж любиш SPA. Чи викликати масажиста? Стане легше, це зніме втому й поліпшить настрій...

— Не хочу, мам.

— Будеш валятися так весь день? Хочеш, влаштуємо сімейну вечерю? Сходимо кудись чи я замовлю щось смачненьке? Пасту з морепродуктами, — жінка погладила доньку. Її дівчинка вирішила повередувати. Що ж, поки вона тут, може бавитися в маленьку скільки завгодно. А от коли буде жити сама чи вийде заміж... Тоді їй самій доведеться слухати вередування спершу чоловіка, потім власних дітей. Хай іще трохи побуде маленькою...

— Яка різниця? — долинуло байдуже з-під ковдри.

— Для мене завжди є різниця! — Вероніка склала руки на грудях. З кишені блакитного піджака почувся мелодійний передзвін. Жінка натиснула блютус-кнопочку на правому вусі та проспівала люб'язним голосом:

— Слухаю. Так-так. Я вже їду. — Вона на хвилю прикрила мікрофон і прошепотіла доньці: — Увечері поговоримо, — і стрімко вийшла з кімнати, зачинивши двері.

У двері полетіла подушка. Дівчина сіла в ліжку й застогнала. Розмови з мамою останнім часом починалися й закінчувалися однаково. Вероніка старалася їх починати, але не могла довести до кінця чи хоча б продовжити. Їй постійно заважала робота. Дівчина на маму не ображалася: до будь-якого життя швидко звикаєш. І вона звикне. Люди такі. Створені для того, щоб підлаштовуватися.

До горла знову підкотився сухий клубок. Таша з головою накрилася ковдрою. У темряві було легше витирати сльози. Дейв, Люк, Нік, Пух і навіть Чіт. Хотілося знову до них. Знову відчути себе потрібною. Чомусь здавалося, що лише інші мають право на помилки, а коли вона зробить щось не те, їй не пробачать. І це правда. Вона сама в усьому винна. Тільки вона.

Розділ II

Make sense

1

Велике приміщення гімнастичного залу на Княгині Ольги нагадувало чималий ангар. Свого часу зал використовувався для військових потреб як кінний манеж. Подейкують, що австрійці об'їжджали тут молодих скакунів, а неподалік розташовувалися армійські казарми. Тому дух тренувань добре зберігся: здавалося, він ховається в кожній шпарині. І хоча старий дах де-не-де протікав (перед довгою біговою доріжкою стояли великі відра, куди скрапувала вода), це місце все одно було особливим. А коли на вулиці вже тиждень періщить злива, потреба в такому майданчику зростає.

Мажор зайшов на батут. Босим ногам було приємно від піддатливої сітки, облямованої чорними матами: приземлятися на металеві держаки було надто травматично. Стрибки очищали розум: здавалося, ніби ти стаєш легшим і на душі теж легшає. Сальто вперед, ще кілька стрибків і виліт на мати. Останні — такі м'які, що з них не хотілося злазити, особливо якщо згадати про сірість за вікном.

За Мажором на батут стрибнув Пух. Хлопець намагався повторити рухи Ніка: перекручене сальто — так, щоби приземлитися не на стопи, а на коліна й на мати. Дейв крутив акро посеред залу на широкій квадратній поверхні, відточуючи моди заднього з вінтом, більш схожі на рухи з бойового мистецтва. Хлопець скинув футболку і залишився у світлих шортах до колін. Люк обрав турнік та крутив із нього овербахи й палмдропи в яму.

Після дня народження Ніка хлопці продовжили тренування. Ніхто не зачіпав тему Таші й розбірок із Чітом. Усе ніби йшло як заведено, проте відчувалося, що капітан якось згас, хоча й не показував цього. І щоб знову запалити власний вогонь, треба було щось більше, ніж просто улюблений спосіб життя.

Bliss n Eso — «Circus in the Sky» у колонці перемкнулося на стареньку Timbaland & Magoo feat. Fatman Scoop — «Drop». Нік покрутив правим плечем, воно раптово заниило. Хлопцю згадувався фільм «Танці вулиць»[54] — перше кіно про команди вуличних танцюристів, яке він побачив. Зараз кожен із них міг би влитися до будь-якої хіп-хоп команди — з таким акро в батлах перемогу було б гарантовано. І пара дівчат із класною розтяжкою — ідеальна схема. Дівчата. Чомусь згадалася Таша. Щоправда, тепер її образ став двоїстим. Трейсерка, яка розділяла з ними любов до бігу, польоту — до свободи. Та, в яку, вважай, закохався Дейв. І та, що цілувалася з іншим на фотці Чіта. Зрадниця. Цікаво, вона ще повернеться? Після тієї сцени в Мажора залишився дивний осад: із Ташою не все було так

---

[54] «You got served» (англ.) — музичний фільм 2004 року.

просто. Інтуїція чи просто бажання виправдати всіх і кожного? Стоп. Не грузися. Он Дейв і так кисне. Ти тут для того, щоб витягнути друга з апатії, а не ще більше загнати в неї. До початку пар залишалося небагато, а це вже універ, одногрупники. Що менше вільного часу, то менше зайвих думок. Ну літо, ти завжди вміло дивувати!

2

У колонках почувся голос колишнього соліста *Linkin Park*. Давид спохмурнів. Пробігся батутом до козла і стрибнув через нього манкі-ґейнер у яму. Вийшло практично ідеально. Після змагань за капітанство хлопець із неабияким азартом заповзявся вивчати нові трюки, та й колишній суперник був готовий підказати, якщо треба. Він вибрався з ями і знову став на батут.

— Що ж ти мене так підставив, Честере[55]? — пробурмотів собі під ніс хлопець.— Як тепер без тебе на концерт?..

— Хай, пацани!— До залу зайшов Чіт. Він уже потиснув руку Люкові, і хлопці разом підійшли до решти команди.

— Ти чого так довго? — Нік привітався з другом і присвиснув.— Ого. Де це ти так?

Дейв підійшов ближче, уважно розглядаючи обличчя друга.

— Чувак, це що?

У Тараса була розбита вилиця, а навколо розливався синьо-фіолетовий космос синця. Хлопець скривився й махнув рукою.

— Хто тебе так? Ти хоч дав йому здачі?— добродушно гмикнув Пух.

---

[55] Честер Беннінгон — вокаліст гурту *Linkin Park*, вкоротив собі віку 20 липня 2017 року.

— Це були двері,— сухо відповів Чіт. У хлопця був не найкращий настрій, особливо після «приємної» ранкової зустрічі, на якій йому ще раз указали його місце. До того ж йому муляло, що він, здається, бачив неподалік Кіру. Якщо вона справді була там і бачила, як він... як його... Бляха! Тарас, як міг, переконував себе, що йому просто здалося, але хробачок сумнівів вперто точив мозок, змушуючи дратуватися з приводу і без. То подзвони їй та й по всьому! Але якщо дзвонити, треба говорити... А розмови — це те, що зараз цікавило його найменше. Фіг із нею!

Хлопець щосили стримував лють. Його проблеми — лише його. Не варто було сьогодні йти в зал. Він звів очі на Іллю та криво посміхнувся.

— Ти пропонуєш мені наваляти дверям?

— Ну якщо ти дуже хочеш...— Давид поклав другу руку на плече.— Лан’, я приколююсь. Але, чувак, якщо щось треба, можеш на мене розраховувати.

— Я знаю,— втомлено промовив Чіт. Ледь стримуючись, щоб не додати щось про Ташу. Злі слова так і крутилися на язиці. Але Дейв був ні в чому не винен. Тримай себе в руках!

— О, біляки прийшли! — Лука кивнув на хлопців, що саме заходили в зал. Джой, бритоголовий хлопець у помаранчевих спортивках і чорній футболці, був капітаном. З ним Алек, чорнявий трейсер у білій майці та джинсових шортах, і Ті-Ран — світловолосий хлопець у сірих шортах і жовтій футболці. Львівська команда *Whites* часом ділила зал разом із троянцями, вони називали колег відповідними прізвиськами.

— Здоров, коні! Ще не відкинули копита? — весело гукнув Джой.

— Тримаємся на зло ворогам! — у тон відповів Дейв.

Троянці помахали руками, обмінюючись вітаннями. *Whites* влаштувалися біля батута й почали розтягуватися. Джой першим застрибнув на сітку і став крутити задні сальто та бланші, викрикуючи щось ґроулом, як затятий соліст-металюга.

— Бляха, тільки хотів на батут.— Чіт сів на шершавий килим, витягнув ноги й по черзі потягнувся до правої та лівої. Коліно трохи нило на той клятий дощ. Нещасна травма, і ти до смерті будеш чутися дідуганом? Срака!

— Та ладно, постильибають і перейдуть,— знизав плечима Ілля.

— Або я їх зжену,— крізь зуби процідив Чіт. Здавалося, зараз у нього може викликати роздратування будь-який кривий погляд.— Прийду, тупо ляжу по центру, і фіг вони мене звідтам витягнуть.

— Узбагойся,— Мажор опустився біля колонки й почав щось шукати в плеєрі.

— Слухайте, а може, поставимо мати й потренимо ваулти? — запропонував Пух.

— Тищу років не тренив на матах,— протягнув Люк.

— Тєма! — Дейв підхопив ідею.

Хлопці поклали чотири важкі півметрові мати стосом, і почали стрибати на утворену стіну. Вони заскакували на мати, падали, сміялися та знову стрибали. Люк притягнув гімнастичний міст і поставив перед матами. Потому розігнався, відштовхнувся від мосту, перекрутив переднє сальто і з легкістю приземлився в стійку.

— Є-ха! — постукав себе кулаками на грудях.

— Тепер я! — Наступним підійшов Нік. Хлопець узяв менший розгін, прокрутив сальто, збив ногами верхній мат, скинув його вниз і впав зверху, розкинувшись у позі звабливої гейші.

— А-ха-ха! Бляха, чого я це не зняв? — сміявся Давид. — Де твоя камера, повториш?

— Удруге так уже не вийде, — хитнув головою Мажор.

Давид підійшов до матів.

— А якщо без моста? — хлопець застрибнув на мати.

— О-о! Красава! — вигукнув Тарас. Хлопець узяв розбіг і перестрибнув через мати ваултом. — Пух, давай!

Ілля оцінив висоту, потім власні сили, зітхнув, узяв розбіг і пластом повалився на мати.

— Бляха!

— Як тюлень! — зареготав Нік.

— Морж! — підтримав Чіт.

Трейсери голосно реготали та стрибали через мати, згадуючи себе кілька років тому. Зараз вони й половини назв елементів не згадали б. Але освіжити спогади було крутим рішенням. Настрій стрімко поліпшувався. Мажор увімкнув ґоу-прошку та знімав трюки й падіння троянців на відео, жаліючись, що все епічне, як завжди, лишалося за кадром. Врешті хлопці почали збиратися додому. Трейсери забрали телефони, Нік узяв колонку.

— Ще постибаємо в яму? — наостанок запропонував Лука. Хлопець подивився на долоні. — Правда, так мозолі тре, що багато разів не розкачаєшся.

— Давай, — погодився Дейв.

Хлопці залишили речі на лавці й рушили в інший кінець залу, аж раптом їх зупинив вигук.

3

— А прибрати за собою? — Алек із біляків стояв на «козлі» та вказував рукою на залишені мати. Хлопці саме збиралися перейти з батута на рівну поверхню.

— Блін, завтикали, — відповів Дейв. — Трохи згодом, добро?

— Забери зараз, чуєш? — Алека підтримав Ті-Ран.

— Слухай, тобі що, горить? — Чіт зупинився на півдорозі до ями й обернувся до біляків. Виявилося, фізичної втоми було замало, щоб загасити внутрішній жар. Хвиля всередині знову потребувала виходу та, здається, знайшла ідеальну жертву.

— Треба — пішов і забрав, корона не спаде! — Тарас усміхнувся кутиком губ.

— Чувак, ти чого? — Люк підійшов до Чіта й поклав йому руку на плече. Він перевів погляд на Алека й Ті-Рана.

— Сорі, зараз заберемо. Усе нормально.

Але Тараса вже понесло. Знайти того, на кому можна зірватися. І нехай тільки щось вякне у відповідь! Давай, посремося з *Whites*! Трейсери ж ніколи не конфліктують, трейсери ж миротворці грьобані!

— Ні хріна не нормально, — Чіт підвищив голос. — Якщо я прийшов сюди тренуватися, я буду тренуватися. Якщо я хочу, щоб мати лежали там, де я їх поклав, — так і буде. Ясно? — він ступив крок до біляків.

— Чувак, ти реально не доганяєш? Ти тут не один! — Алек зістрибнув з козла і підійшов до Дейва. — Він у вас що, тупий?

— За словами слідкуй, урод! — прогудів Тарас, але Мажор його стримував. Конфлікт уже виходив за межі легкого й переростав у банальний мордобій. А мордобою Нік не любив. Набагато ефектніше було вирішувати суперечки словами. Хлопець усміхнувся та став між двома агресорами.

— Воу-воу. Легше. Спокійно. Так, ми з Пухом зараз мати заберемо, ви — тренуйтеся на здоров'я. Усі задоволені?

— Чуєш, у тебе реально ПМС! — до Алека підійшов Ті-Ран і кивнув на Чіта.

— Ну от нафіга? — процідив крізь зуби Мажор і видихнув. Давид схрестив руки на грудях. Пух майже впритул підійшов до Дейва. Ситуація була тупою, але навіть якщо почнеться бійка, він не втече, як завжди, а залишиться стояти до кінця. Усе-таки є шанс сплатити борг.

Чіт плечем посунув Ніка з дороги, одним рухом скоротив відстань між ним і Ті-Раном та штовхнув того в груди обома руками. Ті-Ран заточився й налетів на Алека, хитнув головою й різко відкинув руки Тараса.

— Хворий?

— Ти чо бикуєш?

До трейсерів підійшов Джой і перезирнувся з Дейвом. Блондин знизав плечима. Джой закотив очі. Ті-Ран був запальним хлопцем. Наче в кожній команді мусив бути такий учасник — для проблем. Нік криво посміхнувся і похитав головою. З Чітом сьогодні справді було щось не те.

Давид відтягнув Чіта від Ті-Рана. Джой поклав важку руку на плече останньому та глянув у вічі:

— Заспокойся.

Ті-Ран опустив погляд і виматюкався. Нікому не до вподоби, коли його зупиняють на півдорозі.

— Бляха, ти реально неправий, шариш? — Тарас вивернувся з рук Дейва. — Я б сам розібрався.

— Слухай, ТИ реально неправий, шариш? — Дейв почав злитися. — Він тобі нічого не зробив. Хочеш комусь набити морду? Кулаки сверблять? Дверей мало?

— Кароче, — Чіт відмахнувся від друга.

— Ясно, — Давид зціпив зуби, повернувся до матів і почав відтягувати їх убік. До нього приєдналися Ілля і Нік. Останній жартував щось про двох півнів і спермотоксикоз.

— Та-ак… Яма відміняється. І треба було тобі патякати? — Люк штурхнув Чіта.— Нафіга ті проблеми?

— Та які проблеми? — Тарас знизав плечима.— Кіпіш із нічого…

4

З рюкзака Мажора почулися перші акорди *Cardi B* — «*Bodak Yellow*». Він саме стягнув шорти й почав одягати джинси. Прокульгавши в одній штанині до лавки, хлопець витягнув телефон. На дисплеї світилася фотографія привабливої світловолосої жінки, якій на вигляд було трохи за тридцять. Нік усміхнувся й натиснув прийом дзвінка.

— Та', мам. Я вже закінчив.

— Ага, добре. Тільки ти там у залі помийся, а то в нас знову воду відключили,— жінка говорила швидко.

— Знову? — Мажор скривився. Улітку часто вимикали гарячу воду для профілактики труб до опалювального сезону, а митися в баняках він категорично не любив.

— Блін, коли ми вже відремонтуємо той бойлер? Добре.— Хлопець вимкнув телефон і обернувся до друзів.— Так, пацани, мене не чекайте, я в душ.

Нік попрощався з трейсерами, пішов у роздягальню, перевзувся в шльопанці та, перейшовши в душову з бежевими кахлями, став під гарячу воду. Вона приємно масажувала шкіру, змиваючи піт і бруд. Добре потренувався. Зараз додому — і можна зависнути з ноутом. Дейв казав, що на каналі нові відоси.

Все-таки паркур — це особливий вид наркоти. Круто, що він не зіскочив із нього! Відкривши щось новеньке, Нік думав, що це ненадовго, як усі інші захоплення. А натомість екстрим заповнив майже все його життя, залишивши ще трохи часу на навчання, щоб батьки не хвилювалися, дівчат (із ними світ завжди приємніший), друзів. Друзі були поряд, коли треба було розділити найкрутіші відчуття. З часом навіть трохи забулося бажання показухи. Прийшов кайф від відчуття влади над своїм тілом і навколишнім світом. Світ більше не наказував йому коритися законам тяжіння й ходити по землі, опустивши голову: навпаки, підганяв найкрутіші траси, на яких треба було дивитися вперед і вгору.

До того ж виявилося, що в кожного з «Трої» була своя історія. Чіт намагався приборкати своїх внутрішніх демонів. Щоправда, останнім часом вони дедалі частіше показували зуби. Пух потребував дружньої підтримки і, що там казати, потужного копняка під зад, щоб нарешті почав говорити, що думає, а не тільки ховатися за спинами. Люк був реально крутим чуваком. Зі своїми ґеймерськими приколами, але то фігня. І, звісно, кеп. Дейв був окремою темою для розмови. Надто замкнутий, надто відповідальний, надто обережний. Усе, що стосувалося блондина, треба було видавати з позначкою «too much». Неідеальний, часом болючий, травматичний і небезпечний паркур став його приватною територією для втечі з ідеального світу. З появою Таші в команді теж виникли ускладнення. Нік не бачив нічого поганого в тому, що дівчата займаються паркуром. Щоправда, не уявляв, що сам би зустрічався з трейсеркою. А от Дейвові така й була потрібна. Цьому через край хорошому хлопцю не завадило б трохи хаосу. Таша з цим добре впоралася. Аж занадто. Вона з легкістю відкрила консервну бляшанку, у якій варилася «Троя». Та лише паркур, лише друзі, легкість і задоволення — це надто просто. І лише чверть життя. А решта?

Перешкоди, які цікаво було долати, раптом стали проблемами, про які хотілося забути. Давид умів тримати все в собі.

Мажор міг тільки уявляти, яка буря вирує в душі на вигляд цілком спокійного й зібраного трейсера. Але якщо йому було так легше — хай. Про проблеми не можна забути. Їх можна хіба що відкласти — до часу, доки не будеш готовий зустрітися з ними віч-на-віч. Або не будеш готовий узагалі. Але щось вирішувати все одно доведеться. І хай як Дейв уникав труднощів, вони таки його наздоженуть, хоч він і став би найкрутішим трейсером. Кепу саме час було навчитися правильно падати. Головне, що поряд будуть ті, хто допоможе підвестися.

Нік переодягнувся й вийшов із залу, здригнувся, накинув капюшон сірої кенгурушки й повернув на зупинку автобуса. Додому не хотілося, а от провітритися — те, що треба, тому піде пішки. Дощ ущух, але повітря все ще було сірим і вологим. У ямах на дорозі позбиралися калюжі, земля під травою порозкисала. Погода сьогодні резонувала із настроєм Тараса. Він був хоча й запальним, але аж ніяк не дурним. А сьогодні — наче з ланцюга зірвався. Треба буде поговорити про це з Дейвом. Хоча той теж хандрив. Бляха, чому він знову має бути командним психологом?

Хлопець сплюнув у калюжу. Не має, а мусить. У нього був свій страх. Той, що ховався під маскою веселого пофігіста. І той, у якому він би не зізнався нікому. Нік більше за все боявся втратити те, що мав. Родину, «Трою», друзів. Тому першим намагався вирішити всі конфлікти, згладити гострі кути, повернути гармонію. Нік навіть часом порівнював себе з Сідом із «Льодовикового періоду»[56]: наче сам теж був липкою субстанцією, яка склеює всіх докупи. Та й хтозна, якби не той дивний випадок, може, він так ніколи й не відкрив би для себе паркур.

---

[56] «Ice Age» (*англ.*) — повнометражний комп'ютерний мультфільм, створений студією *Blue Sky Studios* для кінокомпанії *20th Century Fox*.

5

Це була звичайна вилазка на природу з батьком і хрещеним: озеро, вудочки й на десерт — подорож до підводного світу. Йому було чотирнадцять. У гідрокостюмі вода майже не відчувалася. Спочатку було мілко. Та поволі відстань між поверхнею та дном збільшувалася. Нік глибоко вдихнув і пірнув. Плавно рухаючи ногами, він досить швидко дістався дна, хоча глибина тут сягала більше чотирьох метрів. Він практично нічого не бачив: сонце майже сховалося за обрій.

Розширені зіниці помалу звикли до темряви. Нік почав розрізняти грубезні валуни річкового каменю, а потім — міріади молюсків-беззубок. Усе було вкрите темно-зеленим мохом, подекуди пропливали одинокі підлящики. Груди стиснуло. Хлопець був під водою трохи більше хвилини, але для нього цей час розтягнувся і перетворився майже на години спостережень.

І раптом сталося щось незрозуміле: враз посвітлішало, у вухах почувся дивний дзвін. Дихати не хотілося, груди вже не тиснуло, тіло ніби жило саме по собі, плавно рухаючись за течією. На повіки тиснула приємна сонливість. За лічені секунди, що здалися хвилинами, хлопець вирішив — він же не амфібія! Люди не можуть спати під водою! Нік рефлекторно змахнув ногами. Поверхня зустріла стрімко.

Що було потім, пригадувалося не дуже добре. Хлопець ще деякий час тихо плив на спині до дерев'яної пристані, повільно перебираючи ластами. Обличчя пашіло, Нік хапав повітря ротом і хотів лягти та зрозуміти: чого це під водою стало так спокійно і легко, так круто? От тільки сонливість... Хлопець без проблем дістався берега, підозру в батька й Петра викликав хіба що збентежений, навіть переляканий вираз обличчя Ніка. Але він відмовчувався: це були лише його відчуття, його досвід.

Решту вечора Нік просидів у гуглі. Його мозок під водою пережив ейфорію від надто довгого кисневого голоду. Але це не міняло суті. Йому сподобалося! Хотілося ще! Найлегшим шляхом були штучні симулятори. Але цей спосіб був не для Ніка. Свого часу хлопець переглянув силу-силенну відосів про те, що наркотики роблять із людським тілом. Та й літати можна не лише за допомогою сумнівних методів, що викликають звикання.

Літо завжди було ідеальним часом для втілення власних бажань. Хотілося ейфорії без допоміжних засобів, лише використовуючи можливості власного тіла. Хлопець передивився відео про бейсджампінґ, бокінґ, скелелазіння та слеклайн. Але все це не викликало захвату. А от ролики, де його однолітки в джинсах і шортах, прості хлопці з двору, з легкістю забігали на стіни та крутили сальто, чітко врізалися в пам'ять. Після перших практичних стрибків він уже знав, що не відмовиться від цього.

Так у житті Ніка з'явився паркур. Він заразив ним Дейва. А коли думав, що готовий зіскочити з голки мистецтва подолання перешкод і перейти на щось нове, паркур не відпустив його, адже дав значно більше, ніж просто відчуття ейфорії від нового трюку. Виявилося, розділяти кайф на двох, а потім і на цілу «Трою», було ще крутіше, ніж насолоджуватися екстримом на самоті. Врешті, якою б божевільною не була твоя ідея, головне — знайти правильних спільників. А разом не страшно дивитися й у безодню.

6

Мажор зустрівся з Люком наступного дня. Чіт сказав, що буде кодити, його не чіпати. Пух із батьками поїхав на весь день на озеро. Дейв вирішив залишитися вдома. Хлопці зарубалися в ікс-бокс у Ніка, а по обіді вирішили піти в центр провітритися. Не залишилося навіть маленької калюжі, яка б нагадувала про вчорашній дощ. Небо здавалося величезним блакитним полотном із хаотичними мазками білих розмитих смуг. Кожна серпнева п'ятниця ідеальна для вуличних музикантів з електрогітарами й цілих оркестрів. Трейсери пройшлися площею Ринок, дорогою зависаючи в прапорцях[57] на ліхтарях і стрибаючи з бордюрів фонтанів біля Ратуші.

Біля «Діани»[58] стояла невеличка група підлітків, на вигляд років чотирнадцяти-п'ятнадцяти, з двома жіночками на чолі. Перша пильнувала, щоб ніхто з групи не відволікався від натхненної розповіді другої, з мікрофоном на вусі.

Рудий хлопець мужньо терпів нескінченні селфі удвох на фоні фонтана-Ратуші-трамваю-бруківки. Дівчина з довгим чорнявим волоссям щосекунди штурхала його в бік і вимагала:

— Саш, ну давай нормально!

— Ага, — кивав рудий, набирав пристойного вигляду і знову корчив гримасу, щойно дівчина натискала на кнопку селфі-палки.

— Маринко, май совість, дай мені теж! — Біля парочки нудилася дівчина, як дві краплі води схожа на першу, тільки зі стрижкою каре.

— Зараз дам! — відмахнулася Маринка, цілуючи рудого в щоку.

---

[57] Прапорець (*англ.* human flag — «людський прапор») — боковий баланс, базовий статичний елемент силової гімнастики. Виконується наступним чином: взятися двома руками за гімнастичний снаряд широкою постановкою рук, підняти своє тіло, щоб воно було паралельне землі й перпендикулярне снаряду та утримати таке положення.
[58] Криниця з фігурою Діани, або фонтан «Діана», — один із чотирьох фонтанів, що розміщені по одному на кожному розі площі Ринок у Львові.

— Максе, я тебе ненавиджу! — пробурмотів Сашко до брюнета з довгою стрижкою. — Додумався подарувати ту нещасну вудочку, тепер моя з мене не злазить.

— Терпи! — брюнет усміхнувся й повернувся до розмови з коротко підстриженим хлопцем. — Дане, словом, відбір у команду я вже пройшов. Скоро їдемо на збори в якийсь типу футбольний табір.

— Круто! Чекай, там що, самі пацани? — Данило округлив очі.

— Та да, — Макс кинув жвавий погляд на дівчину з русявим волоссям. Вона швидко замальовувала Ратушу в синьому скетчбуку. — Але по-своєму круто, від Туманівки[59] теж хочеться відпочити.

— Ага, — глибокодумно кивнув Данило, теж озираючись на русявку. — Ого, народе, дивіться! — він показав уперед на двох хлопців, які крутили сальто вулицею.

— Кру-уті! — прошепотіла Маринка, відпустила Сашка й почала знімати акробатів на відео.

— Що ти там не бачила? — рудий ревниво затулив камеру. — Звичайні трейсери! Я теж так можу, якщо потренуюся!

Але Маринка його не слухала, вона разом із іншими зачаровано спостерігала за дійством. Навіть художниця відволіклася від скетча, розглядаючи піруети в повітрі. Смикнула себе за волосся й усміхнулася. Якщо домалювати хлопця в стрибку на тлі Ратуші — буде ще крутіше.

— Ліз, ну як, виходить? — до неї підійшов Макс, зазираючи в альбом.

— Потім покажу! — дівчина затулила малюнок.

---

[59] Туманівка — невеличке містечко на березі моря, у якому живуть Сашко, Марина, Юля, Макс та Ліза — герої роману «Сіль для моря, або Білий Кит».

— Добре-добре! Але мені — першому.

— Звісно, тобі! — дівчина скуйовдила волосся брюнету.

— Діти, діти! Ходіть! Нам вже час! — екскурсовод на пару з учителькою почали зганяти підлітків із насидженого місця. Ходіть, ще встигнемо в «Майстерню шоколаду»!

— О, шоколад! — група пожвавилася.

Шоколад часто вигравав у видовищ. Щоправда, краще було їсти його й дивитися на трейсерів. Останні звикли ловити на собі зацікавлені погляди. Нік помітив, що їх знімає на телефони зграйка підлітків, та виконав іще один трюк бонусом, зірвавши оплески. Люк усміхався. У нього теж був класний настрій. Хлопці підійшли до пам'ятника Данилу Галицькому і сіли на бордюр.

— О, може, по кваску? — Мажор побачив бочку з квасом, за якою відверто нудьгував п'ятнадцятирічний пацан.

— Тєма! — Люк скинув рюкзак, щоб знайти гаманець.

7

Біля пам'ятника саме зупинилися дві дівчини — блондинка та русява. Вони стали перед хлопцями, щось жваво обговорюючи. Нік миттєво оцінив дівчат, перемкнувши увагу з квасу на щось не менш солодке. Хлопець виставив руку перед Люком, перегороджуючи тому шлях.

— Ти чого? — Люк підняв очі й обернувся до Ніка.

— Чувак. Заціни... — Нік розглядав довгоногих подруг. Русявка в білій короткій сукні й ніжно-блакитних босоніжках на шпильці була надто милою, а от білявка з короткою асиметричною стрижкою... Оу, є! Хлопець відчув, як його охопила хвиля жару. Бежеві шорти ідеально сиділи на підтягнутих сідницях, короткий жовтий топ спокусливо відкривав живіт. З-під тканини шортів виглядали контури пелюсток чорних квітів, схожих на півонії. Цікаво б глянути на всю татушку. Нік спалахнув бажанням познайомитися з дівчиною. Білявка, одягнувши чорні «котячі» окуляри, саме фоткалася з подругою на телефон і сміялася, розглядаючи фото. Такий екземпляр аж ніяк не можна було пропускати!

— Блонда — агонь, скажи? — Нік штурхнув Люка в бік.

— Нормальна, — байдуже відповів брюнет.

— Нє, нормальна — це ковбаса, а тут інше. — Мажор примружився. — Чи ти за Ташою скучаєш?

— Та де! — відмахнувся брюнет.

Таша просто зникла, так, наче її ніколи й не було. Щоправда, це тепер більше була проблема Дейва, ніж його. Лука випірнув зі спогадів і ще раз оцінив довгі ноги русявки. Доволі мила. Мабуть, ніколи не чула ні про паркур, ні про трейсерів. Цікаво, якого кольору в неї очі за авіаторами?

— Друга нічогенька, — кивнув Ніку.

— О, це вже діло! То як, підійдемо? — Мажор штурхнув друга в бік.

Люк скривився й невизначено похитав головою. Знайомства з дівчатами на вулиці ніколи не були його сильною стороною.

— Дивися і вчися! — гмикнув Нік і поліз на стіну. Він підібрався ближче до дівчат і, на мить перетворившись на вихор над бордюром, приземлився прямо перед білявкою. Дівчина скрикнула від несподіванки та притиснула мобільний до себе. Нік із кам'яним виразом обличчя наказав командним тоном:

— Телефон сюди!

Дівчина простягнула мобільник хлопцю, і той почав швидко клацати по екрану. Пощастило, що без пароля. Русявка зняла дзеркальні авіатори й усміхнулася. Непоганий спосіб познайомитися. Хоча краще б до них підійшов той загадковий брюнет, що стояв трохи позаду та спостерігав за виставою. Вони точно друзі. Дівчина усміхнулася хлопцю, кокетливо примруживши очі. Брюнет удав, що не помітив цього, продовжуючи свердлити поглядом другого хлопця. Серйозно? Він її динамить? Такого ще не було! О'кей, хлопчику, пограємо за твоїми правилами!

Тим часом Нік забив свій номер у телефон білявки, скинув собі маяк і вручив їй девайс назад.

— Я подзвоню, — підморгнув на прощання й усміхнувся своєю найпривабливішою усмішкою.

Нік швидким кроком підійшов до Люка, і хлопці зникли за рогом, залишивши дівчат ошелешеними.

— Ань, що це було? — білявка повернулася до подруги. Вона вже трохи оговталася і зрозуміла, що телефон у неї ніхто відбирати не збирався. А прикольно він стрибнув. Зеленоокий акробат...

— А що? — русявка знизала плечима. — Ксю, ну вирішив оригінально познайомитися. Згадай, коли ти востаннє на вулиці комусь свій телефон давала. Правда, мені більше другий сподобався. Чорнявенький... — Аня згадала хлопця. Точно її тип. — Тільки щось він надто сором'язливий... Ти краще глянь, що цей екстремал тобі в телефоні написав.

— «Мій майбутній хлопець», — прочитала дівчина, і подруги розсміялися.

— Швидкий і наглючий — те, чого тобі бракувало. І симпотний, погодься.

— Ага, — білявка кивнула. Зеленоокий їй справді запам'ятався.

Аня взяла подругу під руку і закусила губу.

— Слу-ухай, якщо покличе на свіданку, скажи, хай захопить друга. Чур, він мій!

8

Під схвальну мелодію домофону Нік увірвався до під'їзду. За спиною плавно зачинилися важкі металеві двері, проте хлопець цього вже не чув. Він кілька разів натиснув кнопку виклику, але ліфт знову не працював. У сусідів знизу тривав ремонт, і вони так вимучили старенький пійдомник, що в того вже нормально не зачинялися двері.

Хлопець зітхнув, провів поглядом напис срібною фарбою «Марто, пробач дурня!» і повернув до сходів. Піднявся на п'ятий поверх, перескакуючи по кілька сходинок. Зараз ніщо не могло зіпсувати йому несподівано піднесений настрій — настрій мисливця й завойовника. Нік радо включився у гру: усмішка білявки зі спокусливою татушкою заслуговувала на те.

Яскраві ідеї завжди виникають спонтанно, й усвідомлення того, що йому вдалося ефектно взяти телефон, залишивши приємні спогади про першу зустріч, додавало азарту. Хлопець ще півдороги підколював Люка, що той морожений. Русявка явно на нього запала. І їй явно нічого не бракувало. Приємна зустріч однозначно матиме продовження. Правда, сьогодні й навіть завтра він їй не подзвонить — хай понервується, хай почекає його дзвінка. А от післязавтра... Ага! Нік усміхнувся. Нове знайомство легко розвіяло важкуваті думки про дратівливі зміни настрою в команді.

У коридорі пахло свіжою випічкою.

— О, булочки? З капустою є? — хлопець скинув кросівки й повернув на кухню.

— Куди? Спершу руки! — тендітна білява жіночка у квітчастій домашній сукні заступила Нікові дорогу на кухню

— Ну мам! Вони чисті, — за звичкою пробурчав Нік, але пішов до ванної.

Уже за дві хвилини, з виделкою в одній руці та шматком ще теплого сільпошного багета в другій, хлопець із задоволенням розглядав тарілку з картопляним пюре й величезним стейком. Добре відчувати звірячий голод, коли поруч є те, що його втамує. Нік відкусив шматок м'яса й розплився в блаженній усмішці.

— Бачу, день був насиченим. —Тетяна, мама Ніка, якраз посипала цукровою пудрою булочки з корицею.

— Ага. Потусили трохи в центрі, — хлопець відпив із чашки вишневого компоту, дбайливо налитого мамою.

— Як там справи в команді? Усе добре?

— Ага, норм, — Нік рідко вдавався до детальних пояснень, хоч і чудово розумів добрі материнські наміри, підкріплені життєвим досвідом.

Мама частково знала розпорядки й вибрики компанії Ніка, бачила майже більшість відео з тренувань, але драми з життя своїх друзів хлопець беріг під сімома замками. Він майже в усьому принципово покладався на власні відчуття. Своєрідна тактика незалежності допомагала в багатьох випадках. У них з мамою були хороші стосунки, якщо не враховувати несуттєві побутові моменти, наприклад, немитий посуд чи розкидані в кімнаті речі. Він змалку навчився відчувати потенційно гострі ситуації, тому за можливості намагався їх уникати, не провокуючи конфліктів із батьками, адже це завжди могло призвести до тотального контролю й недовіри, а ще до скасування фінансової підтримки. Або й гірше: це могло вдарити по образу веселого пофігіста.

Тетяна останнім часом особливо пишалася сином. Оригінальне хобі, спортивна фігура, стабільно веселий настрій. Степан, батько Ніка, частіше працював, аніж вів душевні розмови з сином, але сумніватися в хлопцеві не мав підстав. Тим паче, що Петро, друг сім'ї і хрещений Ніка, доводив це не раз. Чоловік змалку взяв хлопчиська під крило та всіляко плекав у ньому різноманітні чоловічі пристрасті, як-от вилазки на полювання, походи засніженими нічними лісами й багатоденні сплави на байдарках. Так уже сталося, що Петро не мав своїх дітей, тому він із неабияким ентузіазмом заповзявся ділитися з похресником своїм життєвим досвідом. Нік учився поводитися зі зброєю та бачив немало протиріч і грубих конфліктів, котрі траплялися в чоловічій компанії. Саме відчуття поміркованого страху підсвідомо керувало буднями хлопця. А ще він умів зберігати секрети, і саме це Петру подобалося найбільше. Тому батько чув лише схвальні відгуки друга й запевнення, що в нього росте добрий нащадок, який надто любить життя, аби зневажливо до нього ставитися.

— Дивіться мені, тільки в розборки не лізьте! — жартома гукнула мама з кухні. — Я сподіваюся, у вас усе ще мирна команда, а не «клітка» без правил.

Нік тільки всміхнувся, бо він нарешті дістався до п'ятничних сінабон [60]. На балконі стояв батько та крутив у руках енергетичний батончик. Поруч у плетеному кріслі розсівся хрещений Петро — неабиякий шанувальник поновлення енергії швидкими вуглеводами. Коричні булочки були чудесним каталізатором Петрових історій про мандри, які просто обожнювала слухати мама Ніка. Батько слухав ці напівлегенди з не меншою цікавістю

---

[60] Cinnabone (*англ. cinnamon* — кориця; *латин. bone* — добре); тут: булочки з корицею.

(деякі вже й неодноразово), діловито прикрасивши носа окулярами, і закусував враження добре поцукрованою начинкою випічки.

— О, Нікітос! Ти вже є! — Петро привітався з хлопцем міцними обіймами. — Так, є справа! До кінця літа маєш висадити під балконом ліщину й поставити пару вуликів. Мотаєш на вус?

— Ноу вус — ноу паті, — реготнув Нік. В очах хлопця стрибали смішинки. Що цього разу спало на думку хрещеному?

— Опираєшся прогресу? Підемо іншим шляхом, — Петро опустив руку в кишеню спортивок і дістав довгенький батончик, загорнутий у обгортку від цукерок «Зоряне сяйво».

— Дивися! Це мій новий винахід — незамінна штука в походах! — Петро зашарудів фольгою і простягнув Ніку щось схоже на козинаки, тільки дрібне, циліндричної форми, із маленькими часточками.

— Це наркотик, — мовив батько. — Я вже чотири штуки змолов!

Нік покрутив батончик у руках, відкусив шматочок і гмикнув.

— Петре, мушу тебе розчарувати...

— Це що таке?

— Такі батончики вже давно хіт соцмереж: кожна друга фітоняшка робить. Так що забудь про патент!

— Ні, ну ти дивися, куди котиться той світ! — Петро вдав ображеного. — Ти лишень щось придумав, а воно вже є!

— До таких динозаврів, як ми, прогрес безжальний, — усміхнувся Степан.

Вечір непомітно й плавно притлумлював денне світло в кожному закутку гомінких міських квартир. Нічні сонця — діодні лампочки — радо віддавали електричну енергію всім охочим. Дружня родина та її веселий гість із апетитом смакували виробами домашньої міні-пекарні, пили охолоджений вермут, м'ятний чай і говорили про безліч незвіданих місць, котрі мі-ріадами зірок близько й далеко розмістилися на карті світу. Нік розвалився на дивані, обійнявши подушку. Хлопець поволі поринав у дрімоту. Уявлявся намет, доверху забитий горіхови-ми батончиками Петра, біля нього — планер, на якому хреще-ний обіцяв покатати, згадуючи свого колегу-пілота. Дім завжди був місцем, де можна розслабитися. Коли ти в безпеці, коли біля тебе рідні, коли все добре. «Поки все добре», — промайну-ла тривожна думка. Нік перевернувся на інший бік. Немає не-вирішуваних проблем, а з усім іншим він розбереться. Зреш-тою, це й мають робити повнолітні: керувати своїм життям, а не плисти за течією.

Розділ III

«Троя»

1

Дейв не пам'ятав, як вони познайомились із Чітом. Та й Чіт також. Хлопці жили в одній чотирнадцятиповерхівці — таких на їхній вулиці було декілька. Давид — на першому поверсі, Тарас — на четвертому. Дві протилежності, юнаки водночас доповнювали один одного. Давид — розсудливий і холоднокровний, типовий хороший хлопець із люблячої забезпеченої родини. Тато — директор меблевої фабрики, мама — бухгалтер. Тарас — трохи зухвалий, запальний. Він жив із мамою-швачкою та старшим братом.

Два роки тому, коли брата Тараса ув'язнили, це ледь не зруйнувало ідеальний світ хлопця. Він ущент розсварився з Давидом, який щосили намагався допомогти, але так незграбно ліз у душу, що робив тільки гірше. Та й взагалі бути поряд з «праведником» Давидом було важко. Це лише повсякчас нагадувало Тарасові, хто він — син покидька, брат злодія. Дейв шукав зустрічі з другом, пропонуючи хоч якусь допомогу, але той просто з ним не розмовляв.

Врешті Давид махнув рукою та припинив шукати миру, дозволивши Тарасу самому розбиратися зі своїми внутрішніми демонами. Проте залишатися одинаком компанійському хлопцю було важко, тому блондин швидко зблизився зі своїм однокласником Микитою, для друзів — Нікітосом, якому завше море було по коліна. Хлопець був справжнім ідейним центром, у його голові постійно виникали цікавезні плани. Нік кайфував від риболовлі, гір і постійних вилазок на природу, на які його залюбки брав із собою в гучну й веселу чоловічу компанію хрещений Петро. Тож коли Нік раптово зник на тиждень, а потім з'явився весь у подряпинах і синцях, наче після добрячого прочухана, Давид не надто здивувався.

— Тебе де носило?

— Та я тут пробував одну штуку... Ходи покажу.

Нік вивів Давида на майданчик і почав перестрибувати через бруси різними способами. Спираючись то на одну руку, то на обидві або взагалі чергуючи руки.

— І що це таке?

— Це типу паркур, прикинь? — захоплено розповідав захеканий хлопець. — Кльово, скажи? Я тут трохи потренувався, нічо так виходить, скажи? У паркурі можна долати перешкоди силою думки. Ну типу прорахувати наперед, як ти перестрибнеш отой гараж чи ще щось. Майже супергерой!

— Оце фігня в тебе в голові... — Давид скрушно зітхнув. — Який із тебе супергерой? Теж мені, Людина-Павук.

— Та ти глянь! Оце Людина-Павук! — Нік дістав телефон й увімкнув відео. Давид гмикнув, схилився над екраном і залип. Поволі скепсис змінився захватом, а в очах зайнявся шалений вогник азарту. На чорно-білому відео якийсь чорнявий хлопець у білій майці та спортивних штанах, наче мавпа, стрибав між поверхами та просто приклеювався до стін. Він забігав на вертикальні поверхні з такою легкістю, наче саме в цьому місці переставала діяти сила тяжіння.

— Агонь, пра'? — мовив Нік, вимикаючи телефон.

— М-да, — Дейв наче застиг. Перед очима була прямовисна стіна, по якій бігав цей акробат. Всередині все похололо, адже хлопець від дитинства боявся висоти, і разом із тим виникло непереборне бажання повторити побачене. На позір усе було на диво легко та просто. А за першою думкою прийшла наступна: він зможе це зробити. От просто візьме та зробить. Він сам так пробіжиться по стіні. Сам!

— Чувак, оце тебе вставило! — Нік плеснув друга по плечу й реготнув. — Ти чого? Я ж по приколу показав... Мало там, дівок клеїти. Вони ведуться на таке, що скажеш? — хлопець підморгнув другу.

— Чуєш, скинь мені в приват...

— Скинув. Ну, я пішов. У мене ще є... — Нік озирнувся на ріг будинку, біля якого сором'язливо хихотіли двійко дівчат на високих підборах. — Справи.

— Ага, давай...

Давид іще трохи посидів на майданчику, а потім рвонув додому, відкрив месенджер, перейшов за посиланням від Ніка та втупився в монітор, занурюючись у нові враження. Його страшенно захопив акробат на відео й те, що він витворяв. За кілька хвилин блондин з'ясував, що це був майже його тезка — Девід Бель, ідеолог руху «паркур» і його співзасновник. Він упевнено казав, що не існує меж, існують лише перешкоди, які можна подолати. Проста філософія міцно засіла в мозку Давида, і того дня він зробив свій перший свідомий вибір — вирішив неодмінно стати трейсером.

Давиду та Ніку саме виповнилося по п'ятнадцять. Відчайдушні підлітки без почуття страху й самозбереження. Вони кинулися повторювати все, що бачили на відео. Пощастило, що ютуб дозволяв побачити фінти на будь-який смак. Їхній словник поповнився новими словами, а тіло щодня набирало нових відмітин. Roll, fly, monkey, lazy, flip, 360, tic-tac, underbar...

— Крутіше за татухи! — казав Нік, захоплено роздивляючись свіжу подряпину.— Ти би бачив, як дівки над нею будуть труситися!

Хлопці не знали, як правильно вчитися трюкам, і тому випробовували все на собі. Щовечора збиралися в Давида вдома й поступово розбирали відео, де звичайні люди практично літали над землею. З боку все виглядало максимально безпечно й легко. Але після перших же спроб хлопці набили собі ґулі й синці та дружно підсумували, що до трейсерів із *Yamakasi* їм іще дуже далеко.

Зрештою Давид зрозумів, що від трюків його відділяє не лише відсутність практики, а й слабкі м'язи. Хлопець почав бігати зранку й увечері, розтягуватися, щоб сісти на шпагат, підставляючи під ноги стосики книжок, качати прес й віджиматися. Часом до нього приєднувався Нік, але він відволікався на все підряд, і тому більше байдикував, аніж тренувався. Проте блондину вистачало і власної рішучості. І поруч із ним на диво несерйозний Нік теж поволі почав втягуватися. Тіло швидко звикало до навантажень, і за пару місяців хлопці добряче наростили м'яса, покращили гнучкість і спритність.

А тоді Давид вирішив перебороти свій найбільший страх. Страх висоти.

2

Відчуття, яке повністю паралізує тіло. Страх. Нудотне бажання інстинктивно розпластатися на твердій поверхні, непорушно прикипівши до неї, і ніколи навіть близько не підходити до прямовисних країв і захисних парапетів, що суворо височіють над землею.

Опустити очі донизу в полоні висоти означало тільки одне — жах та заціпеніння спітнілих пальців. Давид боявся цього змалку. Стало задосить лише одного злощасного випадку на київській екскурсії. Хто ж знав, що акрофобію[61] можна заробити під землею?

Семирічний малий чемно тримав за руку тата й захоплено роззирався навсібіч. Станція метро «Арсенальна» справляла неабияке враження, а найбільше — склепіння шахти, що довгим тунелем тягнулося догори. Стрічка ескалатора плавно піднімала й опускала людей, котрі, здавалося, наче застигли в нескінченному русі сходинок. Навпроти з'являлися різні обличчя, різні постаті, а малий Давид ловив на собі щирі усмішки й частенько сам усміхався у відповідь, перебираючи вільною рукою пластикові жетони. Година пік минула, але в повітрі все ще відчувався задушливий запах людського поту й парфумів. Хлопчина щиро радів, адже здійснилося його бажання — покататися в метро й піднятися на поверхню найбільшим тутешнім ескалатором. Батькові ця затія була явно не до смаку: чоловік мовчав, зрідка кидаючи на Давида погляди, сповнені насмішкуватої іронії. Проте хлопець не переймався й насолоджувався маршрутом. Чудернацькі східці виявилися реальними, зоопарк мав стати наступним пунктом, а потім Давид озирнувся...

Опісля малий чув тільки заспокоєння, що лунали звідусіль. Хлопчик у паніці міцно обхопив татову ногу та просив із широко розплющеними очима, несамовито благав зняти його

---

[61] Страх висоти.

звідти, сховати подалі від краю вертикальної скелі, біля підніжжя якої люди раптом стали крихітними, наче маленькі фігурки з пластиліну. Давиду здалося, що сила тяжіння от-от спрацює й потягне його донизу, знищить серед бескиддя підземки. Жахіття отруйним плющем розросталося усім його тілом, страшно було навіть заплакати — від уявної безодні захищав вузенький прорезинений виступ...

Уже дорослішим Давид постійно уникав висоти, згадуючи моторошне урвище метрополітену. Хлопець рідко лазив по деревах, як-от друзі чи однокласники, а коли й робив це, то тільки пересвідчившись у стовідсотковій безпеці. Спускатися було вкрай важко, і найменші пориви вітру миттю напинали вітрила тривоги. З часом Давид зауважив, що боїться одного — впасти. Також він розумів, що це лякає багатьох людей, але деякі з них від того ще впевненіше тримаються за своє небо.

Паркур захопив зненацька, як щось нове та направду важливе. Відкинути поклик серця, впустивши туди боягузтво, означало тільки одне — повну капітуляцію, жалюгідну поразку. Так мрія постояти на самому краєчку даху перетворилася на мету.

Давид чи не щодня видирався на дах і підходив дедалі ближче до краю. Сперешу його охоплював невимовний жах і він не міг навіть поворушитися. Згодом зміг підійти ближче. Нарешті настав той день, коли він підійшов до краю й наважився подивитися вниз. Відчуття ейфорії та свободи охопило його з ніг до голови. Тіло вкрилося сиротами. Він дивився вниз і розумів, наскільки дрібним є все, коли бачиш це згори. Під будинком блукали люди-піщинки. Його груди розпирала невимовна гордість. Тіло стало легким-легким. Ноги підкошувалися, але хлопець наказував собі триматися рівно, хоча коліна підступно згиналися перед порожнечею. Давид відчув себе велетнем, наче за одну мить виріс над собою та своїм страхом. Перемога! А коли перша хвиля ейфорії минула, він відчув, що теж є піщинкою. Дрібною краплиною в цьому величезному океані, у цьому всесвіті. Це заворожувало, здавалося, наче торкнувся чогось такого, про що ніколи навіть не думав. Це було відчуття повної свободи.

За тиждень Давид звик дивитися вниз без страху й дивних погойдувань. Мозок працював як годинник, і тепер стояти на краю було безпечно. Давид дивився вже не вниз: порожнеча під ногами його ніколи не вабила, як бажання ступити крок, щоб упасти, а не злетіти. Хлопець дивився перед собою й часом переводив погляд угору, у небо. В голові одна за одною зринали чіткі думки.

«Чекай, колись я сидів удома й дивився на цей дах, думаючи, що ніколи не зможу на нього вилізти. А зараз я стою на ньому. Я зміг це зробити. Отже, зможу зробити й будь-що інше — перебороти себе. Висота — це лише перша сходинка. Це ж скільки речей я можу зробити! У мене є руки й ноги, я можу бачити, чути, говорити, в інших немає й цього. Я можу все!»

— Я можу все! — викрикнув Давид у простір і тихо засміявся. — Я можу все!

Наступним кроком було сальто. Давид довго вагався, перш ніж його зробити. Роздивлявся до найменших дрібниць рухи, поведінку тіла в стрибку й врешті наважився. Тренуватися вирішив на піску. Розрахував, що так буде найм'якіше падати. Озеро за містом підходило ідеально — півгодини в тісній маршрутці. Для заправки втоптати пару жирних м'ясних чебуреків із холодним квасом у забігайлівці ще, здається, з радянських часів — і вперед!

Давид довго готувався й мучився щоразу, коли так і не міг переконати себе стрибнути. А потім вирішив навчитися падати.

Він багато разів падав на пісок у різних позах, а потім, замість того, щоб просто упасти, узяв і прокрутив сальто. Так, він добре приклався колінами й ледь не роз'юшив собі носа, але почувався щасливим. Страх перед стрибком він теж зміг подолати. Відточивши рух так, що міг би виконати його із заплющеними очима, хлопець відчув, як стає сильнішим. І це було крутіше за будь-які інші відчуття у світі.

Кожна нова перемогла приносила величезне задоволення. Хоча страх усе одно залишався. Коли якось у Давида зіслизнула нога під час підйому на стіну, на кілька секунд він уявив, як зараз упаде. Але хлопець зміг опанувати себе й повернути рівновагу. Він подумав, що це фігня, проте за деякий час відчуття страху повернулося. Давид усвідомив: щойно він міг упасти з висоти й померти. У голову почали лізти різні думки. Він навіть деякий час не стрибав, але паркур міцно тримав його на гачку. Тіло вимагало ейфорії, а душа — відчуття свободи. І Давид знову подерся на стіну. Хлопець був вдячний своєму страху, адже саме страх утримував його від нерозсудливих рішень.

3

Відчувши впевненість у власних силах, Давид вирішив іще раз поговорити з Тарасом. Він ледь не силоміць витягнув друга з дому під здивовані вигуки його мами та запевнив жінку, що все буде добре. Тарас — кислий, як щойно вичавлений лимон, — мляво пручався. Давид завів друга на дах чотирнадцятиповерхівки.

— І якого фіга ти мене сюди притягнув? — пробуркотів Тарас, не піднімаючи голови.

— Слухай, я довго думав, як тобі допомогти...— Давид не знав, із чого почати. Він мусить його зрозуміти, мусить!

— Пропонуєш мені стрибнути? Нема людини — нема проблеми. Ти тепер куратор синіх китів[62]? Чи хто там замість них зараз? Червоні сови? Тихий ліс? Дебіли! — Тарас глянув на колишнього друга з-під лоба. — Я пішов...

— Та чекай ти! — спересердя кинув Давид і роздратовано скуйовдив волосся. Він змусив себе глибоко вдихнути й повторив уже спокійно. — Дослухай. Просто дослухай, а потім можеш піти.

— Ну? — кинув хлопець.

— Я зрозумів, що не можу допомогти тобі, поки ти не допоможеш собі сам, — перехопивши скептичний погляд друга, поспіхом сказав Давид. — І я знаю, що тобі потрібно.

— Серйозно... Розумний дуже, та? — Хлопець гмикнув і копнув стіну. — І що це?

— Це паркур.

— Що? — Тарас аж розгубився. Він чекав, що Давид почне говорити щось за психологів. Хлопець підозрював змову з мамою за його спиною. Але який, у сраку, паркур?

Давид обережно підступив ближче. Зараз головне не сполохати його, не зіпсувати все. Хлопець згадав Девіда Беля та продовжив серйозним тоном:

— Паркур дозволяє подолати межі, які в наших головах. Тобто наші страхи.

— Хрінь, — Тарас махнув рукою і ступив до дверей, але Давид заступив йому прохід, продовжуючи говорити:

— Кожен чогось боїться. Висоти, павуків, змій. Кожному своє. Але якщо ти подолаєш себе в паркурі, розберешся й зі всім іншим.

---

[62] Синій кит (рос. «синий кит») — координована підліткова гра, поширена переважно в російськомовних соціальних мережах (зокрема, «ВКонтакті»), кінцевим підсумком якої є доведення гравця до самогубства.

— І чого ти хочеш? — Тарас помітно нервувався. Він тільки зараз зрозумів, що вони стоять на вершечку багатоповерхівки, а за кілька кроків від нього — край даху. І, що найгірше, це справді було його страхом. Страх висоти. Він завжди свідомо уникав будь-яких балконів і навіть біля відкритого вікна намагався не затримуватися. Інакше з'являлося підсвідоме бажання стрибнути. І понад усе він боявся здійснити бажане.

— Я знаю, ти боїшся, — Давид переступив з ноги на ногу. — Але ти можеш перебороти свій страх. І я тобі в цьому допоможу.

— Це ще як?

— Дивися, — Давид обійшов хлопця, підійшов до краю даху й поплескав по огорожі біля себе. — Я теж боявся, а тепер ні. Тобі треба просто підійти.

— Не хочу, — Тарас напружився. Вигляд друга, який стояв на краєчку, змусив його здригнутися. — Відійди звідти!

— Давай, перебори себе. Ти можеш!

— Я сказав — ні! Ти що, оглух? Бляха, як же ти мене бісиш!!! Дістав!!!

Але Давид наче не чув його, і далі терпляче пояснював:

— Зроби крок, а потім другий. Це не так уже й важко. Розумієш, межі тільки у твоїй голові...

Однак замість того, щоб заспокоїти, монотонний голос друга роздратував Тараса.

— Гр-р-р! Дістав! Це у твоїй голові межі! — Хлопець розлютився й підійшов ближче, навіть не помітивши цього. Він схопив Дейва за комір і прошипів, дивлячись в очі:

— Не доводь мене до межі, чуєш? Бо я за себе не відповідаю! Я не знаю, що можу зробити!

Однак Давид знову здивував його. Хлопець усміхнувся, відчепив пальці Тараса від своєї сорочки й тихо сказав:

— Ти вже все зробив.

— От йопт! — До хлопця дійшло, що він стоїть біля Давида, який… Який, срака, стоїть на краю даху, а перед ним тільки огорожа, може, десь із півметра! Через неї можна з легкістю перекинутися та звалитися вниз. На морозі! Фак! Хлопець миттю зблід, учепився в краєчок огорожі і глянув униз. — Ні хріна собі!

Порожнеча перед очима то наближалася, то віддалялася, створюючи оптичний обман. Лякала до дрижаків і заворожувала, не відпускала, змушувала дивитися вниз. Заманювала?

— Які відчуття? — тихо спитав Давид.

— Страшно до всирачки! — зізнався Тарас, і на душі враз стало легше.

Присутність друга додавала сил, а його спокійний голос — упевненості. Прірва вже не здавалася такою страшною. Він подивився в неї. Він зміг, і нічого не сталося! Чомусь зникла образа, розвіялась за вітром. Зникла злість. Залишилася лише цікавість. Коли він востаннє зазирав у прірву? Хлопець перевів погляд на Давида й побачив, що той стоїть поруч і теж дивиться, але не вниз, а прямо перед собою. Легкий вітер пробіг по даху, скуйовдивши волосся хлопців.

— Можеш сміятися, але я думаю, що паркур робить нас сильнішими, — Давид підставив обличчя прохолоді й говорив натхненно. — Дозволяє керувати своїми страхами. І страхом перед висотою теж. Гм, прикольно! — він широко усміхнувся. — Висота робить з мене філософа. Ти не слабак. Це нормально — боятися. Безстрашні можуть померти тому, що не відчувають свого страху. А ми можемо літати.

— Як це?

— А отак, — Давид відійшов від краю. Тарас знову загадав про свій страх та відразу занервував, відступивши на кілька кроків. Поруч із другом стояти було легко, самому — дуже некомфортно. Тим часом блондин піднявся на огорожу посеред даху, відштовхнувся й перекрутив у повітрі переднє сальто. Щоправда, йому не вдалося так легко вистрибнути, як на землі. Давид прислухався до відчуттів. Щось зовсім інше. Здавалося, що сила тяжіння на чотирнадцятому поверсі була більша, ніж на першому. Напевне, спрацював страх. Але страх можна побороти, і він вже це робив.

— Ні хріна собі! — у Тараса аж щелепа відвисла.— Коли ти встиг?

— Тренувався. Чесно, вийшло не відразу. Але нічого не виходить з першої спроби. Я бачив, як ти сюди приходив сам і намагався підійти до краю. Ти не сам, пам'ятай про це. А разом можна зробити будь-що.

Тарас із подивом роздивлявся «правильного» Давида, який сам виліз на дах і витворяв небезпечні штуки. Отак минає якихось кілька місяців, і ти перестаєш упізнавати колишніх друзів. Тепер хлопець помітив, що його друзяка-блондин ще й підкачався і ніби став старшим на вигляд. Собі брехати було важко: новий Давид подобався йому набагато більше. Він згадав, як блондин із легкістю крутився в повітрі, й облизав сухі губи. Якщо це зміг Давид, то зможе й він. Зможе ж? Хлопець усміхнувся, похитав головою й першим простягнув руку:

— Мене навчиш?

— Легко! — Давид задоволено усміхнувся й потиснув долоню друга.

4

Дружбу було поновлено. Проте тема Володі залишалася табу, Давид не зачіпав її, хоч йому й кортіло дізнатися, як там старший брат Тараса. А сам хлопець нічого не розповідав. Паркур забрав увесь вільний час. Літо, сонце, вулиця — удома хлопці з'являлися, щоб швидко вкинути щось до рота, і бігли далі. Тому, коли у вересні друзям довелося повернутися до школи, вони зрозуміли, наскільки все змінилося. Однокласники лишилися тими самими хлопцями й дівчатами зі своїми звичними інтересами. Футбол чи баскет на перервах у перших, плітки та селфі в других. Тарас переконав маму перевести його в школу Ніка й Давида, і хлопці й надалі проводили багато часу разом. Вчителі їх називали святою трійцею, колишні друзі махнули рукою й перестали кликати на спільні тусовки. Хоча деякі однокласники й пробували розділити екстрим Давида, Тараса й Ніка, решта крутили пальцями біля скронь й казали, що в них паркур головного мозку. Для самих же трейсерів екстрим став не просто хобі для приколу. Він міцно увійшов у їхнє життя, змушуючи змінювати власні звички й самих себе.

Хлопці взяли собі ніки, під якими тепер їх мали впізнавати в соцмережах. Давид став Дейвом — прізвисько, що приліпилося з дитинства. Тарас вирішив бути Чітом. Микита назвався Мажором, але друзі все одно й далі кликали його Ніком.

Паркур окриляв. Трейсери заряджали один одного натхненням та енергією. Коли ж з'явилися обов'язкові розминка й розтяжка, непідготовлені м'язи нили та стогнали, але хлопців це не зупиняло. Хіба біль може бути перешкодою на шляху до мети?

Чіт упевнено боровся зі своїми демонами. Хлопці тренувалися вже другий рік, і все йшло як по маслу. Та якщо Дейв із Ніком розвивалися поступово (тим паче після того, як Нік ледь не скрутив шию, виконуючи нове сальто без страховки), Чіт помітив, що його моральна боротьба перейшла у фізичну, а прості трюки вже перестали приносити насолоду. А от екстрим занедбаних місць — старі руїни та закинуті будівлі — став справжнім раєм. На тренуваннях він іще прислухався до Дейва, але без нього пробував надто небезпечні трюки. Він потай знімав їх на камеру й викладав на свій канал на ютубі. А в кінці запису пафосно прорікав: так як він — може кожен, а всі можливості закладено в тіло вже від народження. Коли про це дізналися хлопці — почався кіпіш. Найбільше лютився Дейв.

— Ти дебіл! Шариш, якийсь малий надивиться на твої вимахони й захоче повторити? Ти взагалі думаєш, що робиш? — Дейв стояв так близько, що Чіт почав нервуватися. Він із силою відштовхнув друга.

— Та кароче! У неті зараз і без мене купа всього, — хлопець не бачив нічого кримінального у своїх учинках. — Там і вени ріжуть, і вішаються!

— То, може, я тобі зараз у голову дам, а ти це на відео знімеш і викладеш?

— А ти ризикни! — Чіт наїжачився. У нього вже руки свербіли наваляти цьому праведнику. Тільки дай привід! Тільки почни!

— Думаєш, мені слабо? — Дейв наблизився, стискаючи кулаки. Хлопець не очікував, що справа дійде до бійки, але був готовий і силою довести свою правоту. Чіт добряче його вибісив.

— Так, брейк, пацани! — Нік став між друзями, розуміючи, що зараз буде бійка. — Ну наб'єте ви один одному морди, і що?

— Може, хтось порозумнішає... — процідив крізь зуби Дейв.

— Чуєш ти, розумнику... — загрозливо почав Чіт.

— Воу-воу! Стапе́, пацани! В мене є краща ідея! — Нік усміхнувся. — Пропоную створити справжню команду. Ми ж не психи-одиночки, ми — разом.

— Не знаю, — протягнув Дейв. — У команді важлива довіра. А не оце...

Чіт промовчав. Але пропозиція Ніка йому сподобалася.

— Ну ви вперті барани! — Нік штурхнув хлопців.— Кароче, давайте! Я навіть назву придумав — «Троя». Троє, три Я. Як вам?

Дейв подивився на Ніка, потім на Чіта. І чого він узагалі збісився?

— Норм,— видихнув хлопець. Йому й самому набрид цей цирк.— Звучить!

— Заведемо канал команди й будемо заливати свої відоси,— віщав Нік.— Я зроблю обробку, накладу музон. Буде круто! Чіте, ти як, з нами? Чи будеш соплі на кулак намотувати?

— Сам ти сопля, чув? — рикнув Чіт, але вже якось без злості.— Я з вами.

— Тільки без понтів,— Дейв кивнув у бік Чіта.

— Тільки без повчань,— у тон йому відповів хлопець.

— Так, стоп. Нам потрібен капітан. Я пропоную Дейва. Він розучує всі трюки, слідкує за безпекою. Сорян, Чіте, але ти надто скажений для цього.

— Та добре вже,— Чіт байдуже знизав плечима.

— І те, що скаже капітан, не обговорюється! — продовжив Нік.

— Поки він залишається капітаном,— гмикнув Чіт.

— І капітану доведеться тренуватися більше за інших,— Нік усміхнувся. Справу було зроблено.— Він завжди повинен бути на крок попереду.

— Ну й чудово, що це не я,— реготнув Чіт.

— То як, Дейве, ти згоден?

— Згоден!

— Мир?

— Мир.

— Агонь! — підсумував Нік.

Хлопці потисли один одному руки. Дейв штурхнув у бік Чіта, вони розсміялися, і напруга миттю спала. Нік полегшено зітхнув. «Трою» було засновано.

Ще за рік до них приєднався студент меду — одинак Лука. Останнім до команди прибився чотирнадцятирічний Ілля. Прізвиськом Пух його нагородив Чіт, і воно міцно приліпилося до хлопця.

Троянці мріяли досягти високого рівня й поїхати на щорічні всесвітні змагання *Art of Motion*, що проходили у вересні на острові Санторіні в Греції. Туди з'їжджалися відомі атлети з усього світу, але, щоб потрапити туди в якості учасників, треба було добряче попахати. Судді проводили суворий відбір із відео, а їхати глядачами було б зовсім тупо. Троянці хотіли позмагатися з монстрами паркуру — британцями *Storror, Teamfarang,* іспанцями *GalizianUrbanProject (GUP),* і це лише початок довжелезного списку.

Для трейсерів паркур досі був можливістю втечі від усього світу. Але під час виконання кожного трюку ти все одно стикався з самим собою, і це нагадувало, що від себе не втечеш. Проблеми — батьки, друзі, універ і школа, пари, заліки, екзамени й навіть злощасне ЗНО й талони — усе відступало на другий план, коли ти починав свій біг містом.

Крок — і тебе не зупинити.

Розділ IV

Другий погляд

1

Після дощу місто оповила свіжість. Сутінки заклякли в повітрі — похмура погода відкраяла собі добрячий шматок світлового дня. Перехід до ночі здавався надто розтягнутим. Але це вносило у вуличне життя загальну ейфорію: дихати стало легко. У передчутті темряви вологі тротуари навіть пожвавішали. Охочих вигідно обміняти задуху квартир на все ще літню приємну прохолоду ставало дедалі більше.

Чіт повертався додому зі споту біля Порохової вежі, за звичкою гортаючи стрічку новин в інстаґрамі. Паркур добре прочищав мозок, а коли думок було надто багато — й поготів. Після того, як Таша пішла, у команді все наче повернулося на свої місця. Принаймні його все влаштовувало. Тільки Дейв іще трохи підвисав, але це триватиме не довго. Чіт анітрохи не шкодував, що розповів про все другу. Коли він побачив, як та «чудесна» дівчинка, якою вона успішно прикидалася, затискається з якимось патлатим чуваком біля клубу, шалено захотів втулити обом. Хлопцеві — розбити пафосне обличчя, а її притягти прямо до Дейва, а ще краще, щоб Дейв прийшов сам і все побачив на власні очі. Добре, що стримався. Життя навчило не лізти не у свої справи, це було особисте життя друга, він сам мусив вирішити, що робити. Але без доказів йому б ніхто не повірив.

На зміну люті прийшла зловтіха. Хлопець витягнув телефон і кілька разів клацнув парочку. Переглянув знімки й задоволено всміхнувся. Навіть у темряві вийшли достатньо чіткі фото, щоб упізнати недотрейсерку. Ха!

Ось що з нею було не так. А він відразу відчув це, він знав! Чіта розпирало від гордощів за власну інтуїцію, яка цього разу не підвела. А ще хлопець тішився власній витримці: не зірвався, а вирішив дочекатися слушного моменту. Правда, на днюсі Ніка він мав стриматися. Краще було б поговорити з Дейвом віч-на-віч і не доводити все до клоунади з бійкою. Та-а... Ну він тоді й накидався — самого верне! Але на це були свої причини. Коли потрібно відволіктися, змінити фокус, забути, з ким ти бачився й що повинен зробити. Він просто переборщив. Зрештою, ніхто не ідеальний...

2

Телефон різко завібрував, і Чіт миттю спітнів. Знову вони? Бляха, він так скоро почне від усього сахатися. Але, на його радість, на екрані світилося ім'я замовника. Напруга відпустила. Чіт підніс телефон до вуха, намагаючись говорити так, щоб голос звучав максимально спокійно:

— Алло.

— Привіт, ти зараз вільний? Є замовлення, — в Ореста, проект-менеджера невеличкої веб-студії *WebX*, де Тарас проходив практику перед вступом до Політеху, був бадьорий голос.

Чіт пожвавився та миттю включився в ділову розмову. Гроші ніколи не були зайвими.

— Так, зараз вільний. Кажи, що треба?

— Треба розробити лендніґ-сторінку[63].

— О'кей, можу зробити. Що за лендінґ?

— Працюємо зараз із одним клієнтом з-за кордону, — Орест вводив у курс справи. — Основний їхній продукт — нові системи сигналізації. Тобто різні датчики та системи управління цими датчиками зі сповіщеннями на телефон і все таке. Зараз вони хочуть зайти на український ринок, і їм потрібне швидке рішення для презентації свого продукту.

— Воу, а це часом не шахраї? Мене потім за це не посадять? — Чіт розсміявся.

— Ні, за це не переживай, — запевнив Орест. — Це досить серйозна організація. Ну й працюють вони з нашою фірмою, а ти в нас ідеш як підрядник.

— О'кей, тоді можна робити. Працюємо, як завжди, з погодинною оплатою?

— Так.

— Тоді чекаю від вас технічне, дизайн і дедлайни. Мій рейд[64] ти знаєш.

— Добре, завтра надішлю тобі всі дані й ще обговоримо. Дедлайн — тиждень. З оплатою проблем не буде. До зв'язку.

Чіт вимкнув телефон і стиснув його в кулаку. Робота — завжди в тему. Щоправда, завдання специфічне. Що там у них? Сигналізації? Хах! Хлопець реготнув. Совпадєніє? Не думаю. Гм...

---

[63] Сторінка-вітрина, цільова сторінка для презентації продукту та збору інформації.

[64] У програмістів є погодинний рейд — вартість години їхньої роботи.

Добре, що до нього це лише щойно дійшло, а то б Орест точно не зрозумів істеричного сміху щодо нового завдання. Просто тримай себе в руках, і ніхто ні про що не дізнається. Ти зможеш!

Хлопець повернув за ріг. Широколисті дерева, підстрижені як кулі — окраса мініатюрного скверу на площі Данила Галицького, — нагадували абажури креативних люстр, ховаючи проекцію неба, що де-не-де позбулося хмар і мерехтіло зірками. Ліхтарі світили через один.

Очі звикли до темряви. За сто метрів височіли колони «Ляльки». Ще десять років тому тут збиралася тусовка неформалів, але зараз їх уже менше. Віджили своє репери, готи, рокери й емо — останніх наче взагалі не було ніколи. Зараз була ера хіпстерів, кібер-спортсменів і влоґерів. Навіть той самий паркур уже потроху перетворювався на фрі-ран, а пацани більше цікавилися руфінґом. Цікаво, що буде далі? Чіт гмикнув. Час минає, змінюються смаки та декорації, а проблеми залишаються. Все те саме: гроші, влада, зрада — все це було й буде повторюватися.

3

Попереду почулися голоси. Ніч є ніч — усе не так як насправді, але завжди знайдеться той, хто ховається в її обіймах. Через дорогу від лавочок біля під'їзду з горезвісним номером «13» стовбичила якась парочка. Чіт сплюнув і вирішив оминути закоханих великою дугою. Останнім часом чужі обжимання неабияк дратували. Хлопець витягнув навушники, щоб не чути зітхань і прицмокувань. Увімкнув плеєр на телефоні, відшукуючи старий альбом Кені Аркани[65]. Хлопець вставив у вухо правий

---

[65] Onora Dafor (Keny Arkana) — французька реп-виконавиця аргентинського походження.

навушник і потягнувся за другим, коли почув хлопок — наче хтось ляснув у долоні, — а за ним крики. Чіт зупинився й озирнувся. Парочка не обіймалася. Патлатий хлопець тримав однією рукою дівчину за підборіддя, а іншою — бив її долонею по щоках. Ляпас. Дзвінкий і різкий. Ще. Дівчина намагалася вирватися, але була надто тендітною. Тендітною, як...

Мама. Чіт відчув, як застукало у скронях. Він уже таке бачив. Щоправда, тоді нічого не міг зробити. Трейсер хутко кинувся до пари. Кілька стрибків, щоб наблизитися, перелетіти через лавочку одним рухом і, не вступаючи в словесний батл, завдати потужного удару під дих, щоб вибити дух із мудака, який сам собі дозволив робити все, що йому заманеться.

— Ти що, офігєл? — вигукнув хлопець, згинаючись від болю. Одягнутий у світлу сорочку й бежеві штани, він більше скидався на мажора, аніж на ґвалтівника. Усе ще зігнутий, тримаючись за ребра, патлатий запхав руку в кишеню, і у світлі ліхтаря хижо блиснуло лезо. Зробив випад уперед, і Чіт ледве встиг відстрибнути. Покидьок майже не стояв на ногах, від нього сильно тхнуло алкоголем.

— Обережно, у нього ніж, — скрикнула дівчина. У неї був знайомий голос, але обличчя ховав козирок кепки.

— Бачу! — Чіт зосередився. З ножем це вже була геть інша справа. Хлопці стояли один навпроти одного. Чіт зробив обманний випад, поставив блок і вивернув руку нападника. Той застогнав і випустив зброю з ослаблих пальців. Чіт копнув ніж подалі та пригостив п'яного мажора добрячим стусаном, від чого той заточився й упав, важко відсапуючись, наче після забігу. Чіт глянув на суперника, сплюнув на землю й підійшов до дівчини.

— Ти як? — Чіт підняв кепку, побачив знайоме обличчя та присвиснув. — Ташо? Та-а, здуріти можна, як я вдало зайшов. Сімейні розбірки з новим хлопцем?

— З колишнім хлопцем! Я сама розберусь,— огризнулася дівчина. Вона приклала до щік холодні руки. Шкіра пашіла вогнем — Стас добре приклався. Злості було чимало. На себе, що знову повелася на «тільки поговорити», на Стаса, на Чіта, який це все бачив, на те, що дозволила себе вдарити. Колишній міг включити мудака, влаштувати істерику, але вдарити… Життя її до такого не готувало. Спершу був ступор разом із якоюсь дитячою образою: за що? Це ж нечесно, несправедливо, так не буває! Потім прийшли злість і страх — Стас знову виявився сильнішим.

— Ага, я бачив, як ти тут щойно розбиралася. Чи стиль жертви — це нова тактика ведення бою? — пожартував Чіт. Він був шокований: побачити Ташу так рано після всього, що сталося. І тим паче за таких умов. Минуло кілька тижнів, а здавалося, наче днюха Мажора була тільки вчора. О'кей, подумаємо про це потім. Спершу — мудак. Хлопець кивнув на Стаса, який підвівся й, чортихаючись, витягнув телефон.

— Що з ним робити? Дати під зад і хай валить, чи ментів викличемо?

— Не треба нікого викликати,— Таша хитнула головою. Ще розборок із копами їй бракувало. Чіт кивнув. Бажання не доводити все до відділка він цілковито розділяв. А якщо не буде поліції, то… Хлопець гмикнув:

— Тоді ти не відмовиш мені в маленькій приємності?

Таша байдуже знизала плечима. Вона тільки-но почала оговтуватись і розуміти, де вона й що їй треба робити. Дівчина провела поглядом Чіта, який підійшов до Стаса й добряче зацідив йому в обличчя. Мажор захитався, матюкаючись на весь голос. Він намагався підняти руки в захисному жесті, але виходило вкрай погано. Таша посміхнулася кутиками губ. Чіт прочитав її думки? Шкода, що вона сама не змогла цього зробити.

— Запам'ятай, кретине, на жінок руку піднімати не можна. Навіть якщо вона остання сука. Ще раз побачу за таким — не подарую. Ясно? — Чіт пригостив Стаса ударом під ребра й обережно опустив хлопця на асфальт, притиснувши коліном.— А поки полеж, відпочинь...

— Тебе знайдуть, урод! — шипів Стас, вигинаючись у захваті, як п'явка. Красиві губи були розбиті — на них запеклася кров.— Я тебе дістану!

— Головне, щоб тебе знайшли,— Чіт відпустив Стаса й підійшов до Таші. У душі ворухнулося почуття відповідальності за дівчину. Хлопець подумки матюкнувся, клянучи чортів образ наляканої мами після сварки з батьком, який знову так недоречно з'явився у голові. Він невпевнено запитав: — Цей... Тебе провести?

— Не треба,— дівчина похитала головою.— Я тут живу. Мені близько,— вона крадькома зиркнула на Стаса і здригнулася. Хлопець підвівся й почовгав у бік дороги, махаючи руками авто, що проїжджали повз.

Чіт запхав руки в кишені. Хоч би як Таша не храбрилася, було видно, що вона дуже налякана. Рівень відповідальності різко пішов угору, а дівчина зі стану ворога перейшла до «тих, кого треба оберігати і захищати».

— Пішли, «не треба», проведу,— передражнив Чіт і криво посміхнувся. Навіть зрадниця не заслуговує на таке.— Але спершу сюди,— хлопець кивнув на кіоски. Треба прикласти щось холодне.

4

— Та-а, історія... Я думав, ти просто зраджуєш мого кращого друга, а ти, виявляється, екстремалка. Чи мазохістка? На, приклади, — Чіт відійшов від кіоску й подав Таші пляшку води з холодильника.

— Сам ти мазохіст. Ауч! — дівчина приклала крижане скло до щоки й зашипіла. — Думаєш, мені це подобається?

— Хто вас, дівок, знає? Може, ви в цьому кайф ловите, — з якоюсь особливою гіркотою промовив Чіт. — Інакше якого фіга ти з цим мудаком?

Таша торкнулася язиком розпухлої губи. Таки розбив, козел. Напевно, своєю золотою печаткою. Дивно, що вона відразу цього не відчула — просто запекла ліва сторона обличчя. А далі... Їй пощастило? Вона з-під лоба зиркнула на Чіта, але весь вигляд хлопця свідчив про щиру зацікавленість. Ти хотіла поговорити, дівчинко? От на, прошу, говори. Чого мовчиш? Таша зітхнула й почала розповідати, час від часу торкаючись губи, яка нила.

— Я порвала з ним уже давно, правда, він цього чомусь не розуміє. Ми другий рік зустрічалися... Все було нормально, поки добрі друзі не підкинули йому класну ідею для розслабону — травка. А далі цього стало замало. Тому я від нього й пішла. А сьогодні він приперся до мене додому. Бухий і, здається, накурений. Почав чіплятися й сказав, що без мене нікуди не піде. Добре, що мама поїхала до Києва на кілька днів. Я його ніби заспокоїла, вивела з під'їзду й хотіла викликати таксі. Думала, що впораюся. Він і раніше бушував, але до цього жодного разу не підняв на мене руку. А тут йому щось перемкнуло... Як тільки не розбився на першому ж світлофорі?! Козел!

Чіт кивнув. Історії дівчини-жертви для нього були не новими. Новим було те, що жертва намагалася піти.

— То він ще на тачці був?

— Ага, он стоїть, — Таша показала на криво припарковану на газоні *Chevrolet Camaro*. Чіт озирнувся на жовто-чорного звіра та присвиснув.

— Фанат «Трансформерів»⁶⁶?

— Типу того.

Хлопець підійшов до тачки та скривився.

— Гм, Бамблбі⁶⁷, не повезло тобі цього разу з воділою. І чому мудакам щастить на кльові тачки? І хотілося б підправити передок, і шкода.

— Не треба,— дівчина хитнула головою.— Це нічого не дасть. Стасу пофіг. Це ж батькові гроші. От кретин, ледь мою не подряпав!

— Твою?— Тарас перевів погляд на синій міні-купер.— Ого! Ти не казала, що в тебе є машина.

— Я багато чого не казала...

— Тепер ясно, звідки в тебе такий екземпляр на понтах... Ти типу теж мажорка?

— А ти типу теж дебіл?

— Лан'. Забий. Мені особисто пофіг на бабло. Головне, щоб людина була не гнила.

— Ну дякую.

— А от приховувати це тупо. Рано чи пізно все стає явним. То...— Чіт затнувся.— То в тебе з ним точно все?

— Давно вже. Ще до того, як ми з Дейвом...— Таша загадала про Дейва й опустила голову. Цей погляд, яким він дивився на неї під час останньої розмови... Так дивляться на пусте місце. Вона справді стала для нього ніким. Усього за хвилину. Дівчина зціпила зуби. Скільки можна себе жаліти!

— М-да... Ситуація,— Чіт поворушив плечима. То він помилився? Як би не хотілося цього визнавати, а провини Таші не було. А от він... І хто тепер мудак? Треба хоча б вибачитися.

---

⁶⁶ «Transformers» (англ.) — фантастичний бойовик.
⁶⁷ Bumblebee (англ.) — Джміль, персонаж «Всесвіту Трансформерів», замаскований під автомобіль *Chevrolet Camaro*.

— Ти, цей…— Чіт почав і затнувся, але дівчина його перебила:

— Дякую, до речі. Ти вчасно.

— Тобі просто пощастило. Я за тобою точно не слідкував. Не маю такої звички,— хлопець підняв підборіддя й подивився в небо. Що б зараз сказав Дейв?

— Я думала, ти мене ненавидиш…— прошепотіла Таша.

— Ну, ненависть — це надто сильне слово. Мене бісило, що щось із тобою не так,— зізнався Чіт і відчув, як на душі відразу стало легше. Хлопець випрямився та глибоко вдихнув.— Хто ж знав, що «не так» — це цілий багаж проблем? Гм… Не думав, що буду отак із тобою говорити. Що з цим козлом будеш робити?

— Я вже подзвонила його батькові. Він зараз за кордоном, але скоро прилетить. Закриє його десь у приватній клініці й лікуватиме. Але вже без мене!

— Ременем треба було лікувати твого мажора. І то з дитинства. Зараз уже пізно. А батько в нас, певно, крута шишка?

— Типу того,— Таша кивнула.

— Ого. А цей мудак на мене заяву не напише?

— Я розкажу, як усе було. Не переживай. Я ж свідок.

— Ага, крутий у мене адвокат, прямо не можу!

— Чіте, а… Чому ти все-таки за мене заступився? Ти міг пройти повз. Я навіть не знала, що тут хтось був.

Хлопець відвів погляд. Звісно, можна сказати, що йому пофіг, а цей мажор просто завинив йому п'ять баксів, і поблажливо усміхнутися, закосивши під Дедпула. А що, як йому справді хотілося нарватися на схожий випадок? Згадати тільки тупу сутичку в залі з вайтсами, і оце… Світ просто підкинув вдалу можливість, і він нею скористався. Збіг? Уже байдуже, кого ти там захищаєш — себе чи когось іншого.

А що, як підсвідомість час від часу потребує звільнення? Від того, що наче хижий звір, зачаїлося всередині й прагне випустити нарешті всю лють, звільняючи відчуття підвищеної справедливості та забираючи страх. Іноді важко жити залежним від своїх спогадів. Чіт пам'ятав батька: ті жахливі, надзвичайно довгі хвилини, коли вони з братом старалися захистити маму від набагато сильніших за їхні рук.

«Тату, не треба!» — стугоніло в голові. Боротьба з минулим, боротьба з тим, що в тебе в крові. Слід було б позбутися всього цього, але як? Як зізнатися, що в тебе не все гаразд? Дитячі травми часто залишають слід у дорослому житті, проте внутрішній голос рідко лукавить. Так, жадання помсти часто-густо пробуджує месника, але неможливо покарати всіх негідників, хоч би як того не хотілося.

Чіт вдихнув свіже повітря й відчув, як втомився мовчати, втомився замикати душу на замок. Людина завжди шукає іншу людину, з котрою можна побути як із самим собою — без табу й без гриму. Чому саме зараз? Раптова довіра. Але чи справжня вона? Таша тихо сиділа поруч і наче справді хотіла почути відповідь. Зваживши всі «за» та «проти», знайшов рішення. Правда завжди одна, навіть тоді, коли зазвичай потрібно змовчати.

— Батько, — Чіт промовив це слово крізь зуби. — Він так само тримав маму, коли напивався і бив. Ударів завдавав методично, чітко, наче це була звичайна вправа. Я його за це ненавидів. І себе, бо нічого не міг зробити. І брата, якому бракувало сил. І маму, яка це все терпіла. Ненавиджу оцю телячу терплячість! Ненавиджу!

— Співчуваю...

— Гірше те, що мама любила цього виродка, — зі злістю продовжив Чіт. — Усе йому пробачала. До того, як він нас кинув...

— Мені шкода…

— Ай, карочє… Проїхали. Я не знав, що то ти… У темноті фіг роздивишся, а тут ще й твоя кепка.

— А якби знав?

— Та якби й знав! Не можу дивитися, коли б'ють когось беззахисного. Навіть якщо він перед тим наплював у душу та зрадив твого кращого друга, — Чіт затнувся. — Хоча з останнім не все так просто…

— Тепер ти знаєш…

У Чіта завібрував телефон. Дзвонив Дейв.

— Блін, я зараз, — хлопець глянув на екран, пробурмотів «пізніше наберу», швидко щось написав і вимкнув мобільник. Отже, життя підкинуло ще один випадок, щоб зробити все правильно. Хочеш покласти на терези хоч одну добру справу — то вперед! Чіт обернувся до дівчини й усміхнувся.

— Словом, так. Я накосячив. Вибач. Але якби ти була на моєму місці…

— Та ладно… Ти не знав. Усе нормально.

— Питання — що нам із цим тепер робити… Ти, до речі, паркур не закинула? Чи це теж довга історія?

— Хах! Ні, мені він подобається. І відчуття, і ті, з ким їх можна розділити. Навіть ти. Без тебе «Троя» не «Троя».

— «Зграя», — виправив Чіт.

— Серйозно? Ви залишили назву?

— Ну не викидати ж класні футболки. Назва, звісно, така собі…

— Чіте!

— Та ладно, нормально все з назвою. І з командою все більш-менш. Словом, я до чого вів: якщо ти захочеш повернутися, я буду не проти. Малий, думаю, теж. Та й Люк з Ніком. Дейва я беру на себе. Правда, він упертий як баран. Якщо вже надумав собі щось, фіг його переконаєш.

— І що, нічого не можна буде зробити?

— Я казав, що тобі пощастило?

Таша розсміялася.

— Знаєш, я уявляла собі різні варіанти повернення. Ну, що Дейв якось про все дізнається. Чи ми десь зіткнемося. Але такого варіанту я точно не розглядала.

— Все продумала, кажеш? А просто попросити пробачення?

— Не змогла... А ще ображалася, що він навіть не дозволив мені нічого пояснити...

— Моя школа,— кинув Чіт.— Сорі. Я ж не знав, що все так обернеться.

— Я теж... Знаєш, а ти класний! — Таша стукнула кулаком у плече Чіта.

— Та ну?

— Серйозно. Якби не ти, я б, може, валялася десь... Прикопали б мене біля скейт-парку...

— Ну, не перегинай палку. Той твій Стас хоч і нарік, але до вбивці йому далеко. Я подумаю, що можна зробити, і напишу тобі.

— Ти це зробиш для мене?

— Я це роблю найперше для себе. Мене бісять друзі, які ходять із кислими мордами. Тим паче, це я Дейву злив ліву інфу, мені й вигрібати.

Таша розсміялася.

— Ти теж нормальна,— Чіт схвально кивнув.— Просто в кожного свої приколи, і не знаєш, чиї страшніші.

— Та ти філософ. Вичитав в інстаграмі?

Чіт раптом перестав усміхатися й машинально поліз у кишеню за телефоном.

— Я пожартувала. Ти чого?

— Нормально,— хлопець помітно згас.— Так, давай тоді, до зустрічі. Я пішов.

— Па-па.

Чіт махнув рукою та швидко зник у темряві, а Таша залишилася стояти біля будинку. Цікаво, звідки в нього стільки сміливості й волі? Сама вона б напевно відступила. Принаймні, колишня вона — Наталя. А зараз Чіт дав їй надію на краще.

5

Таша проспала цілий день, прокинулася лише під вечір. Дівчина обійняла подушку й зручніше вмостилася на ліжку. Мозок підкидав дивні спогади про Стаса, бійку, Чіта й довгі розмови під під'їздом. Вона торкнулася губи та скривилася. Таки не наснилося. Погляд ковзнув по плямах від кетчупу. Хлібні крихти неприємно кололи ноги. Оце так свинарник! Повна деградація. І як вона цього не помічала? Їй бракувало Дейва. «Зграї». Емоцій. Адреналіну. Їй бракувало своїх крил. Що ж, поки Чіт вирішує, як краще виправити свої косяки, вона теж може дещо. Дівчина визирнула у вікно. Дахи вабили зі страшною силою й більше не були неприступними. Вона мала хороших учителів! Час практики. Зрештою, літати можна й наодинці.

Сонце поволі хилилося до землі. Таша вийшла з дому й повернула до скейтпарку. Забагато людей. Зайві свідки завжди напружували дівчину, але тоді вона була не сама. Зараз чужі погляди надто дошкульні.

Таша піднялася до Кайзервальду. Перед нею був просторий дитячий майданчик із високими чорними покришками, товстими колодами й червоними турніками. М'який пісок унизу аж наче підштовхував до дій, натякаючи, що падати буде не боляче. Але найголовніше — тут зовсім не було людей.

— Бінґо! — прошепотіла Таша й почала розігріватися.

Дівчина одягнула на вуха бездротові навушники й увімкнула новий альбом *ODESZA* — *«A Moment Apart»*, який завантажила нещодавно. Коли всі звуки розчинилися в музиці, стало легше. Відразу згадалося, як Нік постійно вмикав щось на тренуваннях. Частіше за все — репчик. Люк щоразу пропонував слухати рок... Музика рятувала. Настрій покращився. Тренування входило у звичний ритм, коли вона була частиною команди. Таша почала розтягуватися, повисіла на турніках, спробувала підтягуватися та робити виходи. Час від часу повз майданчик проходили люди з собаками й роздивлялися дівчину, яка зосереджено виконувала акробатичні вправи. Але Таші вже не було діла до людей. Вона була не сама. У неї була музика, гарний вид на місто й те, від чого м'язи нили в солодкому передчутті — паркур.

Дівчина пострибала з колоди на колоду акура та спробувала зробити це в темпі. Загадала всі вивчені ваулти через колоди. Зупинилася перед шиною. Що ще вона може зробити? Акро? У голові миттю пролетіли картинки бордюру, коліна й відображення в дзеркалі з фінгалом. Мама тоді була в шоці, хоча вдала, що повірила у те, що донька уві сні впала з ліжка прямо на тумбочку.

Від азарту поколювало кінчики пальців. Сальто. Вона зробить його. Дівчина залізла на колесо та заплющила очі, зосереджуючись. Зробити з місця. Тут пісок — нічого страшного. Вона добре знає техніку, вона зможе. Таша розплющила очі й не змогла зробити ані руху. Дівчина впала в дивний ступор, зійшла з колеса й сіла на нього, упершись руками в коліна. Вона не зможе. Не зможе це зробити сама. Якби поряд був Дейв... Що б він сказав? Точно, що вона зможе. А Чіт назвав би її слабачкою. Нік пообіцяв би, що настріляє цьому колесу, якщо вона собі щось зробить. Пух пишався б нею. Люк порадив би зосередитись. Добре повертатися в спогади. Таша ніби наяву почула голоси друзів і застогнала. Паркур не був наркотиком, який можна було вживати наодинці. Їй потрібні були спільники. Цікаво, чи вона потрібна їм?

Вона мусить перебороти себе. Морально готова? Так. Фізично — теж. Вона знає всю техніку й сотні разів робила це в залі. Вона може. О, думка про те, що вона може, але щось їй не дозволяє, страшенно дратувала. Головне — не передумати в процесі. Головне, щоб не було паніки. Страх допомагає вижити, а паніка може вбити. Я сильніша за свій страх! Він тільки в голові. Я можу! Таша відчула, як у ній підіймається хвиля вогню. Дівчина взяла розгін, застрибнула на колесо й відштовхнулася. Небо й земля помінялися місцями, й ось вона вже стоїть, відчуваючи під ногами пісок. Ейфорія накрила з головою.

— Й-єс! Й-єс! Й-єс! — вона почала стрибати на місці. Вийшло, у неї вийшло!

Зупинятися не можна. Не зараз. Пригадалися слова Дейва: найскладніший не перший раз, а другий. Бо перший виходить ідеально. Тому треба відразу зробити кілька повторів. Бо наступного дня знову прийдеш і не зможеш це зробити. Дівчина зосередилася та виконала ще кілька сальто підряд. Вийшло не так рівно, але вийшло. Страху практично не залишилося.

На мить усе знову помінялося місцями, небо опинилося під ногами, а земля дзеркальним відображенням злетіла в безкрайню висоту. Таша зробила ще декілька вдалих трюків. Головне — наважитися та якнайшвидше здолати психологічний бар'єр, усе інше — основа наступних тренувань, шлях до вдосконалення.

Блін, треба сказати... Кому? Хіба Чіту... Хвиля радості відступила, наче її й не було. Під горло підкотився клубок. Нікому було порадіти за неї. Ні з ким було розділити нові відчуття. Тренування з натхненного перетворилося на гнітюче. Плечі опустилися, охопила раптова втома й байдужість. Сенс робити щось круте, якщо цього ніхто не розділить? На сьогодні план мінімум виконано. Повертайся до життя, крихітко.

Позаду залишилися червоні турніки разом із тінями від темних шин. Вечірні провулки вітали то поодинокими перехожими, то цілими екскурсіями — галасливими й сповненими крилатих надій підкорити цю ніч сміхом і шаленим ритмом. Пахло міксом кави й матіол, що росли на балкончиках. Ці квіти завжди розпускаються й пахнуть, щойно стемніє, коли краплі свіжої роси з'являються на зелених газонах і на прохолодних дзеркалах рівненько припаркованих авто. Якщо на мить забрати з міста весь шум, то можна було б почути цвіркунів і уявити, що ти не вдома, а на курорті десь у приморському містечку. *Thirty Seconds to Mars* тільки почали співати «*This is War*». Це не кінець, а лише початок!

Розділ V

Межі у твоїй голові

1

Із коридору почулося брязкання замка й ледь чутний стук вхідних дверей. У дворі подав голос Цезар. Молодий дворняга, трохи схожий на вівчарку, діяв переважно трохи з запізненням: часто гавкав лише на тих чужинців, які залишали подвір'я, спокійно реагуючи на осіб, котрі щойно завітали в гості. Та чи можна вважати чужачкою репетиторку, яка приходить сюди щотижня?

Через віконну шибу Пух провів очима молоду жіночку-шатенку, учорашню студентку, котра за допомогою тонкого фальцету й чіпкого завзяття педагога готувала його до ЗНО з математики. Звісно, стараннями мами: почати все завчасно, витратити півліта на підручники. Дурість! Хлопець зачекав, поки зачиниться хвіртка й Цезар нарешті вляжеться біля своєї буди, дзенькаючи ланцюгом. Невеличкий будинок на вулиці Смерековій вирізнявся з-поміж сусідських школоподібних палаців і звичних багатоповерхівок. Район Високого Замку, де мешкав Ілля, було важко назвати приватним сектором: надто близько до центру. Просто спустишся вниз через вуличку, проминеш шумний ринок «Добробут» з алейкою продавців-на-тротуарі — і ти вже перед Оперним театром. Проте тінистий садок укупі з барвистим квітником робили свою справу, й іноді здавалося, що це вже околиця Львова, затишна і тиха.

Пух склав підручники й зошити стосиком і запхав у шухляду письмового столу. Тепер значно краще.

Якщо з геометрією в хлопця ще було сяк-так — відгадувати радіуси, розміряти кути й запам'ятовувати послідовність доведення теорем йому навіть подобалося, — то алгебра повністю вивертала мозок, змушуючи по сім разів пітніти над інтегралами. Хух! На кілька днів можна забути про функції й ірраціональні рівняння. А зараз — час для візуальних практик, котрі допоможуть при виконанні крутезних силових трюків. Хлопець увімкнув комп'ютер і зайшов на ютуб. Подивимося, що тут у нас новенького.

Крізь вікно прозирав бордовий серпанок вечора. У колонках зазвучала швидка й агресивна читка хіп-хопера *Denzel Curry* — «*Gook*».

— Іллюшо, ти уважно виконав завдання? — Мама хлопця Лідія зайшла, як завжди, безшумно. Худа кароока жінка з високими вилицями була одягнена в темно-фіолетовий піжамний костюм — шовкові штани й сорочку. Її довге темне волосся було зібране в мушлю. Мама опустила руки на спинку стільця Іллі та злегка сперлася на неї. Хлопець здригнувся від несподіванки та зменшив гучність у колонках. Здавалося, що мама вже давно стоїть за його спиною й мовчки спостерігає за тим, що відбувається на моніторі. З виразу обличчя можна було сказати, що жінці навіть подобається те, що вона там бачить. Британець Демієн Волтерс був неперевершений. Жилавий, навіть дещо худорлявий трейсер витворяв просто неймовірні речі: крутив шалені сальто, бігав зі швидкістю гепарда, стрибав у розчинені вікна, крутячись, наче торнадо. Чорт забирай, та він і під ковдру пірнав із майстерністю ілюзіоніста! Ілля був у кімнаті тільки фізично: дух його зосередилася на техніці й на кожному нюансі виконання карколомних трюків, котрі Демієн генерував із казковою легкістю.

— Синку,— серйозно, проте дещо поблажливо сказала мама, змушуючи хлопця опуститися з небес на землю.— Ми вже говорили на цю тему. Я категорично проти всякого роду залежностей, тим паче від речей, яких не існує. Вилізь нарешті зі своєї утопії й подивись на реальні речі!

Пух стиснув мишку. Образа клубочилася в горлі. Все було б добре, якби мама дійсно казала правду, якби він реально страждав на залежність лише від ефектних відосів, змонтованих під хорошу музику.

Але що робити, коли це не зовсім так? Коли паркур став не просто розвагою, а частиною життя, він змінив хід його власної історії тягучим болем м'язів та сухожиль, синцями й подряпинами.

Вони це вже проходили. Розмови не мали сенсу й завершувалися завжди однаково: мама має рацію, а він нічого не знає про це життя. Простіше було уникнути конфлікту, а як мама піде спати — знову врубити, що захоче. Ілля зітхнув і закрив сторінку різким кліком. На деяку мить у кімнаті запала тиша. Тиша, яка мала б завершитись дверним стуком і лишити його наодинці зі своїми захопленнями. Проте в мами сьогодні був настрій «поговорити».

— Ти вважаєш, це нормально — жити в уявному світі? Вдавати того, ким ти насправді ніколи не будеш? Фантазувати добре на ситий шлунок і з теплими ногами, тримаючи голову холодною та розсу-у-удливою! — мама знервовано розтягнула останнє слово, несвідомо копіюючи сценку з котом, якого тикають носом у власне лайно, знайдене посеред розкішного килима.

— А ти що робиш? Уявив себе Спайдерменом, чи, може, Бетменом, і витрачаєш час на нісенітниці замість корисних і справді потрібних речей! Самих фантазій замало! Запам'ятай: аби чогось домогтися в житті, потрібно багато працювати, і найперше — мізками, а не літати в хмарах! Краще зосередься на освіті!

Останнє речення Ілля вже не чув: мамина промова стала фоном, на який не реагуєш. Слухати означало рано чи пізно почути і, що найгірше, повірити. Мама вміла бути переконливою. Погодитись у такому випадку означало обдурити себе, перетворити на ілюзію дещо справжнє та варте докладених зусиль. Хлопець із гуркотом відсунув стілець і, мовчки обійшовши маму, яка намагалася його спинити викриками: «Куди ти? Ми ще не закінчили!», — вийшов з кімнати. Ілля хряснув дверима, ледь не збивши в коридорі батька, який вирішив перечекати перерву на футбол у прохолоді саду. Брехня залишилася справою Цезаря. Він просто буде мовчати, доки зможе.

2

— Коли ви вже дійдете згоди? — Сергій, батько Іллі, скоса глянув на почервоніле обличчя сина. Кремезного чоловіка, слідчого Галицького райвідділу, страшенно втомлювали домашні сварки. Дім був його фортецею. Тільки тут можна було забути про справи, допити й робочу напругу та стати тим, яким його задумала природа. Простим чоловіком, батьком, поціновувачем футболу й недільних родинних барбекю.

Спокійний тембр батька трохи зменшив рівень напруги. Пух знизав плечима.

— Я в цьому не бачу нічого поганого. Зараз за кілька місяців по відео можна навчитися чого хочеш... — Пух говорив розважливо, спокійно озвучуючи деякі думки.

— І чого ти хочеш навчитися? — з цікавістю запитав батько, але, не дочекавшись відповіді, відкарбував: — Ти починаєш не з того боку, відразу лізеш у крайнощі. Так не можна!

Якби чоловік хоч приблизно здогадувався, наскільки Ілля не терпів ось це «так не можна», то точно не казав би цієї фрази. Але відверта розмова нерідко сповнена компромісів. Ілля ненароком потягнувся до смартфона з бажанням відкрити запис своїх же тренувань у складі «Трої» й нарешті пролити світло на власний міф, заручившись батьковою підтримкою. Але той трактував синове мовчання як знак згоди, і продовжив наставляти хлопця:

— Піди для початку в спортзал, пограй у футбол... Чи в баскетбол. Ти хоч знаєш, що таке турнік? Спершу на ньому повиси, а тоді — і все решта. Он я колись в армії таке витворяв на перекладині...

Почувши це, Ілля став звіріти. Тато нечасто вихвалявся, але зараз це скидалося на спробу піднятися за рахунок власної фізичної сили в очах свого сина — на вигляд, м'яко кажучи, не зовсім спортивного. Хлопець повільно опустив смартфон назад у кишеню шортів. Він згадав власні стрибки, невдалі приземлення та спроби силових виходів на той же турнік, знову відчував біль від саден і розтягнень. Зрештою, багато чого вже позаду, й Ілля чомусь був готовий закластися, що в деяких трюках він дав би фору татові, який, крім своїх дитячих гантельок, останнім часом нічого не бачив.

Пуха не цікавило, що було в минулому. Він уперто пропрацьовував своє *завтра*.

Сергій усміхнувся, дивлячись на похмуре обличчя сина. Нікому не подобаються повчання. І що вони суттєвіші, то менший захват викликають. Не дивно, що малий так злиться. Чоловік сперся на стіну та продовжив:

— Розумієш, мама дуже тебе любить, у неї ніжне серце, і я гадаю, що не варто його ранити, згода? — Чоловік простягнув синові руку. Вони обоє страшенно любили маму, кожен по-своєму, тому Ілля чудово розумів, про що йдеться, тим паче батьки не вбачали в захопленні сина чогось доброго. Гаразд, терпіння — це те, чого йому від народження дісталося найбільше. Хлопець потиснув руку батька. Все-таки те, що належить йому, ніхто не відбере. І жодні розмови не змусять зійти зі шляху.

— Згода. Я зараз попрошу в мами пробачення й постараюся більше її не засмучувати, — на обличчі хлопця з'явилася ніякова усмішка. Проте тільки він знав її справжню ціну. Ілля кивнув батькові та зник за дверима.

Сергій іще трохи постояв на ґанку, вдихаючи свіже повітря. Він любив сина та дружину. Родина завжди була для нього набагато важливіша, ніж робота чи хобі. Хотілося, щоб Ілля був схожим на нього. Чоловік крекнув, згадавши власні шкільні роки.

У старших класах не минало й тижня, щоб він із кимось не побився. От тільки не для сміху, не через дурню, а за діло. У школі завжди були ті, хто ладен самоствердитися через знущання над слабшими. Школярем Сергій був невисоким, проте міцним, битися вмів і не боявся стусанів, тому в бійці перемагав не так умінням, як завзяттям. Іллі теж передалося його прагнення до справедливості, проте фізична форма... Чоловік навіть трохи картав себе, що дозволив дружині настільки убезпечити сина. Йому б не завадило хоч кілька разів розквасити носа собі й комусь (якщо вийде), щоб відчути себе чоловіком. Школа для хлопця мала би бути не так освітнім закладом, як школою життя. Якщо ти хочеш стати справжнім чоловіком.

3

Пух лежав у ліжку, прокручуючи в голові розмову з батьком. Цікаво, як би він відреагував на те, що його сина часто використовують як боксерську грушу? Уявити батька в такій ситуації не виходило, як не старайся. Чи маму? З неї точно б ніхто в школі не знущався. Чому популярність не можна успадкувати? Знав би тато, що ні його повчання, ні мамина наука не допомогли. Допоміг Чіт. І те, що мама називала *нісенітницями*.

Ким би він був без «Трої»? У вухах звично загриміло: «Заряджай!» Сухоребрий, з тонкими вусиками, як у таргана, Вадим уособлював усі гіркі образи та приниження Іллі. Одинадцятикласник входив до так званої шкільної «гоп-еліти», яка разом зі своїми колегами нижчого рангу збирала з дітей «податки» — їхні кишенькові. Залякування колонією та навіть часті виклики поліції не допомагали. Вадим і так перебував на обліку.

Ілля за звичкою приходив за п'ятнадцять хвилин до початку уроку, сідав на своє місце і починав розмову з Діаною. Вони з нею давно приятелювали, може, через те, що сиділи за однією партою — другою в середньому ряді. А може, тому, що Іллі було комфортніше в дівчачій компанії. Мабуть, саме так. На заняттях із фізкультури вайлуватий хлопчак часто скаржився на різкий біль у лівому боці й показував записку від мами. А нормативи просиджував на довгій лаві спортзалу або в затінку плакучих верб, що росли біля стадіону, знову ж таки — у щебетливому колі дівчат *із цими днями*. Коли йшлося про командні ігри, футбол чи баскетбол, Ілля не сидів. Та чомусь найчастіше усе зводилося до того, що інші хлопці бралися азартно доводити свою ілюзорну велич за рахунок його слабкості. Часто йому перепадало, але фізичний біль був не найгіршим.

— Я чула, ти тусуєшся з крутими паркуристами? — Діана штурхнула його в бік на уроці історії. Учителька бубоніла щось собі під ніс, не зважаючи на учнів.

— Не паркуристами, а трейсерами, — механічно виправив хлопець. Дівчина дивилася на Іллю, здається, захоплено. Її тоненькі кучерики зворушливо спадали на праву скроню.

— Вибач, я не знала, як це правильно називається. — Діана й не думала здаватися. — Ну що, розказуй! Як ти до них потрапив?

Пух знав, що їй цікаво. Проте в нього був свій план щодо розкриття карт. Діана солодко пахла фруктовою жуйкою і дивилася на Іллю очима кольору темного меду, злегка нахиливши голову. Її каштанове волосся майже торкалося лискучої стільниці, де поряд із зошитами лежала книжка з місяцем на обкладинці. Іллі подобалася Діана. Але говорити про почуття було надто рано. Він хотів стати для неї кимось на кшталт супергероя — одним махом вирішити всі проблеми. Поки він боровся з однокласниками, Діана боролася з власним батьком. О, як же йому хотілося смачно зацідити чоловікові в пику за диктаторські методи виховання!

Діана якось розказала Іллі про не дуже приємні домашні сцени, коли батько, помітивши в дівчинки перші ознаки дорослішання, почав безпідставно звинувачувати її в усіх смертних гріхах, заборонивши дивитися улюблені серіали, носити спідниці й гуляти вечорами з друзями. Казав: «Гляди, бо ще доходишся!»

Але якщо розповісти про паркур, треба зізнатися Діані й у дечому іншому — в його таємному бажанні... Зуміти захистити її при нагоді чи просто вигулювати разом собак до пізньої ночі. Кілька років Діана була для Іллі, мабуть, найкращим другом і чудовою слухачкою. Якщо не враховувати Богдана, який сидів позаду й у молодших класах поділяв захоплення Іллі конструктором *Lego*. Щоправда, згодом вони разом ходили до однойменного гуртка...

— Слухай, — наважився Пух. Діана нахилилася ближче. Хлопець іще раз вдихнув запах солодкої жуйки, і у вухах задзеленчав різкий дзвоник.

4

— Заряджай!

На перерві яскраве сонце витягнуло школярів із класів на вулицю. Пух обговорював із Богданом його новий винахід — фанерний міні-стіл для більярду, з металевими кульками замість куль і простими олівцями замість київ. Діана хотіла залишитися в класі, почитати фентезі. Довгий монолог про паркур Ілля залишив на потім.

Ультрафіолетові ванни часто дарують оптимізм. Зрештою, того дня вступ до команди трейсерів іще не був остаточно затверджений: Пух навіть підозрював, що хлопці панькаються з ним зі співчуття. Тому він працював, наполегливо й іноді суто на спортивній злості, не зраджуючи своїй веселій і добрій вдачі. Розповідати всім підряд про нове життя не хотілося. Щастя любить спокій, тим паче коли ще не повністю тримаєш його в долонях.

— Заряджай! — Думки Іллі перебив гидкий голос Вадима, який непомітно підійшов із-за спини. — Тєло, заряджай! Ти що, не в'їхав?! — різкий удар припав на грудну клітину. Хлопець відчув, як сором буряковими плямами розповзається обличчям. На них тепер дивився весь шкільний двір. Дивилися як на жертву й хижака; дивилися й ті, хто сам нещодавно був на місці Іллі. Хлопець не хотів, щоб приниження тривало та щоб його так нахабно принижували на очах однолітків і знайомих. Він потребував спокою та плаща-невидимки, тому вкотре пішов шляхом найменшого супротиву. Ілля підняв руки вгору, затулив ними лоба й повернувся в бік Вадима. Здавалося, хлопець просто мружився від сонця, от тільки замість очей прикривав чоло. Нападник ударив його наче грушу, на якій міряють силу в парку атракціонів.

Звична процедура: команда «заряджай» означає затулити лоб долонями, розкинувши врізнобіч зігнуті лікті. Потім Вадим атакує, чується приглушений ляпас, і все. Насилля тріумфує, скривдженні залишаються при своїх інтересах. Допоки не зуміють змінити щось. Або себе.

П'ята точка Іллі відчула тверду бруківку шкільного подвір'я. Навкруги лунали звичні смішки. В'їдливі погляди тисячами голок кололи все тіло. Діана стояла неподалік, закусивши нижню губу. Її розгублені очі казали: «Ну чого ти тут розсівся? Вставай, на тебе ж усі дивляться!»

Цієї миті Пух згадав ранок, дзвоник на перерву й усе несказане. Скільки можна терпіти? Принишкла лють взяла верх над розважливістю. Гірше точно не буде. Хлопець рвучко підвівся й кинувся до Вадима. Їх розділяло метрів із десять, і з кожним кроком хлопець відчував, як наливається силою.

Вадим, зачувши кроки, обернувся. Пух із розбігу протаранив кривдника в живіт. Від несподіванки старшокласник заточився і гепнувся на спину. Ілля всівся на нього зверху і почав методично лупцювати. Він бив куди бачив. Час наче зупинився.

Обличчя пашіло, у скронях стукало від адреналіну. Почулися дівчачі зойки. Звичайнісінький прикол переростав у серйозну бійку. На допомогу Вадимові кинулися друзі. Мимоволі в центрі двору утворилося живе коло, яке сипало з усіх сторін порадами...

— Ну шо, с-суко? Повимахувався? — сичав Вадим прямо в обличчя Іллі. Двоє одинадцятикласників надійно скрутили очманілого від власного вчинку Іллю.

— Думаєш, я тебе буду бити зараз? — з губи Вадима цівкою бігла кров.— Я тебе тепер щодня буду чмирити перед усіма, поняв чи нє?! Можеш уже сьогодні просити маму, щоб записувала тебе у вечірню школу. І за ручку нехай туди водить! — побитий старшак випльовував слова, бризкаючи теплою слиною. Страх скував Іллю крижаною брилою. Гірше не буде? Серйозно? Як можна було в це повірити? Хлопець замружився, приготувавшись до найгіршого. У душі жевріла остання обнадійлива думка: принаймні він спробував.

5

Коло спостерігачів умить перетворилося на шеренгу й загальна увага зосередилася на іншому боці, де відразу за клумбами із чорнобривцями височів зелений паркан. Двійко хлопців, веснянкуватий із насупленими бровами і тонкими губами та чорнявий з примруженими очима, обрали край паркану точкою опори. Вони синхронно стрибнули, перекрутили переднє сальто із затяжним стрибком у довжину, який різко перейшов у перекид. Ілля відчув, що його вже не тримають. Хлопці відпустили Пуха й навіть відступили на кілька кроків. А от Вадим в'їхав не одразу.

— Це що за клоуни? — старшокласник хотів реготнути, але не встиг, отримавши дзвінкого стусана у вухо. Чіт навіть не став стискати долоню в кулак, аби не сильно зашкодити цьому хворобливому на вигляд придурку.

— Ти що, гониш? — Вадим відступив на крок, торкаючись вуха, що враз почервоніло.

— Вали звідси по-доброму, — відказав Люк. — Не хочеться об тебе навіть руки бруднити.

— Ти за базаром слідкуй! — Вадим дивився з-під лоба. — Не думай, що ти один тут такий матьорий. В мене теж є круті друзі.

— Тусуй до них, поки ноги бігають, — відмахнувся Чіт.

Вадим зиркнув на трейсерів, але без допомоги продовжувати сутичку не наважився. Хлопець сплюнув собі під ноги й дістав телефон. Побачимо, якої вони заспівають, коли він буде не один.

— Пуху, я стежив за тобою. Ти в курсі, що лежачого не б'ють? Навіть такого мудака, — Чіт кивнув у бік Вадима, що, віддаляючись, збуджено говорив із кимось телефоном.

Пух тим часом не міг вимовити жодного слова.

— Не бери на свій рахунок, — спокійно промовив Люк, озираючись. Дівчата почали перешіптуватися. Брюнет здавався небезпечним і водночас дуже загадковим. — Ми не твоя охорона. Тобі просто пощастило.

— Я поговорю з Дейвом, тренуватимешся з нами. Пацан мусить захищатися. І захищати, — підморгнув Чіт комусь за спиною Іллі. Хлопець обернувся й побачив, що там стоїть Діана. Вистава їй точно сподобалася. У дверях школи почали з'являтися викладачі, тому юрба миттю розсіялась. Трейсери перелетіли через огорожу та зникли, а от чутки про них іще довго ходили школою. Динамічні п'ятнадцять хвилин, здавалося, вмістили цілу добу. Надто багато подій вклалося в короткий відрізок часу. Діана підійшла до Пуха, який заходився ретельно вичищати футболку від пилу.

— Круті в тебе друзі,— з усмішкою мовила дівчина.— Як вони тебе назвали? Пух? Хах, кумедно, але тобі личить. Тільки не ображайся,— Діана торкнулася плеча Іллі — Ти все правильно робиш.

Знову запахло фруктовою жуйкою: так пахли перспективи й нове життя. Сьогодні Діана побачила його іншим. Цікаво, який Ілля їй подобався більше?

6

Мама з дитинства вчила Іллю, що дівчата дуже ніжні й тендітні створіння, тому з ними слід бути дуже обережним, щоб не образити. Їй подобалося порівнювати себе й усе жіноцтво з красивими порцеляновими лялечками, котрі, якщо з ними погано поводитися, можуть легко розбитися. Батько повсякчас оберігав маму, не дозволяв носити нічого важчого за квітку й узагалі оточував увагою та виконував найменші забаганки.

Пух був чемним хлопчиком і маму слухався. Якось він почув розмову мами з подругами: вона показувала його дитячі фотки в дівчачому рожево-зефірному вбранні й казала, що він був викапаною маленькою принцесою. Після цього Пух довго не міг оговтатися і деколи думав, що краще б йому взагалі було не народжуватися. Та потім на горизонті з'явилися Дейв і «Троя». Нова компанія прийняла хлопця, і Пух знову відчув себе чоловіком.

Мамі про паркур спершу нічого не розповідав. Це було його першою та найстрашнішою таємницею. Хлопець носився з нею так обережно, немов із драконячим яйцем, та скоро цей секрет почав так йому муляти, що Ілля прокидався посеред ночі в холодному поті. Мама дізналася! Це було найстрашнішим. Якби дізнався тато — півбіди, але ж мама, тендітна порцелянова лялечка… А що коли зламається? Вона завжди була дуже ніжною й чутливою, і все це позначалося на Іллі: мама занадто піклувалася. Він не хотів, щоб мама зламалася. Тому одного дня за обідом не втерпів і показав мамі відео з трейсерами та, червоніючи від сорому й водночас розпалюючись від азарту, розповів, що теж займається паркуром. Хлопець чекав будь-чого — плачу, покарання, ув'язнення у власній кімнаті, але не сміху. Мама з татом сміялися весь день. І глузували з нього ще кілька тижнів.

— Уяви, мій малий вигадує, що займається екстримом. Мій Іллюшка, ні, ти уяви! — розповідала мама всім знайомим по телефону.— Так ми ж йому навіть пожиттєве звільнення від фізкультури зробили, щоб він часом не травмувався. У нього серце слабке, задишка постійна, куди йому там із хлопцями штовхатися. А він, бач, що вигадав? Екстрим! Ще й якийсь дивний — паркур!

Мамині подруги посміялися й колективно вирішили, що нічого поганого в цьому немає. Хай малий екстремалить у вигаданому світі, хоча б не зашкодить собі, а так — хоч фантазію розвиває. Уява — це добре. Може, виросте з нього якийсь письменник і напише про свої вигадані пригоди. Взагалі чудесно! І максимально безпечно. Тож коли Пух удруге згадав про паркур, мама просто сказала, щоб він тренувався і далі. Хлопець бачив, що мама йому не вірить, але офіційне «добро» він отримав. Паркур більше не був під забороною. Пух видихнув і почав вільно переглядати небезпечні ролики, що змушувало батьків по-змовницьки всміхатися й перезиратися. Але згодом і це стало дивацтвом, проблемою, з якою мама почала боротися. А він просто захищався. І хоч як не хотілося ображати маму, проте цього вимагали власні інтереси, від яких залежало майбутнє. То хай так і буде.

Діана була такою ж дівчинкою, як мама: її хотілося захищати й оберігати. Але були й інші. Таша… Таша не схожа на його маму. Таші б узагалі пасувало помінятися характером із Пухом: він був би слабким дівчиськом, а вона крутим хлопцем. Замість того, щоб підсміюватися над повнуватим трейсером, дівчина з приходом у «Трою» раптом узяла Іллю під своє крило й почала захищати від насмішок Чіта, і хоч малий підозрював, що вона це робить більше з ворожнечі до Тараса, все одно танув, як морозиво, дедалі більше прив'язуючись до нової подруги. Таша вміла вислухати, дати пораду. Їй єдиній він розповів про Діану. Адже Таша насамперед була дівчиною, тобто чуттєвою й чутливою. Вона чула й відчувала всі його емоції, але водночас була по-хлопчачому жорсткою й могла дати відкоша.

«Мені б таку старшу сестру — вона б відвоювала у батьків право й на паркур і на все, що хочеш», — подумалося Пуху. Йому хотілося, щоб ситуація з Ташою виявилася дурним жартом. Але коли затнувся про це в розмові з Дейвом, той досить різко відказав, що Таші відтепер не місце в «Трої». У соцмережах дівчина не сиділа, з чату її видалили — способів зв'язатися не було. Пух не думав, що можна отак просто піти з кінцями, наче й не було людини. Останнім часом він дедалі частіше переписувався з Діаною: дружніх посиденьок із хлопцями поменшало, а часу стало більше. Дівчина відповідала Іллі взаємністю, і це було дуже добре.

Назавтра Пух планував покликати Діану на озеро, ні, не побачення — це надто пафосно. Просто покупатися, позасмагати. А там, може, і наважиться на щось більше. Зрештою, і в паркурі він спершу перелазив через бордюри, щоб згодом перелітати через них одним стрибком. Кожна перемога робить тебе іншим і програмує на результат. Ти більше не хочеш розлучатися з цим відчуттям.

«Хай! Збираємося біля банку о п'ятій. Явка обов'язкова!» — есемеска від Ніка була лаконічною й цілком у його стилі. День буде насиченим. Головне, щоб Діана погодилася на зустріч. Пух усміхнувся й відписав: «Буду».

Класно знайти своє місце, навіть якщо за нього треба поборотися. *Тим паче* якщо за нього треба поборотися.

Розділ VI

Fatality

1

— Тридцять чотири, тридцять п'ять, тридцять шість, тридцять сім. Все!

Останній жим — і Давид схопився на ноги та з відчуттям легкого запаморочення подався до ванної. Холодна вода бадьорила, стікаючи по щоках, а навпроти, у дзеркалі, що висіло над рукомийником, йому в очі дивилося відображення юнака з мокрим білявим волоссям і трохи заважким поглядом. Дейв усміхнувся й хитнув головою. Проте усмішка не компенсувала втому й зачаєне розчарування.

Хоча повноцінним розігрівом це не назвеш, відтискання чудово виконували роль вранішньої кави. Її хлопець терпіти не міг, а от батьки були справжніми львів'янами. Андрій готував каву в джезві, Євгенія полюбляла кавомашину, подаровану чоловіком до дня народження. Дейв витерся махровим рушником. Така розминка надто проста для повноцінного тренування, проте хоча б не тотальна бездіяльність. Камон, тридцять сім? Позерство. Учорашній він здійняв би себе на глум, а сьогодніш-ній не хотів ані боротися з собою, ані перемагати. Звичний сенс життя залишився десь далеко, мабуть, ще там, на дачі Ніка.

Як і Таша. Її образ теж зник там. Дівчина-сон, перелітне ви-діння ночі, солодкий спогад із дзвінким сміхом, купою таємниць і післясмаком гіркоти. Зрештою, все вирішує саме післясмак, і йдеться не лише про їжу. Сьогодні Давид не хотів прокидати-ся. Він уже не раз картав себе за імпульсивну поведінку на днюсі Ніка. Невидимі рани гояться нестерпно довго, а коли туди засипають свіжу порцію отрути, біль стає нестерпним, він ламає мости та стирає контакти. Шкода, що опція «прогнати снови-діння» не входить у набір автоматично ухвалених рішень.

Давид звично затягнув шнурівки на кедах, одягнувся в білу футболку, сині шорти та рвонув на пробіжку. Вулиця зустріла гарячим подихом. Серпень видався спекотним, а надмірна во-логість лише погіршувала ситуацію.

Ранковий Львів не був тихим: ті самі люди, що поспішають вчасно на роботу, ті самі затори на дорогах і три ока світлофо-ра, який байдуже споглядав баталії пішоходів-камікадзе та во-діїв із не дуже міцними нервами. Звичний маршрут Давида лежав у затінку. Оминаючи силуети львівських будинків та стираючи підошви об бруківку тротуарів, хлопець опинився на периферії.

Селище міського типу Брюховичі було розташоване прак-тично відразу за 700-річчям, районом Дейва. Останнім часом воно стало постійною точкою бігових вправ. Тутешні пагорби, порослі дубами й соснами, робили ранкові вилазки не лише приємними, але й корисними. Охочих активно почати день було багато, і невдовзі Давид ловив на собі погляди інших бігу-нів. Футболка давно скрутилася в пов'язку, міцним вузлом тримаючись на талії. У бездротових навушниках плейлист перемкнувся на стареньке *Eminem* — *«Not afraid»*.

Доріжка розділилася, і замість широкої смуги новенької велодоріжки Давид обрав ламану стежину, котра під заїждженим гаслом «Обережно! Кліщі!» вела до соснової гущавини. Коли прутики низьких кущів залоскотали голі боки, Давид зловив себе на думці, що ніяк не може забути Ташу. Так, він порвав із нею всі зв'язки без розмов, щоб обом було легше, так, клята фотографія, як каталізатор, роз'ятрила давню рану, а потім злість усе завершила сама. Але дещо й досі не давало йому відпустити дівчину. Згадалася історія з Оленкою; такий собі іронічний натяк долі — той, хто завинив, завше хоче повернутися.

Давид знав, що поспішив, знав, що образив близьких, особливо — Тараса, хоча вороже ставлення Чіта до Таші викликало підозри: може, він і сам щось відчував до дівчини, а ховався за маскою хамовитих випадів і підкресленого ігнору. Фіг його знає. А те фото? Бляха, так не робиться! Потрібно було хоча б дізнатися деталі, почути чергову брехню чи гірку правду, байдуже! Головне — не рубати наживо, але й не залишати місця для жалю за минулим. Важко бути ідеальним. Ще важче — віднайти спокій серед темряви власних протиріч, котрі рвуться назовні.

Занурюючись в лісові хащі, Давид раптом захотів її побачити. Мозок радо підкинув бажану картинку: ось силует Таші, вона біжить, нічого не підозрюючи, голова опущена (чорт забирай, він знав, яка музика грає в її навушниках), ще мить — і він мовчки обіймає її. Слова зайві, слова знову можуть усе зіпсувати. Гаряча долоня лягає на його обличчя, Таша витягує один його навушник, віддає свій. Звучання мелодії не змінюється, а в Давида по спині пробігають сироти від цієї фантастичної синхронності. *Imagine Dragons* — *«Believer»*. Вони навіть обговорювали поїздку до Києва на їхній концерт. Він майже відчував її губи.

Давид стиснув кулаки. Він міг би все змінити. Міг би. Але чи воно того варте? Може, так буде краще для всіх. Їй своє життя, йому — своє, а якщо вони знову перетнуться, то вже будуть іншими. Дозволити рідним людям стати чужими — це теж право, хай як тобі від цього боляче. Це — вчинок хорошого хлопця.

Пів на дев'яту. Попереду була дорога додому. Хай як далеко ти зайдеш, рано чи пізно доведеться повертатися. Життя триває, і рух уперед — його основний сенс. Приборкати свої почуття виявилося складніше, ніж стати на край багатоповерхівки чи крутнути небезпечне сальто: надто все заплутано й нелогічно. Добре, що друзі поруч.

Нік іще вчора написав про вилазку на дачу. Бо треба витіснити погані спогади позитивними. А то після днюхи Ніка всі досі в підвішеному стані. Люк знову відсторонився, у Чіта якась фігня в голові, він уперто не хоче цим ділитися, а Пух наче у воду опущений. Тільки Нік скаче як придурок від одного до іншого, щоб хоч якось їх усіх розворушити. Красава Дейв: не капітан, а мрія! Може, не треба було видаляти її зі спільного чату? Яке він має право вирішувати за всіх? Хотіли б, то спілкувалися далі... Так і знав, що ці стосунки вдарять по кожному з команди. Особливо, коли *так* завершаться.

Зберися! Ти ж капітан! Дейв побіг швидше. Головне тепер — бути насторожі й не допустити, щоб друзі опинилися на самоті, вирішуючи власні проблеми. Вони — команда, а це значно більше, ніж просто купка ледь знайомих колег із однаковим хобі. Час дозволить подивитися на речі під іншим кутом, зніме напругу вагань і зрештою подарує спокій. Хоча який там спокій?.. Хах! Цей стан завжди зібраний «хороший хлопець» уже встиг призабути. Несподівано Дейв зрозумів, що йому нічого не хочеться. Життя, дай мені тайм-аут!

2

— Я все, — Дейв відсунув від себе напівпусту пляшку. Нік із гуркотом повернув її і заперечив:

— Ти ще при тямі, отже, не все.

Світло дотягувалося до землі через тисячі віконець між листям. Лічені години — і все навколо поглине темрява, тільки ліхтарі й ліхтарики чи відблиски багаття дозволять сяк-так бачити поночі. З колонки Мажора лунав *Eurythmics* — «*Sweat dreams*».

Нік вирішив проблему «застою» в команді по-своєму. Хлопцю набридло жувати чужі соплі й чекати, поки всі нарешті припинять копирсатися в собі поодинці. І хоча на тренуваннях це не сильно позначалося (Давид умів тримати марку), та відчуття не обдуриш. А емпатію самого Ніка не обдуриш і поготів. Чомусь останнім часом він дедалі більше міркував над тим, що команда перестає бути лише місцем для спортивних занять: із цими людьми хотілося бути поза спотами. Мажор почав рідше тусити з іншими компаніями, і вони на нього ображалися: проміняв їх на когось? Та він сам обрав собі «Зграю». І жодним кретинам не дасть її розвалити!

Щоправда, дівчат це не стосувалося. Останніми днями хлопець зависав на телефоні з білявкою Ксю. Виявилося, дівчина не менше за нього любила гумор і гарні дотепи. Не така легка здобич, як сперше здалося: то цікавіше було Мажору, який звик, що клеять його, а тут попітніти доводиться самому. Хлопцю бракувало тільки закрити один гештальт — «Зграю». Тому всіх, кого силою, кого умовляннями, а кого й копняками Нік притягнув на свою дачу, дістав заготовлений наперед ящик пива, поставив на стіл і наказав:

— Пийте!

Поволі атмосфера ставала не такою гнітючою. Нік пильнував, щоб хлопці не сачкували.

Чіт флегматично вицмулив першу пляшку й другу пив уже повільніше. Сердита зморшка на чолі похмурого хлопця трохи розгладилася.

Дейв втикав у стіл, склавши руки в замок. Алкоголь ніколи не розв'язував йому язика, а затія Мажора починала дратувати.

Люк застряг на першій пляшці. Хлопця вирубало. Закачаний по вуха кавою й енергетиками за майже повної відсутності їжі, він би, певно, впав, якби не сидів. Макс підписав Луку в прокоманду на онлайн-турнір із *Dota 2*[68]. На кону був вихід у старсесію, відбір зі 128 команд проліги й фінали за славу і спонсорів. Тому хлопець уже третю добу не спав, зігруючись з тімкою[69].

Пух зранку згорів на озері (Діана таки погодилася й навіть намагалася кілька разів епічно втопити хлопця, а одного разу ледь не втопилася сама) і тепер скидався на вареного рака. Якби не Нік, Ілля волів би провести решту дня в прохолодній ванні чи з ніг до голови намаститися сметаною. У кепці й картатій сорочці, застібнутій під горло, він, насуплений, сичав від кожного дружнього штурханця.

— Чувак, я не хочу напиватися, — Дейв узявся за пляшку, але не підняв її. На запітнілому склі залишилися сліди від пальців.

— Хочу-не хочу, а треба! Я ж бачу! Нап'єшся, проспишся й будеш як новенький, — Мажор штурхнув капітана в бік,

---

[68] Багатокористувацька відеогра в жанрі стратегії в реальному часі.
[69] Від team (*англ.*) — команда; тут: *сленг*.

хлюпнувши пивом собі на джинси. — Бляха! Ай, хрін із ним! Дивись, ти вже зелений ходиш. Так далі не піде. Нафіг нам дохлий капітан? Пий! — присунув пляшку.

Блондин узяв пиво, покрутив у руках і раптом розсміявся. Ситуація до болю нагадувала тупу американську комедію. Зараз усі наваляться, а зранку він прокинеться в Ташиному ліжку. І всі помиряться! Канонічно!

— Нє, — махнув рукою Нік, коли Дейв спробував поділитися з ним своїми думками. — Це надто просто. У ліжку прокинеться ви двоє, — він показав пальцем на Люка й Дейва. — Типу як колишні суперники. Пух виявиться сином якогось мафіозі й вивезе Ташу в багажнику кудись за бугор, а ви двоє поїдете її рятувати.

— А ти? — зареготав Люк.

— За канонами трешу, я буду в багажнику замість Таші, ясна річ! — гигикнув Нік. Нарешті розмова пішла по накатаній.

— А Чіт? — спитав Пух. Хлопець трохи розслабився, попечена спина боліла вже менше. — Мажор, колися, що ти йому приготував?

— Я пас, — Чіт відсалютував пивом. — Не вистачало третім із вами, голубками, прокинутися. Я махав.

— Пацани, ви такі класні! — оголосив Нік.

У хлопця почав заплітатися язик. Мажор посунувся вліво, щоб обійняти Пуха, і з-під його ніг із дзенькотом покотилися чотири порожні пляшки. Люк перезирнувся з Дейвом. Мажор так хотів споїти друзів, що ненароком споїв самого себе.

— Я вас люблю, — продовжив Нік. — І Ташу люблю! Чого вона не з нами? Давайте їй подзвонимо, і вона приїде? Буде «Зграя» в повному складі. Ававу-у-у! — завив хлопець.

— Перший — готовий! — зітхнув Дейв. — Я ж казав, ти швидко накидаєшся.

— Я — терезий! Тервезий. Тврвезий! Тревзий! Нормальний я! — образився Мажор під дружній регіт. — Злі ви. Піду я краще Ксюшку наберу. Вона добра, пожаліє мене... — Нік підвівся, хитнувши стіл. — Воу-воу!

— Ану сидіти! — Дейв силою опустив Мажора на лавку.

— Ну, ладно! — Нік усміхнувся й потягнувся за новою пляшкою.

— Харе, чувак! — Люк зупинив Ніка.

3

Мажор раптом перестав смикатися і зовсім тверезо проговорив:

— Повірили? Розслабтеся, я гоню! Півас — це фігня. От я раз на випускному набухався... Ну, тобто після. Ми з чуваками пішли на квартиру відмічати. Я не пам'ятаю, скільки випив. Мені вже потім розказували. Словом, допився до такого стану, що білочка хапнула. Почав вирубатися. Ну, пацани пересрали й викликали «швидку». А ті — санітарів. Санітари побачили, що мене ламає, як шизонутого. Ну, й забрали в дурку...

— На Кульпар? — перепитав Пух.

— Ну, так. Я там миттю протверезів, — Нік підсунувся ближче й поклав лікті на стіл, нервово потираючи долоні. — От страшнішого місця в житті не бачив. Серйозно. Там такі звуки... Виття, ричання, хрипи, стогони. Ще щось, що взагалі описати нереально. Бр-р-р! — хлопець здригнувся.

— І скільки ти там просидів? — запитав Дейв.

— Десь пару годин. Але вони тягнулися вічність.

— А друзі що? — підключився Люк.

— А що друзі? — Нік знизав плечима. — Зрозуміли, що ступили. Там фішка, що з дурки тільки батьки можуть забрати.

Навіть брат чи сестра не можуть. Там на дверях замки на ланцюгах, прикиньте?

— Фігасє! — Люк підняв брови. Чіт похитав головою.

— Ага. Ну, й апофеоз того всього — чувак, із яким я в палаті був, по ходу, відкинувся.

— Охрініти! — видихнули трейсери. Пух здригнувся.

— Такоє, пацани, — Нік відкинувся на дивані і заклав руки під голову. — А це, що ми тут сидимо, — «дєтскій лєпєт». Я себе контролюю, рілі. Просто треба раз відчути, щоб більше не повторювати.

— Ох, чувак, умієш ти змінити тему, блін, — Дейв на автоматі кілька разів хильнув із пляшки. Хлопець на мить уявив себе замкнутим в одній палаті з трупом, коли навколо за товстими стінами виють і гарчать, і подякував собі за самоконтроль. Ну його нафіг опинитися в такому місці!

— Чуєш, може, ми тебе тепер Психом будемо звати? — запитав Люк.

— Ризикни здоров'ям! — усміхнувся Мажор. — Я канєха екстремал, але точно не псих. Це вже скорше Чіт псих.

— Чого це? — озвався той. Хлопець завис над пивною етикеткою, вкотре перечитуючи склад напою.

— Психуєш часто, — Мажор знизав плечима. — Давай, колися, що там у тебе таке?

— Та нормально в мене все! — Чіт зиркнув з-під лоба. — Чого домахалися?

— Кому ти розказуєш! Раз ми тут таємницями ділимося, приєднуйся.

— А, хрін із вами. Мою проблему ви знаєте — це батько та брат. І це було давно. Все. Тема закрита, — відрізав Тарас, даючи зрозуміти, що з нього більше не витягнеш ані слова.

— Я-а-асно, — протягнув Мажор і поколихав пляшкою з пивом на дні. — Хто ще хоче поділитися?

Пух зітхнув і зняв кепку.

— Карочє... У мене теж удома фігня повна. Мамка хоче, щоб я був економістом. Дурацька професія, блін! А я не можу їй відмовити, бо в неї слабке серце. І як щось не так, починається істерика із зомліванням. От у мене батя — слідчий. Це тєма! Знаю, у нас копів не дуже люблять, самі винні. Але відчуваю: це — моє! А сказати не можу. І натомість далі прикидаюся. Типу все о'кей і Іллюша — чемний синочок.

— Так, із батьками завжди важко,— кивнув Дейв.— А вона знає про паркур?

— Ага, знає. І не вірить ні фіга. От ви б повірили, що я трейсер?

— Ну...

Хлопці опустили очі. Люк дзенькнув своєю пляшкою об пляшку Пуха:

— Та ти ж постійно побитий ходиш. Як вона це пояснює?

— Мама думає, що в мене конфліктний клас. А я їй не зізнаюся, бо боюся. Вона вже ходила в школу розбиратися. На мене потім довго дивилися, як на дебіла.

— Та', точняк срака! — виголосив Мажор, зробивши великий ковток.

— А потім жаліли,— продовжив Пух,— що в мене така мама. А мені що робити?

— А мені взагалі важкий спорт протипоказаний,— раптом сказав Люк.— Я в принципі тому за компа й сів. Хоча й кіберспорт мені теж не дуже можна.

— У якому сенсі? — Дейв округлив очі.

— У прямому. Лікарі заборонили. Зір хріновий. Короткозорість зашкалює. Типу око не нормальне, а таке, трохи розтягнуте. Я замахався з тими лінзами, як лох. Тому при якомусь навантаженні може не витримати. Хочу корекцію, але батя проти, каже, що фіг його знає, як після операції буду бачити.

— Ти що, можеш осліпнути? — спитав Пух.

— Можу. Хах, кажу й шарю, що реально можу. Я непогано вправлявся з іграми. Але в реалі все виявилося цікавіше. А тепер не можу відмовитися від паркуру. Мені потрібні очі, щоб бачити, і потрібен паркур, щоб жити. Отакий парадокс.

— Оце ти попав… Стрьомно,— Мажор поплескав Люка по плечу.

— Я звик,— той стенув плечима.— Якось воно буде! Тільки давайте без оцього «нам тебе шкода», добро? Я й так усе знаю.

— А я замахався бути правильним,— перебив Дейв Люка.

— Та йди! — присвиснув Мажор.— Тобі ж це подобається! Хороший хлопець, майже супергерой і все таке.

— Подобається тримати все в собі? Ти серйозно так думаєш? Я лиш недавно зрозумів, що залежу від команди. Від паркуру. Тільки тут я можу вибігатися так, щоб заспокоїтися.

— То ти постійно на нервах?

— Типу того. Тому мене краще не бісити,— реготнув Давид.— Знесе дах, і такого можу начудити…

— От хто реальний псих, чуваки,— реготнув Мажор. Він поплескав блондина по плечу.— Нормально. Можеш часом зриватися на мені. Я потерплю.

— Дякую. Мені розплакатися? — Дейв усміхнувся.

— Витри соплі, ти ж мужик! — Нік гмикнув.— Ви можете думати, що я клав на все, бо типу пофігіст. Але це не так. У мене просто менше очікувань від життя. Я не чекаю чогось класного, щоб не розчаруватися. Тому коли хороше стається, це тішить, а якщо не стається — ну й хрін з ним. От постійно й на позитиві. Шарите? Але ви й паркур — це справді важливо для мене. Тому я й витягнув вас на дачу. Тому ми тримаємося разом. Де б ми тусили в іншому житті, якби нас не об'єднала така крута штука? Чуваки, життя завжди підкидатиме нову фігню, але нам вирішувати: пройти її чи здатися. Я вибираю пройти.

— Я за! Якби я здався, ви б мене ніколи не прийняли,— підтримав Пух.— І якщо чесно, мене дістали всі ваші сварки. Ходите кислі, злі, ображені. Нафіга? Можна бути нормальними?

— О, Пух діло каже,— усміхнувся Мажор.— Будемо нормальними?

— Та ми нормальні! — сказав Люк.— Для мене теж важлива «Зграя». Я вже пробував звалити по-тихому. Ні фіга — ломка, і тягне назад. Одиночні тренування класні, щоб мозок провітрити, але постійно бути самому, коли ти вже побував у крутій компанії...— хлопець похитав головою.— Не вставляє.

— Отак-то, ми тебе на себе підсадили! — гигикнув Нік і додав писклявим дівочим голоском: — Ти мій особистий сорт героїну[70]. А ти що скажеш, кеп?

— Частина корабля, частина команди[71],— з готовністю відповів Дейв.— Куди я дінуся? Я з вами, чуваки. Поки вам не набридну...

— Навіть не сподівайся,— Мажор показав Дейву кулак.— Чіте, слухай...— хлопець роззирнувся, шукаючи друга, але «Зграя» раптом позбулася одного учасника.— О, пацани, а де Чіт?

— Немає,— Дейв стиснув кулаки. Поки вони виливали душу, Тарас по-тихому звалив. Не захотів ділитися чи навпаки: відчув, що може зізнатися? Знову хоче все зробити сам. Чувак, час тобі зрозуміти, що ти більше не один. Ти — у «Зграї».

---

[70] Цитата з фільму «Сутінки».
[71] Цитата з фільму «Пірати Карибського моря: на краю світу».

4

— Алло,— Чіт довго не хотів брати трубку, але Дейв наярював йому весь день після туси на дачі Ніка. Саме тоді, коли він хотів просто побути в тиші наодинці з собою. Як же він дістав! Тарас пересилив себе, щоб не зірватися.

— Чувак, з тобою все добре? — голос Дейва був веселим. І це розізлило Чіта ще більше. У Дейва завжди все було добре. У родині, з друзями. Так, не склалося з особистим. Спершу Оленка, а тепер Таша. Але це така фігня — усі ці соплі. Такий, як він, точно не зрозуміє. І байдуже, скільки років дружити, коли те, чим не можеш поділитися, нудотою лізе під горло, змушуючи зриватися на всіх і кожному.

— Та', а що? — з викликом відповів Чіт.

— Нічо,— тон Дейва посерйознішав.— Вчора міг би хоч попрощатися... Але то таке. Коротше! Давай поговоримо?

— Якщо я сказав, що все нормально, значить, усе нормально!

— Ти, якщо що, завжди можеш сказати мені. З будь-якої ситуації є вихід.

— Ти що, у психологи записався?

— Я готовий вислухати. Якщо тобі треба позичити грошей...

— Та пішов ти зі своєю допомогою, мати Тереза! — Чіт вилявся й від'єднався.

Дейв вимкнув телефон і сплів пальці в замок. Із Чітом треба було щось робити. До його звичної запальності додався якийсь страх. Це помічали інші. Останнім часом Нік уже не раз казав, що Чіту потрібна серйозна чоловіча розмова. Пух пропускав тренування, бо жарти Чіта ставали дедалі злішими, і якщо інші хлопці могли заткнути розпаленого друга, то наймолодший з команди лише ображено відмовчувався, вирішивши самоусунутися. Дейв переконував Пуха повернутися, але пообіцяти, що все буде добре, не міг. Щось відбувалося. І як же бісило, що він навіть не розумів, що саме! Люк намагався викликати Чіта на розмову на спільних тренуваннях, але хлопець наче вперся рогом: стіною відгородився від усіх і не збирався нічого слухати й говорити.

Що могло налякати Чіта? Дейв знав: якщо Чіт сам не скаже, вивідати в нього будь-що просто неможливо. Він зазирнув до друга в гості, попив чаю з його мамою, намагаючись дізнатися бодай щось. Але жінка нічого не знала. Тільки попросила, щоб Дейв обережніше проводив вечірні тренування, які стали надто травматичними. Хлопець чемно покивав, а сам чортихнувся. Ніяких вечірніх тренувань не було вже давно. Дейв стиснув кулаки. У кімнаті зазвучали перші акорди *Depeche Mode* — «*Enjoy the silence*». На екрані мобільного висвітився незнайомий номер. Таша? Всередині все стиснулося. Хлопець узяв телефон.

— Алло, Дейве?

— Так. А це хто?

— Кіра, дів... знайома Тараса. Я взяла твій номер з його телефону. Тарас не знає про цей дзвінок. Думаю, у нього неприємності. Можемо зустрітися сьогодні?

5

— Двері китайські, вони збиралися їх змінити. Замок теж китайський. Коли в'їжджали, ключ погано прокручувався. Сигналізації немає, камер теж, — монотонно перерахував Чіт. Хлопець уже тиждень не виходив на зв'язок зі «Зграєю», хоча легше від цього не ставало. Однаково нічого не зміниш. Краще пережити, і скоро все закінчиться.

На годиннику була третя ночі, глуха пора, коли ще зарано для «жайворів», а всі «сови» вже сплять. Біля Чіта стояло ще двоє: лисий і худий двадцятип'ятирічний Саня з синцями під очима та трохи молодший за нього Гоша. Обидва були вдвічі старшими на вигляд і добряче підтоптаними життям. Під'їзд спав разом зі своїми мешканцями: усі за дверима власних квартир, захищені, теплі й зовсім беззахисні у своїх ліжках. Аж до першого страшного шуму, який змушує прокинутися, увімкнути світло й телевізор, щоб змахнути з очей залишки панічної полуди.

— Точно нікого не буде вдома? — з підозрою запитав Гоша. — Ти перевірив?

— Точно, — відповів Чіт. — Вона вже запостила в інстаґрамі фоточки з островів. Тупа курка!

— Ну, кому тупа, а кому її тупість на руку! — вишкірився Гоша.

— Значить так: ти залишаєшся тут, я — всередину. Гоша буде за тобою приглядати, щоб ти не змився по-тихому, — Саня сухо роздав вказівки. — Утямив?

Відмичка легко зайшла в замок. Один поворот — клац, другий — клац. Двері прочинилися, навіть не треба було натискати на клямку, і зосереджений хлопець безшумно прослизнув до передпокою.

— Знаєш, що буде, якщо нас кинеш? — Гоша витягнув ніж і показав Чіту. — Ми з тобою бавитися не будемо. Чув?

— Чув.

Гоша теж зайшов до квартири та причинив за собою двері. Чіт сперся об стіну. Тільки б усе швидше закінчилося. Хлопець витягнув телефон — звук вимкнений, хух! — і запустив мобільний інтернет. За звичкою натиснув іконку інстаґраму, ще раз переглянув сторіз[72] *об'єкта*. Щасливі обличчя на відпочинку.

---

[72] Stories (*англ.*) — функція «розповіді» дозволяє створювати фото і 10-секундні відео з накладанням тексту, емодзі й рукописних позначок. Особливість таких постів у тому, що вони видаляються рівно за 24 години.

Чудово! Чіт скривився й запхав телефон у кишеню. Йому самому було бридко від того, що він робить. Але коли йдеться про безпеку найрідніших, усе летить шкереберть.

Чіт переконував себе як міг. Він намагався обрати найменш болючий варіант, коли втрата частини фінансів не сильно вдарить по господарях. У групу ризику потрапляли родини без дітей (чомусь наявність останніх була важливим фактором). Перший кандидат — юрист міжнародної фірми. Жив зі своєю дівчиною, масажисткою з салону тайського масажу. Другі на черзі — сейлз-менеджер і фітнес-тренерка. З постів у інстаґрамі Чіт знав, що парочка живе в орендованій квартирі. І поки злодії обирали, який із варіантів кращий, тренерка сама підкинула їм ідею. Дівчина запостила новину, що вони переїжджають на нову квартиру, ближче до роботи чоловіка, а в сторіз виклала фото дверей і кілька гнівних відео, мовляв, як же важко відчиняються двері та скільки мороки із замком. З відео було зрозуміло, що виробники-китайці не сильно парилися якістю. Бінґо! Гоша з Саньою відразу прикинули: зламати китайську «картонку» буде раз плюнути.

Чіт вилаявся. Викладати життя у відкритий доступ — о'кей, але демонструвати, що в тебе де лежить і скільки його є, — це вже тупість. Навіть якщо профіль закритий. Створити собі акаунт із милими фото й постійно щось постити кожен дурень зможе. У мережі всі прикидаються. Люди взагалі нічого не бояться. Та їм і не треба було б нічого боятися. Якби не він... Точніше, якби не ті двоє.

Колишні спільники його брата. Гоша й Саня. Ті, що знищили одне життя, прийшли за новою жертвою. Вони чекали його біля дому. Виявилося, хлопці вже давно стежили за Чітом. Володя був важливою ланкою цього тріо, без нього справи йшли гірше. І от тепер, повернувшись до рідного міста, грабіжники шукали третього. Знову когось, хто б давав наводку. За себе Чіт не боявся, якби шантажували його, це було б нестрашно. А якби маму? Гоша з Саньою добре знали, на що тиснути.

Навіть якщо ти нуль у якійсь справі, головне — це бажання. Чіт знайшов спосіб, як наводити злодіїв. Він стежив за багатенькими дівчатами з інстаґраму й вибирав об'єкт. Потім виносив пропозицію на обговорення. Якось останньої миті хлопець накрутив себе й передумав. Щоправда, за бунт його добряче потовкли й пообіцяли наступного разу познайомитися з мамою.

Чіт боявся. Так боявся, що зривався на друзях і Кірі. Поволі хлопця поглинало болото, і, не в змозі вилізти з нього, він відчайдушно гасав містом, провітрював голову: марно. Тільки страх за маму втримував від необдуманих дій. Він мусив сам вибратися з цієї сраки. І він це зробить!

То мало бути вперше і востаннє. Вони пообіцяли, що підуть і він їх більше не побачить. Пообіцяли, що не чіпатимуть маму. Чіт зціпив зуби. Чи можна було вірити словам таких покидьків? Але в нього не було вибору.

6

— Бляха, Чіте! Кретине, я так і знав, що ти вляпався! — від тихого голосу Дейва Чіт ледь не наклав у штани. Блондин нечутно піднявся сходами. У сірих очах палала злість і читався страх. Він боявся? Боявся за нього чи за себе?

— Ти що тут робиш? — видушив із себе Чіт, із острахом зиркнувши на двері. Не можна, щоб вони побачили Дейва. Втягнути в цю сраку ще когось? Нізащо!

— Це ти що тут робиш, придурку? — правив своє Дейв. Хлопець був страшенно злий на друга. — У злодії записався, баране? Ти про маму свою подумав, безмозкий ти дурню?

— Ти нічого не знаєш…— Чіт опустив голову. Чути від Дейва те саме, що він уже сотню разів сам собі казав? Друг бив боляче. Знав куди.

— Ясно, що я ні хріна не знаю, бо ніхто мені нічого не говорить. І я мушу вистежувати кращого друга вночі аж до вікон чужої квартири. Чи, може, я помилився, і ти просто забув ключі від нової хати? То де, бляха, моє запрошення на новосілля?— На останньому реченні Дейв ледь не зірвався й не підвищив голос.

— Дейве, ти…— почав, було, Чіт, але затнувся. Хлопець гарячково добирав слова, але, як на зло, у голову нічого не лізло. Треба було змусити друга піти. І що швидше, то краще!

— Що тут за базар? — Із-за дверей показався Саня. Він із підозрою глянув на блондина.— Це ще хто такий?

— Ніхто,— заступив друга Чіт.— Просто знайомий, і він уже йде. Іди, чуєш? — обернувся до Дейва.— Я потім тобі все поясню.

— Правильно, малий: ноги в руки й шуруй звідси, і забудь, що ти тут бачив, ясно? — Чоловік зайшов за двері.

Гоша саме знайшов ничку з грошима, і часу випроваджувати зайвого свідка не було. Здобич була надто великою, щоб отак просто відмовитися від неї.

— Ні,— блондин криво посміхнувся, роздивляючись крадія.

Це, вочевидь, був один із тих, хто побив його найкращого друга. Я тебе запам'ятав, гнидо. Але на потім.

— Мій друг у сраці, і ти думаєш, що я скажу па-па і, щасливий, піду додому? Ти мене погано знаєш, чувак! — Дейв мимоволі знову підвищив голос.

Він злився дедалі більше. На дурість Чіта, на власну сліпоту. Де він був, коли його друг потрібував допомоги? Чому Чіт пішов на це? Він сам точно не міг. Його змусили? Так, давай вигороджуй усіх, добрий самаритянине. І Ташу теж змусили! Дейв рипнув зубами й вилаявся. Він мав просто забрати Чіта звідси, і все, але тут хлопця понесло. Коли довго стримуєшся — чекай бурі. Рано чи пізно ти вибухнеш. І ніколи не знаєш, хто тоді опиниться поруч.

— Як же мене все дістало! Ти думаєш, я хороший, я все зрозумію, я отак просто звалю й забуду, що бачив? Ні хріна! Ні хріна, я сказав! Я задовбався, що всі навколо зациклилися на моїй правильності. Мені пощастило? У мене все добре? Та всім до сраки, що я відчуваю, тому я не бачу сенсу плакатися про те, що мене турбує. Я починаю довіряти дівчині — вона мене зраджує. У мене є найкращий друг — але він мені постійно бреше! Я створюю команду — і вона розвалюється на очах! Та ні хріна в мене нема! І коли ти щосили намагаєшся зібрати все, що розвалюється, коли всі панікують, коли всі звалюють, тобі знову встромляють ножа в спину. Так, я тримаю все в собі, бо так простіше! Я не хочу постійно зациклюватися на своїх проблемах! Я просто хочу, щоб усе було добре, бляха, просто добре, але я задовбався тягнути все на собі! Я вже навіть не знаю, хто я!

— Ти чого верещиш, придурку? — з-за дверей цього разу визирнув злий Саня.— Ти що, тупий?

— Дейве, не треба...— Чіт переводив погляд із Сані на Дейва.

— Не треба? — блондин розреготався.— Зараз ти мені кажеш «не треба»? Раніше треба було думати!

— Якщо ти не закриєшся, то я тебе сам закрию! — Саня посунув на хлопця, і Дейв став в оборонну стійку. З-за дверей показався Гоша. Чоловік миттю оцінив ситуацію й витягнув ніж.

— Або ти звалюєш по-доброму, або...

— Не буде по-доброму,— Дейв наїжачився та приготувався до бійки. З голови зникли всі думки. Він втомився чинити правильно, зараз він зробить так, як хоче, і ніхто його не зупинить! Чіт глянув на Гошу, який готувався напасти, замружився та зробив свій вибір.

— Ти сам винен, пацан! — Гоша кинувся вперед, намагаючись штиркнути Дейва ножем, але удар Тараса збив його з ніг. Хлопець зацідив чоловікові ще раз і закричав:

— Дзвони ментам! Швидше!

7

Гоша ніколи не був сцикуном, але й вступати в реальне протистояння доводилося вкрай рідко. Зазвичай вистачало кількох фраз укупі зі справді кримінальною фізіономією.

Підступний, наче гієна, у сутичках чоловік вдавався до відповідної тактики: хитро маневрував поміж суперниками, з обов'язковим відступом і ламаною траєкторією після коротких імпульсивних ударів, радше схожих на обридливе товчіння, аніж на майстерні прийоми. Злодюжка зазвичай діяв «по асистенту»: за підтримки спільників або озброївшись ножем — завжди тупим, із надщербленим від частого копирсання у дверях лезом.

«Цього разу проблем не буде», — думав Гоша, коли сталеве вістря метнулося в бік Дейва. Різонути м'які тканини кисті — цього завжди було більш ніж досить, щоб довести серйозність намірів. Це мало спрацювати. Проте зустрітися з відчайдухами, які давно перейшли всі межі внутрішніх страхів, довелося чи не вперше.

Його зупинив перший же удар.

Чіт, котрий стояв трохи віддаля, провів влучний випад у сонячне сплетіння. Ліва нога Тараса зустріла грудну клітку супротивника. Гоша кілька разів булькнув, хапаючи відбитими легенями повітря. Друга подача тією ж ногою поцілила прямісінько в обличчя. Дейв ухопив руку чоловіка й обеззброїв його кількома різким ударами об залізне пруття перил. Ніж із дзенькотом покотився сходинками. Усе відбувалося надто швидко й у цілковитій темряві, лише крихти скупого світла із прочинених дверей квартири вносили трохи ясності в цей напружений театр тіней. Чіт раптом відчув, як щось сильно гепнуло в перенісся. Почувся хрускіт, і наступної миті хлопець «поплив». Промінь кишенькового ліхтарика безладно обмацував стіни: на полі бою з'явився ще один гладіатор.

«Фаталіті» Сані завжди відрізнялися прямолінійністю. Зневажаючи ігрища розуму та хитромудрі тактичні вправи, у критичних ситуаціях хлопець діяв блискавично. Тому коли в промені ліхтаря з'явилося закривавлене обличчя Гоші, Саня не розгубився й одним різким рухом голови відправив нещодавнього компаньйона в нокдаун. Прийом «на Адєсу» не підводив. Довго бавитися з білявим шмаркачем Саня не збирався, але під спортивкою блондина ховалися прокачані м'язи. Дейв бив із правої й лівої, притиснувши супротивника до стіни й воліючи розтрощити худющі вилиці, або ще краще — розмастити по стіні тупі мізки того, хто підштовхнув його друга на злочин. Енергія, що накопичувалася дедалі більше, страхи й думки — усе це нарешті отримало вихід, і хлопець охоче виміщав зачаєну злість у кожному вдалому джебі.

Якоїсь миті поруч очуняв Гоша й, запустивши руку в кишеню, рвонув до Чіта, що сидів на підлозі, обхопивши долонями голову. Дейв краєм ока помітив небезпеку і, облишивши Саню, кинувся рятувати Чіта.

«У нього може бути ще один ніж», — із жахом збагнув трейсер і, вхопивши Гошу за барки, відкинув убік. Той гепнувся макітрою об землю та глухо застогнав. Дейв на секунду втратив захист.

— Сука! — оклигав Саня й підскочив, щоб із розгону вдарити Дейва в щелепу. Хлопець поточився й відчув під ногами порожнечу. Падаю! Дейв спробував зробити бекрол у повітрі, але не встиг: бетон зустрів його надто різко. Дейв покотився сходами. Під'їзд ураз осяяло різнобарвними колами й іскрами від тьмяного світла. Обличчя заніміло, мозок втратив контроль над тілом, і наступні хвилини просто стерлися з часопису пам'яті. Трейсер непорушно завмер унизу.

— От падлюка! Вшиваємося! — Гоша штовхнув ошелешеного напарника перед собою. Чоловіки проминули закляклого Чіта й кинулися навтьоки.

Дорогу злодіям заступив широкоплечий чоловік у формі. За ним стояли ще кілька поліцейських. За ними виднілися схвильовані обличчя Іллі, Люка й Мажора. Саня сплюнув на землю, перезираючись із Гошою.

— Далеко зібралися, хлопці?

Розділ VII

Супергерої

1

Для Стаса люди поділялися на дві категорії: ті, кому пощастило, і ті, кому не пощастило. У перших було все. Усе, що можна купити за гроші. А якщо й не купити, то досягнути мети інакше — у цьому теж допомагали гроші. Другій же категорії нічого було й пхатися до цього світу. Сіра маса, яка прагне вижити. Але не жити, не насолоджуватися життям. Рахують копійки, постійно страждають і жаліються на долю, вигризають собі місце під сонцем, ідуть по головах — ниці, слабкі людиська.

До двадцяти років хлопець зрозумів, що йому навіть особливо напружуватися не треба, щоб брати те, що хоче. Той, кому пощастило не лише з елітною упаковкою, ще й мав незлецьку зовнішність. Та що там незлецьку — розкішну! Зовнішність і вміння красиво говорити, коли в кишені повно бабосів — і ти на вершині. От тільки виявилося, що й вершини бувають нудними. Життя тих, кому пощастило, відгонило одноманітністю, поволі кисло та змушувало шукати додаткових розваг.

Серйозні стосунки з Наталею, ну, як серйозні, довготривалі принаймні, урізноманітнювали однакові дні. Дівчина його кола, яка теж знала, хто вона. До Наталі було легко звикнути, вона ідеально вписувалася в його життя. Стас знав, що вона його кохає. Більше, ніж треба, але їй можна було дозволити таку маленьку слабкість. Це відчуття було приємнішим за короткі ночі з випадковими дівками. Її почуттів вистачало, щоб перекрити нестачу тепла вдома. Вона відігріла його й обіцяла завжди бути поруч. Брехлива вівця! Не можна вірити нікому, хто каже, що залишиться з тобою назавжди. Усі підуть! Усі!

Стас навіть по-своєму любив Наталю і дозволяв їй думати, що кохає не менш сильно. Цікава гра. Проте це тривало недовго. З часом, коли з'явилося більше вимог і більше претензій, Наталя теж скисла в його очах. Кисле можна тільки викидати. Або запити чимось солодким, аж до нудоти, щоб потім знову захотілося іншого смаку. І він знав, де знайти таку заміну. Але цього разу ціна виявилася зависокою навіть для того, кому пощастило.

Очі повільно розплющилися. Картинка була каламутною. Єдине, що він устиг розгледіти, — увімкнені лампи на стелі та двох санітарів у білих халатах, які його кудись везли. Він трохи підняв голову. Каталка? Невже він у наркодиспансері? На цьому хлопець відключився. Уві сні приходила Наталя. Вони кохалися, потім билися, потім знову кохалися. Божевілля...

Хлопець прокинувся з сильним головним болем. У вухах шуміло, у роті пересохло, наче після перепою. Так його ще ніколи не сушило. Він усміхнувся й відразу ж відчув, як спиною пробіг холодок. Де він, чорт забирай? Що він тут робить?

Стас лежав у комфортабельній палаті зі стінами кольору м'яти. Вікно було прочинене, без ґрат, які йому спершу примарилися. Біля дверей розташувався маленький санвузол. Руки й ноги хлопця хтось міцно прив'язав до ліжка. Із вени стирчав периферичний катетер, який через трубку з'єднувався з крапельницею, що висіла на штативі біля ліжка. Стас судомно ковтнув, роздивляючись пакет із прозорою рідиною: він шукав у ньому бульбашки. Скільки там треба для фіналу — один шприц повітря? Ноги були вже крижані. Хлопець добре пам'ятав ще з фільмів, як через нещасні бульбашки можна було відкинутися. Але рідина здавалася безпечною. Хлопець видихнув.

Скільки він уже тут? Мозок відмовлявся згадувати. День? Два? Тиждень? Стас хотів зіскочити з ліжка, але тіло було міцно зафіксовано ременями. Впевненість, що він може все, танула щосекунди. Він іще ніколи не почувався таким безпорадним. І це відчуття ламало не гірше за наркоту. Замкнути його, як слабака, в чотирьох стінах? Забрати в нього владу? Козли! Страх, наче за клацанням пальців, перейшов в агресію. Це все вона! Наталя! Через неї він тут! І через цього мудака, який завадив виховати його дівчину! І через батька, який навіть говорити з ним не став, а просто викинув із дому в це паскудне місце! А-а-а! До сраки всіх! Винна тільки вона!

Від злості на шиї хлопця повипиналися вени. Він смикнувся ще раз, намагаючись звільнитися від ременів, але марно.

— Відпустіть! Чуєте? Випустіть мене звідси! — Стасові зривало дах, він лаявся, кричав, виривався, його трусило. Агресія то зростала, то спадала. Він не контролював себе та свої емоції. Стіни зберігали м'ятну мовчанку. Стас проклинав усіх і вся, доки не заснув. Він навіть не почув, як зайшла медсестра, щоб змінити крапельницю, і не побачив, що на порозі про всяк випадок стовбичив дебелий санітар. Жінка надіслала есемеску батькові Стаса. Перший день терапії минув успішно.

А далі — знову той самий сон, де він із Наталею. Знову тупий головний біль, шум і галюцинації — побічний ефект від наркотиків. Стаса сильно нудило, цього разу крапельниць побільшало. Перші дні в нього була надзвичайно сильна ломка: боліло все тіло, тягнуло, викручувало м'язи. Організм хлопця в прямому сенсі *чистили* препаратами. Стас на знак протесту відмовився від їжі, але йому вводили комплекс вітамінів і глюкозу, щоб підтримувати стан юнака в нормі. Він уже не пам'ятав, скільки тут перебуває. Час від часу на розмову приходив психолог — чоловік років сорока в прямокутних окулярах. Він бісив найбільше. Стасу ніби ставало краще, але нормальне самопочуття вперто не бажало повертатися. Він бачив Наталю в медсестрі, бачив її погляд, коли заплющував очі, а вночі довго реготав. Якось спробував накинутися на жінку з погрозами та лайкою, але санітари були напоготові. Його відв'язували, лише коли він хотів у туалет, і щодня ледь не силоміць мили в душі. Він не вважав себе наркоманом, але його змушували так вважати. Фак, а як добре все починалося!

2

— Стасе, ти з нами? — Славік простягнув другові косячок й весело всміхнувся. — Спробуй, чувак, від одного разу нічого не буде!

— Та ну, фігня якась, — скривився Стас.

Наталя не поїхала на тусовку, вигадавши якусь дурну відмазку, і вони через це посварилися. Настрій був кепський, тому хлопець вирішив розвіятися в іншій компанії. Зрештою, дівчина — не дружина, має розуміти, що, як не хоче бути з ним, він знайде собі іншу. Стас приїхав до Славіка, легкого на підйом чорнявого хлопця, який фанатів від своєї *Infinity* й веселих тусовок біля басейну на заміській дачі.

Вечірка тривала вже котру годину, і з веселої ставала нудною. Дівчата (а в Славіка завжди тусувалися найгарніші!) почали збиратися додому, проте хлопці не хотіли їх відпускати. Без дівчат усе чомусь завжди скочувалося до банального алко-нонстопу. Тоді, щоб розрядити обстановку, Славік запропонував усім спробувати щось новеньке.

— Давай, давай! Не бійся, навіть наші дівчатка не бояться!

Компанія знову пожвавішала. Під ногами дзеленчали спорожнілі пляшки. У повітрі висів дим зі специфічним ароматом. Цигарка, схожа на звичайну, тільки трохи інакше закручена, пішла по колу.

— Хто не з нами, той проти нас, — підступно підколов Славік. Дівчата зареготали.

— Я за всякий двіж, окрім голодухи! — Стас реготнув і затягнувся. Ядучий дим дер і наче обпалював горло. Хлопець ледь стримався, щоб не закашлятися. Цю бурду неможливо було вдихнути, але Стас силувано усміхнувся:

— М-да, фігня ваша трава.

— Чувак, а ти спробуй ще, — Славік затягнувся та знову передав косячок другу.

Після другої тяги Стас нічого не відчув, після третьої теж. Дівчата сміялися, Славік почав верзти казна-що. Це дратувало.

— Чуваки, та вас кинули! Підсунули якесь сіно... — почав був Стас, аж раптом упіймав себе на тому, що вже кілька хвилин не ворушиться. Хлопець умить став наче загальмованим. Він дивився в одну точку, а світ зненацька почав розпливатися навсібіч. Стаса захитало з боку на бік, але він і далі не вірив, що це дія трави. Спершись на стіл, хлопець ледве ворушив язиком:

— Блін, ця ваша трава — це все фігня. Розвели, як лохів... Це все сіно, пальонка, — хлопець потягнувся за пляшкою текіли й несподівано промазав. Пляшка, що стояла прямісінько перед ним, чомусь опинилася ліворуч. Стас хитнув головою й закляк, дивлячись на текілу. Перед очима все попливло.

— Ні фіга собі! — Стас почав реготати. Трава таки подіяла. Хлопець спробував щось сказати, але в нього заплітався язик. Він не зміг договорити, не зміг вимовити ані слова. Кілька разів починав — не виходило, відчував лише невтримне бажання сміятися. Голос Стаса враз зазвучав по-іншому. Смішно. Дуже смішно.

Стас обвів поглядом кімнату. Славік ржав, тримаючись за живіт, дівчата теж сміялися. Андрій дивився на нього мовчки, а потім теж зареготав. Брюнет відкинувся на спинку дивана і ледь вимовив:

— Блін, чувак, у мене перед очима вертольоти...

— О, я хотів стати пілотом, — раптом підхопив Славік.

— А я стюардесою, — реготнув Андрій.

— О, а знаєте, що в літаку можна їхати у човні? — сказала котрась із дівчат.

Занімілі хлопці перезирнулися і водночас вибухнули скаженим реготом. Стасу давно не було так весело, він плів якісь нісенітниці, але саме це створювало настрій, розслабляло, дозволяло бути собою. Здавалося, він п'яний, проте почувається тверезим. Ейфорія тривала понад півгодини. Хлопець не пам'ятав, як заснув. Зранку його лише трохи сушило і відчувалася невелика слабкість. Цього вистачило, щоб захотіти ще. До того ж Славік завжди міг дістати будь-який «розслабон» і постійно торочив: у малих дозах трава нешкідлива, та й відходняк був легкий. Стас не мав жодних причин не вірити досвідченому другу.

За кілька днів Славік запропонував повторити, але вже на двох. Цього разу відчуття були гострішими: хлопця вивертало, голова розколювалася. А потім з'являлися дивні думки. Ставало страшно й тоскно від власної нікчемності та самотності. Приходило розуміння, що насправді він нікому не потрібен, і так буде завжди. Що більше хлопець курив, то більше його охоплювала депресія. Від поганих думок хотілося дертися на стіну. Ані розмови, ані алкоголь уже не допомагали. Тоді Стас вирішив покурити ще і потрапив на гачок. Коло замкнулося. І якщо попервах він іще намагався знайти якусь заміну цим відчуттям, то згодом махнув рукою. Травка була надто доступною, щоб добровільно від неї відмовитися. А бажання кинути виникало дедалі рідше, аж доки не зникло взагалі.

Стас і далі курив у компаніях — розділяв веселощі на всіх і без жодних наслідків. Потім Славік звів його з Дімоном, чуваком, який мав справу з потужнішим «кайфом». Того дня Стас страшенно посварився з Наталею і вирішив покурити сам. Дімон порадив запастися хавкою та врубити музику. Стас увімкнув у великих навушниках транс, накурився й ліг на ліжко. Поступово хлопця залишали будь-які відчуття, здавалося, він направду зливається з музикою. Емоції, почуття, думки — усе наче вимкнулося. Він просто існував у музиці. Повне розчинення й абстрагування від цілого світу. Десь у мозку виринали страшні думки: що, як його ніколи не відпустить? Але хлопець просто намагався про це не думати і насолоджувався своїм станом.

Десь за дві години ейфорія почала танути. Стасу стало нудно, і він вицмулив півпляшки віскі з батькового міні-бару. Наступного ранку хлопцеві здавалося, що він помирає. Його нудило, тіло вкрилося холодним потом, у голові паморочилося так, що він не міг сфокусувати погляд. Стас перелякався і сяк-так тремтливими пальцями набрав Наталю. Дівчина відразу приїхала, оцінила стан коханого та спробувала викликати «швидку», але через думки про диспансер і лікарів хлопця охопила паніка. Стас вирвав із рук подруги телефон й розтрощив його об стіну.

— Ти що робиш?

— На, купи собі новий,— Стас жбурнув у Наталю свій гаманець. Паніку змінило роздратування. Чого вона прийшла? Що їй треба?

Наталя дивилася на красиве обличчя зі знайомою усмішкою і не впізнавала Стаса. Що він із собою зробив, і головне — навіщо? І хоча поведінка хлопця дуже лякала, це все ще був її коханий. І вона мусить витягнути його з цього болота.

— Стасе, ти розумієш, що це ненормально? — дівчина почала спокійно. Жевріла надія, що все можна виправити.

— Та нормально все, чо ти кіпішуєш? — відмахнувся хлопець. Він налив собі ще віскі і хотів був ковтнути, коли Наталя забрала в нього склянку та пляшку.

— Я кіпішую, бо переживаю за тебе. Я тебе люблю, і мені не байдуже, що ти гробиш своє здоров'я та своє життя.

— Та ладно! Усім байдуже, навіть якщо я здохну! Дай сюди!

— Мені не байдуже! Я ж тут! Я приїхала! Давай зараз спокійно вирішимо, що з цим робити... Викличемо лікаря, тобі промиють шлунок, і забудемо про все...

— Промиють шлунок? Ти що, хвора? Вони накапають баті, а на фіга мені це?

— Але це твоє здоров'я!

— Та ти задрала з тим здоров'ям! Сама така ж! Чи ти не тусила в клубах, не бухала?! Ти така сама!

— Я не така...

276

— Ай, така, не така — до сраки! Краще б тобі не дзвонив, тільки гірше стало!

— Стасе, я хочу допомогти...— Наталя почала була щось доводили, та від її лекції ще сильніше розболілася голова. Хлопець не витримав і гаркнув:

— Бляха, та ти заткнешся чи ні?

Наталя замовкла на півслові та стиснула губи.

— То, може, мені піти?

— Та вали, чого стоїш! — Стас розчахнув двері.

Наталя здригнулася, наче від ляпасу, і пішла.

Стас лишився на самоті. Гіпертрофована злість уже за кілька хвилин зникла, і йому знову стало сумно. Хлопець набрав Наталю, а потім згадав, що розбив її смартфон, і розреготався. От дурепа! Це ж просто річ! Фігня! Усе, що можна купити за гроші,— фігня! Хлопець погано тямив, що він робить. Хотілося позитиву й гарного настрою. І в цього настрою був свій номер. Хлопець набрав Дімона, який відразу заспокоїв, пообіцявши привезти чогось хорошого. Життя налагоджувалося. А найліпшим було те, що коли його «відпустило», хлопець нічого не пам'ятав.

Стас не вважав себе наркоманом. Після травки він спробував LSD, екстазі, «айс» і навіть кетамін: у Дімона можна було дістати все. І хоча доза, потрібна для ейфорії, раз у раз зростала, мозок під феном мислив надшвидко, сприймав світ яскраво, випромінював концентровану харизму й обнуляв комплекси. Але коли ефект добігав кінця, реальність не сприймалася взагалі — ані інформація, ані буденні слова, які «на відходах» нагадували нерозбірливе бурмотіння. А на додачу — відчуття безкінечної втоми, сильний головний біль, нездатність з'їсти бодай щось. Проте найгірше було тоді, коли замість ейфорії починалося справжнє ментальне пекло, і Стаса накривало хвилею дитячих комплексів, депресивного сприйняття і параноїдальної істерії, в якій нерідко лунало ім'я Наталі. Стас міг «закошмаритись» від будь-якого негативного фактора. Але миті ейфорії були надто потужними, щоб від них відмовитися, а повернути їх могла лише наступна доза. Його особиста доза щастя.

Однак виявилося, що й у щастя є термін придатності. Воно закінчилося за дверима клятого диспансеру, куди його запроторив батько. І все — з подачі його колишньої. Тупа вівця! Кілька тижнів примусового лікування, чисток і постійних ломок витягнули з хлопця всі соки, залишивши тільки одне — бажання помститися. Помститися всім, хто змусив його так страждати. Стас без упину погрожував медсестрам, санітарам, лікарям, батькові. А потім наче перевиховався. Заспокоївся, почав увічливо вітатися з медбратами, засипав компліментами санітарку. І тільки на денці очей плескалася лють. Найсильніша буря настає лише після повного штилю.

3

Таша прокинулася без будильника рівно о восьмій. Настрій був хоч і не піднесений, але вже не депресивний. Вчора увечері вона класно потренилася на Кайзері, навіть попри глядачів: власників собак, батьків із дітьми й підлітків, які стежили за трюками дівчини в блакитних навушниках. У стабільних тренуваннях був сенс, як і в кожному виді спорту, що має систематичний характер: твоя здорова ейфорія й корисні ендорфіни. У тебе є план, і ти його виконуєш. Часу на негатив залишалося менше. Тепер дівчина загорілася новою метою: самостійно досягти пристойного рівня й епічно з'явитися серед трейсерів у новому амплуа. Брехати вона більше не буде — ані собі, ані комусь іще. Першою у списку була мама. Вероніка доволі спокійно відреагувала на перевтілення доньки-гімнастки в доньку-трейсерку.

Їй ці заняття навіть видалися схожими, тільки локація інша — місто, а так — ті самі сальто, ті самі стрибки. Таша намагалася пояснити різницю, а потім махнула рукою. З першою правдою стало легше, і справа пішла швидше.

Другим пунктом були гроші. О'кей, вони в неї є, вона може ними користуватися. Таша забрала з гаража свій синенький «Міні-Купер» (мамин подарунок на вісімнадцятиріччя) і знову з насолодою сіла за кермо. Так, їй пощастило, так, не у всіх є авто, але її право користуватися тим, що їй дало життя. Дівчина згадала слова тренера зі спортзалу на княгині Ольги. Він казав, що паркур нікого не розділяє на багатих і бідних. Усі тренуються в майже однаковому одязі. Але буває так, що хлопець у сірих спортивках і стареньких кросах після тренування сідає в «Бентлі». Тоді Таша не розуміла цього, а зараз відчула. Ти завжди будеш собою. Важливо прийняти себе і доброю, і поганою, а ще — припинити гризти за минуле.

Дівчина начепила улюблені окуляри без діоптрій, одягнула коротку рожеву сукню, взула звичні підбори, підкрутила волосся (як давно вона цього не робила!), прокаталася містом й повернулася на площу Ринок до улюбленого кафе. Припаркувалася біля Коня[73], забігла дорогою до книгарні «Є», обрала навмання кілька книжок (давно читала за принципом «не ти обираєш книжку, а вона тебе») і вже за десять хвилин сиділа в затишному кріслі за круглим столиком. Дівчина замовила какао. Ох, тут воно було майже як гарячий шоколад, а ще порція щойно збитих вершків на тарілочці — ідеально. Вона навмання дістала книжку й занурилася в читання, ковтаючи гарячий напій. Життя нагадувало казку. І вона нарешті знову головна героїня.

---

[73] Розмовна назва пам'ятника Данилу Галицькому.

— Що читаємо? — веселий голос відволік Ташу на півсторінки.

Вона відірвалася від книжки й побачила двох дівчат із потоку: біляву Оксану з короткою асиметричною стрижкою, в мереживних шортах і білому топі, і русявку Аню з високим хвостом на потилиці, в короткому джинсовому комбінезоні. Знайомі студентки з країнознавства. Вони близько не спілкувалися, але часом перетиналися на лекціях і кілька разів грали в карти на останній парті з хлопцями з групи.

— Привіт! — усміхнулася Таша.

— Ти... — Аня примружила ліве око, згадуючи ім'я.

— Наталя. Таша, — підказала дівчина.

— А ми...

— Я пам'ятаю. Оксана й Аня, так?

— Можна Ксю. У тебе класна пам'ять. Я з потоку мало кого пам'ятаю, — у крісло ліворуч сіла білявка.

— Це моя суперсила, — пожартувала Таша.

— А ми тут вирішили охолодитися під кондюком. На вулиці пече — жестяк. Навіть віяло Аньки не допомагає.

— Не тринди, нормальне в мене віяло! — Русявка дістала злощасне бежеве віяло та спробувала ляснути ним блондинку по носі, але та спритно ухилилася.

— А ти звір, — Ксю кивнула на Ташине горнятко з какао. — Я зараз можу випити тільки щось із величезною кількістю льоду.

— Є в мене така фішка. Я навіть у спеку п'ю чай і каву — усе гаряче.

— Прикольно.

Ксю та Аня замовили безалкогольний мохіто й обмінювалися враженнями. Таша відклала книжку. Випадкова зустріч була приємною. І давала можливість залишатися собою.

— Блі-ін, ще пару днів, і знову на пари, — протягнула Ксю. — Не хочу взагалі! Хай літо триває. Не хочу вересня, хай буде далі тридцять друге серпня... Як подумаю про наші аудиторії... Нудьга!

— Та', літо — прикольно. Ми з друзями в липні гайнули в Хорватію на машині. Прикольно, особливо коли вночі їдеш — ні фіга не видно, тільки знаєш, що з одного боку скеля, з іншого — прірва. А море там таке блакитне, просто нереально круте!

— А я цього року вдома відсиділа. Може, на Новий рік кудись, де тепло, — Ксю схилила голову набік. — А ти, Ташо?

— А я рада, що літо закінчилося. Каюся, відьма. Можете мене урочисто спалити! — розсміялася Таша.

— Ми всі трохи відьми, — засміялася й Ксю. — Я тут Аньку мотивую на татушку. Ти як до цього ставишся?

— Нормально. Колись страшенно хотіла зробити собі кульбабку на плечі, а потім це так попсово стало...

— От і я кажу. Вона мені все попсове пропонує! А мені потім для фоток щоразу для неї тонну гриму треба буде?

— Захоплюєшся фотографією? — спитала Таша.

— Ага, моделінґом.

— Не скромнічай! Її личко у «Вікторії Ґарденс» висить й буде в «Форумі». Фотогігіенічна моя!

— Фотогенічна! — виправила Аня.

— Я сама малюю, — Ксю дістала телефон. — Листівки, ілюстрації до книг, хною. Я їй такі ескізи пропоную, а вона морозиться! Не цінує!

— О, покажи, — Таша зацікавилася й кілька хвилин розглядала творчість Ксю.

— Круто! У тебе талант!

— Дякую, — мовила Ксю. — Хочеш, замутимо тобі щось джакуа-гелем? Виглядатиме як татушка, тільки тимчасова.

— Дякую, матиму на увазі,— Таша кивнула.

— Ну а ти сама чим цікавишся? — запитала білявка, підсуваючи до себе мохіто.

— Я читаю,— Таша кивнула на книжку.— Музику слухаю, люблю вночі по трасах кататися. Їздила на гонки біля колишнього МРЕО, але тільки так, подивитися. Цього року спробувала екстрим — паркур, чули про таке?

— Ага,— Аня з Ксю багатозначно перезирнулися.

— Мій хлопець... Ну, тобто він так думає, що хлопець, хах,— займається,— Ксю відкинулася на кріслі.

— Круто! — Таша усміхнулася. Ще один трейсер, куди не плюнь. Чудовий збіг.

— Може, ви навіть знайомі? — запитала Аня. Вона дістала з сумочки дзеркальце та блиск і почала підмальовувати губи.

— Не думаю. У Львові купа команд,— Таша зняла окуляри, щоб протерти. І коли лише встигла скло замацати?

— Мажор, чула? — Ксю шумно втягнула повітря через трубочку коктейлю і відставила склянку з льодом і м'ятою.— Закінчився,— махнула офіціанту.— Можна ще один?

— Нік? — Таша підняла брови. Оце так. Ну, Мажору сам Бог велів тусити з такими, як Ксю.

— О! А я кажу, вони всі один одного знають. Прикольно. Ще з його тусовки когось знаєш? Ви давно знайомі? — Аня відклала дзеркальце й підсунулася ближче до Таші.

— Перетиналися...— дівчина непевно всміхнулася.

— О, то, може, нам спільну зустріч влаштувати? Попрошу Ніка, хай притягне ще когось, тим паче, що ви знайомі. Анька мені вже всі вуха продзижчала, щоб я змусила Ніка привести того брюнета, як його там? Люка.

— І Люка ви знаєте?.. — Таша підняла брови.

До такого повороту життя її не готувало. Вона ледь стрималася, щоб не запитати в дівчат про Давида. А що, як він уже завів собі нову дівчину? Що буде, як вона побачить його з іншою? Фак, зберися! Дівчина спробувала всміхнутися: навіть вимучена посмішка давала сигнал мозку, що все гаразд. Лайфхак, прочитаний в одній зі статей в інтернеті. Це справді допомагало не розревітися.

— Ну, так... А що? — ревниво запитала Аня.

— Нічого, теж перетиналися, — уже майже спокійно відповіла Таша.

— У разі чого, май на увазі: він мій, — русявка стиснула губи й відразу всміхнулася. — Розслабся, я думаю, і для тебе хтось знайдеться. Чи в тебе хтось є?

— Був. Але вже немає, — Таша відвела погляд.

— От і чудово, — Ксю плеснула в долоні. — То як щодо зустрічі? Влаштую Ніку сюрприз.

— Я подумаю, — Таша кивнула. Ідея Оксани була цікавою. Але чи вдалою?

— А давай я тебе в телеґрамі додам? — запропонувала білявка, розблокувавши смартфон у білому чохлі. — Будемо на зв'язку й днями домовимося?

— І я додам! — підключилася Аня.

— О'кей. — Таша здалася під натиском дівчат й обмінялася з ними номерами. Телефон провібрував повідомленням у вайбері. Мама.

«Суші?»

«Я за».

«Хвилин за п'ятнадцять буду в центрі».

«Чекатиму на нашому місці».

Таша відклала телефон й заховала книжку до сумки.

— Сорі, мушу бігти. Сімейна вечеря.

— Класно посиділи, — усміхнулася Ксю. Аня кивнула.

— Ще побачимося, — дівчина дістала з сумочки гаманець, але Аня її зупинила:

— Давай цього разу ми пригощаємо, а ти наступного?

— Це шантаж? — Таша усміхнулася, але напружилася.

— Ага, щоб точно побачилися! — підморгнула русявка.

— Домовилися, — Таша махнула на прощання й вийшла з прохолоди в спеку.

За кілька хвилин вона вже сиділа у своєму «Міні-Купері». Нове життя — нові друзі. Котрі знають старих друзів. Яка ж земля кругла! Дівчина опустила голову на кермо й усміхнулася. Що б це не було, фішка в тому, що їй подобалося. А щодо сюрпризів для «Зграї» — цікаво було б побачити їхню реакцію, коли вона знову буде собою.

4

Чпок-чпок-чпок!

Жовті зерна кукурудзи наввипередки лускали за товстим склом мікрохвильовки. За дзвінкими та глухими пострілами з кухні до кімнати тягнувся ситний сирний дух, лоскочучи ніздрі. Ілля пильнував мікрохвильовку, щоб не спалити попкорн. Широка біла футболка робила хлопця схожим на кухарчука. Як сказав Мажор, бракувало лише фартуха та строкатої бандани — от, наприклад, такої, як зараз у Дейва.

Той розвалився у кріслі із замотаною головою. Чорна майка, що спадала на око, обтягувала чоло й вузлом трималася на потилиці. У хлопця був вигляд домашнього косплеєра, що-правда, трохи потовченого життям.

Чіт сидів біля вікна. Хлопця ледь не силоміць притягнув Мажор. Тарас винуватив себе в травмах капітана і потребував дози дружніх копняків, хоч і не хотів цього визнавати. Хлопець підсунув стілець до підвіконня та втупився в прозору шибу. Надворі бігали діти, а їхній грайливий сміх, оминаючи балконні рами та проникаючи крізь подвійні склопакети, потрапляв і до кімнати. Тарас завис на власній хвилі, загруз у собі, сприймаючи реальність короткими фрагментами. Думки хаотично кружляли, наче лотерейні кульки, і лише усвідомлення хорошого закінчення всього цього дарувало дивний спокій. Нещодавній стрес відступив, натомість прийшла апатія. Рука час від часу звично смикалася до кишені штанів за телефоном, але той уже кілька днів був у ремонті, розтрощений вщент після того, як випав із кишені під час бійки.

Люк у світлих джинсах і футболці-поло й Мажор у веселих пляжних шортах з пальмами окупували широкий диван. Хлопці їли чіпси з двох великих пачок, перекидаючись жартами. Трейсери просто завалили стіл їжею — як казав Мажор, «шкідливою для шлунку — корисною для душі». Смарт-телевізор, під'єднаний до інтернету, звучав фоном, стиха розповідаючи щось про кумедні ролики.

Напівтемрява у зашторений кімнаті налаштовувала на розмови. Пропищала мікрохвильовка, сповіщаючи про готовність попкорну, і Пух заніс його до кімнати. Давид укинув до рота жменю повітряної кукурудзи й усміхнувся. Думками він уже був на вулиці, у повітрі, у русі, у стрибку. Треба було лише зачекати. Й усвідомити минуле, щоб іти далі. Зрештою, крапки над «і» завжди знаходять своє місце.

5

В голові травмованого трейсера невпинно обертався калейдоскоп фантомних спогадів. Матові обеліски безколірних стін, химерні сплетіння кованого металу, що тягнулися від сходинок до перил, і різкий біль, що пульсував у потилиці. Він зник раптово, наче під дією потужного анальгетику. Потім виникли голоси. Повсякчас щось дзвеніло — віддалено, десь на задньому фоні. Хтось звів його на ноги, пара сильних рук тримала хлопця під пахви. Все.

Після обстеження лікар сказав, що небезпечного струсу та, відповідно, госпіталізації, вдалося уникнути. Натомість мала місце закрита черепно-мозкова травма легкої форми. Певний час це викликатиме больові відчуття й навіть напади нудоти. Рекомендації? Повний спокій і тиждень постільного режиму.

— Все буде добре, хлопче,— наостанок пообіцяв лікар.— Ти в чудовій формі, так тримати.

Перспективний домашній режим виявився тортурами. А нещасний тиждень тягнувся, наче рік. Думками Дейв знову та знову повертався в той день. «Так тримати» не вдавалося. Хлопець неабияк картався. Це ж він зараз лежить у темній кімнаті. Це його вирубив злодюжка-дебіл. Він зірвався на Тараса, якому й без його повчань було важко. І, що найгірше, він мусив лежати й нічого не робити. Відчував себе зв'язаним. Без звичних тренувань, адреналіну й почуття свободи було важко. Накочувався негатив, змушуючи пірнати все глибше та глибше в темряву. Самотність стискала груди, викликаючи майже фізичне відчуття задухи. Так організм реагував на ушкодження важливих органів. Спочатку потужний стрес із викидом адреналіну дав коротку ейфорію з позначкою «усе минулося». Згодом цілющі гормони розсмокталися й моральне виснаження далося взнаки симптомами депресії. Але це була лише бутафорія. Біологічний захист — невидимі пута для реального відпочинку. Хто буде рвати й метати тоді, коли все навколо сіре? Навіть дощ, здавалося, навмисно затягує небо олов'яним покривалом.

Дейв часто залягав під батареєю, коли вдома нікого не було. Хотілося вмоститися там якнайзручніше, згорнутися калачиком і відпустити думки у вільне плавання. Так минала нудота. Зайвий шум часом дратував, але дні минали, і хлопець почувався дедалі краще. Мамин бульйон із м'ясними фрикадельками додавав сили, але по-справжньому лікував тільки час. Давид помітив, що пульсуючий біль у скронях та в ділянці чола минав, коли він обхоплював голову долонями. Тоді в дію пішов бандаж. Пов'язки робилися з будь-чого. Шарф, футболка, майка чи «вафельний» рушник — усе це побувало на багатостраждальній голові. Давид не міг пояснити логіку своїх учинків, але відчував, що саме так і слід робити.

Щойно головний біль трохи відпустив, настрій поліпшився. Дейв був готовий вийти на люди. Тобто впустити людей у свою кімнату. Літній антициклон напрочуд вчасно приніс спекотну стабільність, а тільки-но в зашторені спальні залунали знайомі голоси, виникло нестримне бажання стрибати від радості, відкинувши діагноз «черепно-мозкова травма» в глибокий аут.

6

— Ну що? Усі в зборі? Чувак, ну ти й дав! — виголосив Мажор, добре приклавши долонею Чіта по спині. Той навіть не здригнувся. Хлопець сидів, похнюпившись, але ловив кожне сказане друзями слово. Його справжніми друзями.

— Я пішов першим, — Дейв умостився зручніше. — Думав, вийде тебе по-тихому забрати. Головне, щоб ти не заходив до тієї хати. Такий був план.

— Ми за тобою стежили! — додав Пух, пишаючись собою.

Чіт лише головою хитнув. Що було після падіння Дейва зі сходів, він пам'ятав, наче в тумані. Приїхала «швидка» й забрала друга, він рвався їхати із ним, але його разом із Саньою та Гошою відвезли до відділка. Потім були допити, свідчення й довга розмова з батьком Іллі. Коли хлопець нарешті опинився в лікарні й побачив заплакану маму Давида, він ладен був сам себе згризти. Пощастило, що Дейв був живий, хоча й добряче приклався головою та плечем і зомлів. Капітан відбувся вивихом плеча й черепно-мозковою травмою. Але він вижив. Вижити — не так вже й погано для того, хто спробував бодай раз побути собою. Тарас ще досі не міг повірити, що все закінчилося. І він поволі усвідомлював, як йому пощастило і кому він має за це дякувати. На останньому особливо наголосив слідчий і за сумісництвом батько Іллі. Чоловік виявився непоганим співрозмовником і знайшов правильні важелі, на які треба було тиснути, щоб достукатися до мовчазного хлопця.

«Гени, спадковість — це все працює, ясна річ. Але не завжди. От друзі в тебе правильні, тримайся їх»,— Чіт досі чув у вухах урівноважений і впевнений голос. Та ось у його спогади проникли слова Дейва:

— Ти, головне, на Кірі не зривайся. Хороша дівчина. Якщо ти досі вагаєшся, благословляю вас!

Чіт усміхнувся кутиками губ. Від кого-від кого, а від Кіри він такого точно не очікував. Якісь дві надіслані есемески: перша з адресою об'єкту, друга — з часом. Що з цим робити, він іще не вирішив. Ще жодна дівчина його так не опікала. І не рятувала... Якось тупо вийшло. Але в глибині душі Тарас був вдячний Кірі. Як часом хочеться нічого не вирішувати і щоб хтось зробив крок замість нас, а ми підкорилися долі — це ж так просто! Кіра виявилася не лише подружкою, з якою добре проводити час, він і справді багато для неї важив. А вона для нього? Відчує, коли зустрінуться. Уже скоро... Останніми днями Чіт вирішив нічого не відтягувати: життя надто коротке.

— Ми спершу думали, що самі розберемося, — додав Люк. — Але згадали твого брата й вирішили не ризикувати. Треба було витягнути тебе з цього лайна з мінімальними втратами.

— Батя в нашого Пуха — крутезний чувак, — правив далі Нік. — Ми йому все розповіли, і він порадив, як краще зробити. Щоправда, більше часу пішло, аби переконати, що паркур — не зло, ми — нормальні, Ілля — трейсер і ми від нього нічого не хочемо.

Пух кивнув і додав:

— Тато — то ще фігня. Я думаю, він навіть зрадів. А от мама... — хлопець похитав головою. — Він сказав, що сам підготує її та розкаже... Я думав, то буде істерика, шоу для її подруг, на крайняк, скандал. Ну й заборонить навіть думати про паркур. А вона нічого, нормально. Тільки весь вечір переглядала дитячі фотки й казала, як я виріс.

— Добре, що переглядала, а не постила у фейсбуці. Я знаю, мами фанатіють від голих фоток у ванночці! — реготнув Мажор.

Пух побілів, уявляючи можливі наслідки. Вона б точно не обмежилася лише фото, позначила б і його на світлині. Хлопець заходився гарячково згадувати, чи увімкнув сповіщення про позначки в дописах. Як важко бути собою, коли в тебе в друзях мама. Фільтруєш геть усе. Хлопець махнув головою.

— Ладно, розслабся, я жартую, — Нік кинув у Пуха попкорном.

Чіт слухав дружню перепалку й поволі приходив до тями.

— Чуваки, я не знаю, що сказати... Я вже встиг подумати, що мене закриють, як брата... І твої травми, Дейве...

— Забий, чувак. Усі живі — це головне.

— Так, усі живі...

— Просто подякуй, і все буде в нормі,— Мажор усміхнувся. Заграла мелодія *Crazy Town* — «*Butterfly*». Нік підскочив до телефона, що лежав на столі, і хитро посміхнувся.

— Сорян, пацани, я на кілька хвилин відійду,— хлопець підніс трубку до вуха й миттю став схожим на змія-спокусника.

— Так швидко скучила? — промуркотів у слухавку й вийшов на кухню, зачинивши за собою двері.

— Пропав чувак! — усміхнувся Люк.

— Я все чую! — долинув із кухні грізний голос Ніка.— І все розкажу Ані!

— Ризикни! — Люк витягнув телефон і почав строчити есемеску русявці про придурка Ніка, від чиєї компанії його терміново слід визволити.

Чіт підняв очі. Лука завис у телефоні. Ілля жменями жував попкорн. Давид дивився на нього без усмішки, але й не вороже.

— Дякую,— пробурмотів Тарас. Хлопець зібрався на силі й видушив:

— Народе, я хотів вибачитися.

— Знаємо...— кивнув Давид.

— Звідки?

— По тобі все видно,— усміхнувся Люк.— Кому-кому, а мені точно можеш не розказувати. Впороти фігню — це запросто, а от вибачитися... Але комусь просто дуже фартануло з друзями, скажіть? — хитнув головою до Пуха і Дейва. Хлопці синхронно кивнули, усміхаючись.

— Я не хотів, щоб ви в це лізли. За вас боявся, дебіли! — видушив із себе Чіт. М-да. Зізнаватися у слабкостях — ще той челендж. Собі — то таке, а от друзям... Але саме друзі доводили, що їм можна довіряти. Ба більше: кожному життєво необхідно комусь довіряти. Що ж, його найближчим колом будуть оці шизонуті любителі стрибків по дахах. Хай йому!

— Чувак, боятися — це нормально. Просто іншим разом кажи все як є, — порадив брюнет.

— Ага, і як ти собі це уявляв? Приходжу я такий на тренування і кажу, що прийшли двоє чуваків і змушують мене залізти до чиєїсь хати? От тобі — вам би — цього вистачило, ви б не розпитували далі?

— Ну... — Люк затнувся.

— Гну. Я не готовий був ні з ким говорити про брата. Шарите? Та й навіть якби розказав... Що б ми зробили? Вистежили їх? Здали ментам? Вони б тоді навішали все на мене, що могли. Я б ніколи собі не пробачив, якби мама... Якби з мамою... — голос Тараса затремтів.

— Розумію, — відповів Дейв.

Тарасу захотілося його вдарити. Але блондин продовжував:

— Я би теж змовчав.

— Ти? — Чіт не вірив власним вухам.

— Мені завжди простіше було змовчати. Я якось звик. Для мене це нормально — перетравити самому. Але це реально важко. Виїдає зсередини.

— То весь цей час ти прикидався, що все нормально?

— Успішно прикидався, — усміхнувся блондин.

— М-да, чувак, твої демони ще страшніші за моїх, — Чіт реготнув. — Ніколи б не подумав.

— Зате тепер мені краще, справді краще.

— Я радий.

— Друзі?

— Ясно, що друзі, — з кухні вийшов Нік, який весь сяяв від утіхи. — Ти від нас ніде не дінешся, бро, затямив?

— Зітри цей вираз із фейса, бо мене зараз знудить, — мовив Люк.

— Ти мені просто заздриш! — гмикнув Мажор.

Чіт усміхнувся. Ця парочка, Нік і Люк, нагадала йому про Ташу. Слушний момент — ось він.

— Хлопці, є ще дещо. Ви маєте знати, і ти, — він звернувся до Давида, — в першу чергу.

— Ще кримінал? — реготнув Мажор. — Я буду в масці Халка!

— Ніку, заспокойся. Дейве, тобі це спершу не сподобається, а потім ще більше. І ще в мене є ідея, як виправити цей косяк. Щоправда, нам знадобиться вся «Зграя». Головне — довіртеся мені.

— Ми з тобою, Чіте! — капітан усміхнувся. — Що там?

— Це щодо ще одного члена «Зграї». Ви всі її знаєте. Це Таша.

Пух усміхнувся. Чи не всю розмову він просидів мовчки — йому нічого було додати, зате він міг бути поряд. Люк присвиснув. Мажор ледь не вдавився попкорном. Давид зціпив зуби й відвернувся:

— Можеш не продовжувати…

— Бро, ти все не так зрозумів!

— Я не ідіот, я бачив фотку. Давай відразу закриємо цю тему. У неї є інший чувак, от хай він нею й опікується! — Давид відкинувся на подушку й утомлено заплющив очі.

Від думок про Ташу почала нити голова. Хай робить, що хоче, вона не його проблема.

— Це її колишній. Кончений нарік і повний відморозок. Вона вже давно його покинула, але він не давав їй спокою, погрожував покінчити з собою.

— Якщо хочеш піти — підеш, — відкарбував Дейв.

— Тобі легко казати. Ти не бачив, як цей пацик її бив! — із притиском промовив Тарас.

— Серйозно? — Пух від несподіванки висипав на себе попкорн.

— Гониш? — не повірив Люк.

— Як? — підхопився Мажор.

Дейв розплющив очі й спохмурнів.

— Я чисто випадково побачив, як чувак б'є дівчину просто посеред вулиці. Ну, вломив йому, ясна річ. А потім побачив, що це Таша. Я з нею поговорив, і вона мені все розказала. Дейве, це реально був мій косяк. Там усе складно...

Давид відчув приплив сил. Він був готовий до того, що Чіт почне переконувати його повернути дівчину в команду, навіть пробачити зраду, але таке... Це все змінювало. Вона була ні в чому не винна. От придурок! Гордість заграла? Бляха, як же він її образив! У голові хлопця вже промайнуло кілька варіантів, як він зустрічає Ташу й вибачається. Блін, а якщо вона не захоче з ним розмовляти? Думки Давида перебив Чіт.

— Бро, вона дуже шкодує, що не розказала все зразу. Але просто не змогла. Як я. Як ти, — він показав на Люка. — Як ти сам!

— Як ми всі, — закінчив Пух.

— Я буду радий, якщо вона повернеться, — сказав Люк. — Як друг, ясна річ!

— М-да... Давно ти знаєш? — Давид здригнувся та скривився, у плечі віддало глухим болем.

— Мій косяк... Я мав би сказати раніше, але трохи завис у своїх проблемах... Сорі!

— Таша добра, — сказав Пух, опустивши очі. — Вона завжди могла вислухати.

— А ми нє? — усміхнувся Мажор. Він закинув ногу на ногу й трохи знервовано погойдував носком.

— Ви ржете. А вона не ржала, — Ілля почухав підборіддя. — І взагалі, коли вона була в команді, ви менше сралися між собою...

— Менше? — Люк здійняв брови. Він згадав стійку на даху й мимохіть здригнувся. — Навіть не починай!

— А що тут починати? — озвався Мажор. — Вона хіба винна, що тобі гормони в голову бахнули?

— Іди на фіг, — огризнувся Люк. Хлопець зітхнув і скуйовдив волосся. — Знаєте, після того випадку на даху Таша мені писала та дзвонила кілька разів.

— Серйозно? — Давид повернувся до Луки.

— Ага. Казала, що я дебіл і при тому... Хотіла, щоб виговорився. Поки ви всі мовчали.

— Ти сам зник! — Мажор підвівся. — Ми дали тобі час.

— А Таша хотіла все вирішити відразу... — кивнув Дейв сам до себе. На душі в хлопця було препаскудно. Чи не вперше його внутрішнє відчуття справедливості дало маху. Давид намагався розслабитися, але виходило погано. Мозок працював лише в один бік: «Ти накосячив, чувак, давай розгрібай!» І відразу відбивав подачу: «А ти сам би пробачив, якби з тобою так учинили?»

— А я тут із дачі дещо захопив, до речі... — Нік витягнув із рюкзака щось чорне. Розгорнув і притулив до грудей футболку з написом «Зграя».

Трейсери перезирнулися. Футболка викликала різні спогади, не лише приємні, але всі чомусь важливі. Місце Таші було в команді, і зараз це відчувалося особливо гостро.

— Треба віддати власниці, як гадаєте? — Нік помахав футболкою перед хлопцями.

— Точно! — Пух із готовністю кивнув.

— То, виходить, я винен? — міркуючи вголос, сказав Дейв.

— Це я винен, — додав Чіт.

— І ми всі, що нічого не зробили, — додав Мажор. — Тупо, таваріщі, тупо.

— Але я знаю, що треба зробити, — Чіт підвівся і закружляв кімнатою. — Після такого гучного закінчення повернення має бути ще крутішим. Це як з емоціями і спогадами. Треба пережити щось дуже круте, щоб забути про щось погане.

— Звучить класно. Питання тепер, чи захоче вона повертатися? — Давид опустив очі.

— Так, не кисни. Я знаю, де вона живе. І знаю, що вона тренується, отже, з дому стопудово виходить. Дочекаємося її та проведемо круту посвяту в команду. Якщо паркур для неї важливий, вона точно повернеться.

— А я?

— А ти сам вирішуй. Я її силою до тебе не потягну. Можу лише сказати, що ви були ефектною парою, визнаю.

— О'кей. А що за пафосна посвята?

— Ну... Нам потрібні будуть темні балахони, такі як із братства з капюшонами, свічки... Ладно, ліхтарики теж згодяться... І треба дочекатися темряви. Усе найгірше й найкраще відбувається в темряві. Я домовлюся з нею про зустріч. Скажу, що є розмова. Вона точно погодиться. Ну й місце треба круте, щоб не ганьбитися перед народом.

— Може, на Заводській? — запропонував Давид.

— Точно! — Мажор показав великого пальця. — Завод — круте місце! Я, до речі, можу дістати балахони. Є в мене знайома косплеєрка...

— А вона дасть? — спитав Люк.

— Вона точно да-асть, — гмикнув Мажор.

— До завтра встигнеш? — спитав Чіт.

— Завтра? — здивувався Нік.

— А чого тягнути? — Чіт стенув плечима. — Що раніше це зробимо, то краще. До того ж, завтра п'ятниця. То як?

Давид пильно глянув на друга. Останнім часом Чіт дуже змінився. Подорослішав. Зробив висновки? Що ж, це було варте того, щоб він нарешті казав про все щиросердно. Блондин відкинувся на подушку й весело запитав:

— А в нас є вибір?

7

Таша дивилася на смартфон, екран якого згас іще кілька хвилин тому, і нервувалася. Щойно подзвонив Чіт і запропонував зустрітися. Отже, у нього були новини, і не факт, що втішні. Хороші кажуть відразу при розмові, а от до поганих готують, затягують, завчасно попереджаючи. Дурість! Краще б відразу сказав — шансів нуль. Ще більше бентежило місце зустрічі — завод РЕМА. Може, прощальне тренування, як моральна компенсація?

Від її дому до заводу було двадцять хвилин ходи. Місце саме по собі цікаве. Завод і досі працював: на ньому виготовляли медичне обладнання, і виробництво сяк-так трималося на плаву. Приміщення в головному корпусі орендували творчі люди, які відразу зауважили хороше місце. Таша сама там була на фотосеті (подарунок на дівич-вечір котрійсь із подруг, чиє ім'я вона геть забула, на згадку лишилися тільки фото). Під фотостудію було відведено аж три поверхи із різними залами: багато простору, багато світла — ідеально для зйомок. Цей індустріальний куточок міста був незвичним навіть для корінної мешканки.

Тарас сказав, що чекатиме її зразу за головним корпусом біля закинутої котельні. Таша навіть не сумнівалася, що без проблем знайде, де це: її режим геолокації досі працював на «відмінно».

Сидіти вдома було несила. Дівчина хутко вдяглася у спортивне, увімкнула плеєр і вийшла з дому. У вухах стукали лункі ритми *Woodkid — «I love you»*, вимикаючи вуличний шум. Тепер Львів звучав у стилі «Дивергента». Пробігтися? Таша кивнула й повільно стартонула вулицею, не помітивши, що з тіні її будинку виринули три фігури й рушили за нею.

Щоб дістатися другого корпусу, де планувалася зустріч, треба було пройти через центральний вхід, оминути охорону й турнікет радянського зразка із табличкою з написом «Покажіть, будь ласка, перепустку». Чіт сказав іти впевнено і нічого не показувати. Але цього не знадобилося. Стілець охоронця був порожній, мабуть, той відійшов. Таша проминула прохідну і вийшла у внутрішній двір. Другий корпус розташувався праворуч — будова заввишки шістнадцять метрів, із трубами та іржавими східцями. Специфічне місце. Але якщо подивитися очима трейсера, цікавий майданчик для тренувань.

До зустрічі лишалася майже чверть години. Зарано прийшла. Дівчина глянула вгору. Небо якраз рожевіло від заходу сонця. Це ж як круто воно виглядатиме на фоні дахів, якщо дивитися згори! Таша обійшла будову з іншого боку й усміхнулася: нагору було два шляхи. На один їй дертися було ще зарано, та й небезпечно — гола стіна для відчайдухів практично без виступів. А от другий кожен підліток подужає: по драбині, до якої треба лише трохи підтягнутися на перилах. Дівчина натягнула шкіряні рукавички без пальців і почала дертися вгору. Конструкція виявилася на диво міцною, а зверху східці закінчувалися невеличкою будкою з проходом на дах. Навіть двері були відчинені, наче чекали на неї. Таша підійшла до краю. Сонце пускало небосхилом довгі рожево-помаранчеві хвилі, що немов облизували брунатні дахи. У вухах фоном грав Євгеній Хмара, змішуючи фортепіанну мелодію з дабстепом. Дихати свободою, дихати висотою... Краса-а!

Зненацька здійнявся вітер, скуйовдив волосся, запорошив очі. Таша хотіла була прибрати з обличчя неслухняні пасма, аж раптом відчула, як їй затиснули рота і, боляче смикнувши, зірвали навушники.

— Не мене чекаєш?

Від голосу Стаса у неї похололо всередині. Вона ж позбулася його й думала, що ніколи більше не побачить! Дівчина замружилася, уявляючи, як розплющить очі — і голос миттю зникне разом із його власником, але реальність не хотіла втілювати відчайдушне бажання. Хлопець стояв прямо за нею, притискаючи її до себе.

— Скучила? — мовив Стас грайливо, наче нічого й не сталося. — Скажи, що скучила! А... Ти ж не можеш говорити. Тоді я сам усе скажу. Завдяки твоїм зусиллям татко запхав мене лікуватися. Правда, пощастило, що не в дурку, а в звичайну приватну клініку. Мені там було так самотньо, що довго я не витримав. Добре, що в мене залишилися друзі. Друзі, яким на мене не пофіг! Так? — Хлопець трусонув Ташу, боляче впиваючись нігтями у її шкіру.

Дівчина відчула, як по спині заструменів холод. Стас ледь не зіштовхнув її вниз. Таша боялася пручатися. Висота була більш ніж небезпечна. Тут навіть не було за що вчепитися, щоб врятуватися, тільки шлях униз, на асфальт. Стало страшно. Ейфорія від свободи й невагомості випарувалася. Згадалася Люкова стійка на краю даху. Один невірний рух і... Дівчина напружилася, подумки перебираючи варіанти втечі. Зараз найважливішим було заспокоїти Стаса, переконати, що все нормально. Бляха, вони ж розійшлися, що йому знову від неї треба?

— Не будеш кричати?

Таша споквола похитала головою.

— Молодець,— Стас прибрав долоню і розвернув дівчину до себе.

— Чого ти хочеш? — обережно спитала Таша.

— Дрібниці! Нам із друзями потрібні грошики. А в тебе їх багато. Ти ж поділишся з коханим, чи не так?

Стас повністю володів ситуацією. Зараз гріх було собою не пишатися. Він стежив за своєю колишньою ще від її дому, виглядаючи вдале місце, щоб *поговорити*. Але, як на лихо, на вулиці не бракувало зайвих свідків, а Наталя ще й вирішила влаштувати собі пробіжку. Але це нічого. Фінальна локація виявилася ідеальною — закинуте, занедбане місце. Щоправда, довелося дертися за Наталею на дах по драбині, але її переляякане обличчя того вартувало. Тут вона від нього не втече. Тепер лише він вирішуватиме, що буде далі.

— Я нічого тобі не дам.— Таша вже остаточно оговталася від шоку й говорила твердо. Вона не була колишньою слабкою Наталочкою. Сьогодні вона дасть йому відсіч.

— Хах! Говориш, як мій старий. Але тут ми в інших умовах. І ти зробиш усе, що я тобі скажу, інакше ду-у-уже пошкодуєш! Ти мені винна, ясно? — Перед очима з'явилися ненависні лікарні стіни м'ятного кольору. Стас не витримав і додав децибелів.— Ти змусила мене добряче за тобою побігати. Але це на краще: менше народу, більше діла. Щоб ти знала, я нічого не забув. І диспансер, і твого кента-мудака. Ти мені за все заплатиш, ясно? — Від спогадів кров знову люто шугонула по венах. Йому були потрібні не так її гроші, як страх.

Якнайбільше страху! Він добре пам'ятав, як його ламало в лікарні, і добре знав, хто за цим стоїть. Це вона спаскудила йому життя!

— Я тебе не боюся! — твердо мовила дівчина. — Ти мені нічого не зробиш!

— Пофіг — боїшся ти чи ні. Мені потрібне бабло. Воно ж у тебе з собою? — Стас загнав лють подалі. Він пообіцяв, що будуть гроші. *Друзів* він підвести не міг. А от як отримає, що треба — тоді й поговорять по-іншому.

Таша мимохіть глянула на поясну сумку.

— О, бачу, що з собою. Пацани, я ж казав, що вона нікуди без лаве не ходить, — Стас підвищив голос і разом із дівчиною ступив кілька кроків до будки з виходом на дах. Таша прослідкувала за його поглядом і побачила, що внизу, біля залізяк, які вели до східців, стоять двоє незнайомих, злодійкуватих на вигляд хлопців років двадцяти. Спільники Стаса схвально реготнули. Колишній мажор їх мало цікавив як *друг*. Але коли він заявив, що знає, де дістати легкі гроші, потреба в ньому різко зросла. До того ж легкі гроші ліпше поділити на двох, а не на трьох. Лишалося зачекати, доки Стас виконає свою роль. А потім... Позбутися його дуже легко, і як не піддатися такій спокусі?..

— Дивись, що ми зробимо, — хлопець знову звернувся до Таші. — Ти даєш нам карту й пін-код. Ми разом сходимо до банкомату, я тут бачив кілька дорогою... Досі не розумію, на фіга тобі цей завод? Чи ти хотіла епічно накласти на себе руки?

— Не твоє собаче діло! — огризнулася дівчина.

— Правильно. Мені пофіг, що ти робиш, — реготнув брюнет.

Таша озирнулася: довкола будови було порожньо. Вони на даху й виходу немає. Стрибати — не варіант, надто високо. Унизу — Стасові друзяки. І що вона має робити? Тут же мають бути люди, робочі чи орендарі! Треба покликати на допомогу!

Дівчина закричала, але Стас рвучко смикнув її до себе, розвернув і миттю затулив рота.

— Я попередив: не кричати. Ти що, тупа?

Він із силою трусонув дівчину, але та почала брикатися й цілитися пальцями йому в очі. Хлопець зашипів і стиснув тонку шию сильніше. Вона ще й ламається?! Тупа корова! Тоді буде по-поганому. Спершу заплатить за те, що накоїла, а гроші він і сам забере! Злість брала гору, вимикала глузд і виливалася словесним потоком. Стас уже погано себе контролював.

— Ти ще пручаєшся? Що ти зробиш? Ти слабачка! Жертва! Завжди нею була й будеш! — Хлопець підштовхнув Ташу до краю даху. Дівчина видиралася, але Стас був сильнішим. У голові виникла божевільна картина, як Таша висить на краю даху і благає про порятунок. Це буде для неї чудовим уроком. Принизити, показати силу, врешті довести, хто тут господар!

Стасу подобалося бути головним. Життя саме створило для цього всі умови. Повна свобода дій, повний фарш по грошах: ідеально, щоб поставити світ на коліна, щоб узяти все. І він брав. Інші теж брали, то чим він гірший? Усе було ідеально, поки він не помилився в дівчині. Ставився до неї, як до особливої, і як вона це оцінила? Кинула його за першої ж нагоди. Курка! Нічого не варта у цьому житті без нього. Пусте місце!

— Що ти можеш сама? — Стас прокричав Таші у вухо, задихаючись від влади над чужим життям.

8

— Вона не сама, — почулося за спиною Стаса. Хлопець обернувся й побачив, що на даху стоїть незнайомець у чорному балахоні з капюшоном. Руки він тримав у кишенях широких спортивних штанів. Дівчина смикнулася, стримуючи радісний зойк. Давид... Здавалося, вони не бачились вічність. Як же довго його не було!

— Я б тобі порадив прибрати від неї руки,— блондин дивився з-під лоба, але не підходив до Стаса, який все ще стояв на краю.

— Або що? — брюнет хитро посміхнувся. Зараз ніхто не зможе вивести його з рівноваги.— Захисничок у нас з'явився, та? Ямакасі грьобаний, як ти сюди заліз? — Стас зиркнув на стіну практично без виступів. До сраки! Що, недовго страждала після мене? — прошипів Таші на вухо.— Завела собі дру-у-уга?

— Маєш рацію, чувак. І не одного,— блондин повільно кивнув, звузивши очі.

— О, груповуха? Ну, мала, ти мене дивуєш! — Стас вкусив Ташу за вухо, і дівчина смикнулася від огиди.

— Тобі ж сказали прибрати від неї руки,— пролунав другий голос за спиною Стаса. Дівчина відчула, як хтось вихопив її з обіймів колишнього і притиснув до себе. Таша вхопилася за поли чорного балахону й затиснула їх у кулаках. По щоках потекли сльози.

— Ну, не плач, не плач! Потім пообіймаємося! — Чіт погладив дівчину по голові й обережно вивільнив тканину з її рук.— Я скучив, а ти? — весело мовив до Стаса. Хлопець скинув капюшон, блиснув зубами, трьома стрибками подолав відстань до брюнета і вже приготувався смачно йому зацідити, коли його зупинив Давид:

— Дозволь мені.

Стас відступив, але втікати були нікуди. Він глянув униз і побачив, що його друзів взяли в лещата ще троє незнайомців у однакових чорних балахонах. Хлопець скреготнув зубами й обернувся до білявого.

— Хто... Хто ви такі, вашу мать?

— Ми — «Зграя»,— Чіт стенув плечима. Ситуація до болю нагадувала йому сцену з американських бойовиків. Від цього плечі немов стали ширшими й хотілося розмовляти, як супергерой.— А знаєш, що «Зграя» робить з тими, хто образив одного з них?

— Що? — запитав Стас. Визнавати поразку страшенно не хотілося. Але одна справа один чувак, а інша — справді зграя. Зграя недоумків! Чого їм треба?

— Карає! — процідив крізь зуби Давид.

— І що ти мені зро... — почав був брюнет, але Дейв не дав йому договорити й ударив у ніс. Сильно, жорстко, ребром долоні. Стас виматюкався. З носа потекла кров.

— Урод, ти мені стільки нервів попсув,— процідив Давид крізь зуби. Хлопець ледь стримував шалене бажання придушити суперника на місці.— Слабак! Звик бити тільки дівчат?

Від згадки про те, що Стас уже здіймав на Ташу руку, Дейв знову скипів. Ще раз замахнувся, проте стримався. Не опускатися ж до рівня цього мудака. Стас явно був слабшим і хворим. Наркоманія — теж хвороба. А хворих, як і лежачих, не добивають. Їх треба примусово лікувати. І хтозна, що приємніше.

— Хрін із тобою,— Давид зупинився.— Не думай, що цього разу ти так легко відмажешся...

— Та пішов ти! — Стас ударив Чіта й раптом кинувся на Дейва. Трейсер відштовхнув Ташу, а сам зробив переворот назад. Стас не втримався й почав падати. Його за руку вхопив Чіт.

— А-а-а-а! — божевільно заволав Стас, зависнув над порожнечею. Другою рукою Стас вчепився в Чіта, намагаючись опертися об стіну. Але ногами не вдалося намацати жодного виступу. Хвиля безпорадності накривала з головою. Стас задер голову й немов обпікся об лютий погляд веснянкуватого хлопця, який відтягував його зустріч із землею. — Витягни мене! Чуєш, витягни! Я все зроблю! Витягни!

— Ти м-м-мудак, — Тарас тримав міцно, перехилившись над краєм. У душі хлопець боровся з божевільним бажанням відпустити. Та водночас щось змусило його кинутися на допомогу. І це *щось* досі стримувало його від дурощів. — Але маєш іще пожити. Кари потойбіччя мене не цікавлять. Тому не сумнівайся, я тебе доправлю куди треба цілим. — Він витягнув Стаса й штовхнув його в прохід до будки. У того трусилися руки. Думка про те, що він міг розтрощити голову об асфальт, прочищала мозок не гірше, ніж крапельниці у диспансері. Стас підозріло затих і ніби відключився від реальності. Він, немов у якійсь прострації, зовсім втратив інтерес до зовнішнього світу. Всередині все ще переверталося з переляку, але в голові було прожньо, наче всі думки вмить вивітрилися.

— Рухайся, дебілоїд! Зустріньте цього мудака внизу, — Тарас кивнув Пуху, Мажору й Люку.

Ілля підніс телефон до вуха.

— Тат', привіт. Потрібна твоя допомога. Не жартую. На Заводській біля РЕМА. Так, чекаємо.

9

Менш ніж за чверть години біля заводу зупинилася машина з блимавками. Стаса разом із друзями, які на різні голоси мекали й бекали про свої права та непричетність до будь-чого в цьому житті, під конвоєм посадили на заднє сидіння. Батько Іллі записав свідчення Таші й домовився, що дівчина приїде до відділка написати заяву.

— Сподіваюся, ми його більше не побачимо, — крізь зуби мови Дейв, дивлячись услід поліцейському авто.

— Дейве, я...

Хлопець обернувся до Таші, і вона затнулася. Говорити те, що було на душі, при всіх...

— Пацани, дивіться, який кльовий мурал,— подав голос Мажор, показуючи на розфарбовану стіну на сусідній вуличці.

— Пішли, глянемо ближче! — відповів Люк і потягнув за собою Пуха та Чіта.

Таша і Дейв залишилися удвох.

— Ти...— знову почала Таша.

— Я,— усміхнувся Дейв.

— Ти мені пробачиш? — спитала дівчина, відчуваючи, що по щоках знову течуть сльози.

— Ні,— Дейв ступив крок до Таші та притиснув її до себе.— Це мені треба вибачатися. Пробач, що я дебіл, який не бачить далі свого носа. Треба було одразу тебе вислухати, а не поводитися, як ображений козел. Вибач мені... Чіт усе розказав. Шкода, що я не дізнався раніше...

— Тобі не треба вибачитися! Це я жахлива... Стільки брехала тобі... Усім! Наробила стільки дурниць. Мені так соромно!

— Не хвилюйся. Ми завжди можемо все обговорити. Головне — чи ти ще хочеш бути з таким обмеженим, як я?

— Ти мене врятував. І ти зовсім не обмежений! Я не вірю, що цей жах закінчився...

— Повір, усе добре. А решту... Відпрацюємо на тренуваннях,— Дейв провів рукою по волоссю Таші, заправляючи непокірне пасемце за вухо, і ніжно поцілував у скроню.— І після тренувань.

Хлопець потягнувся був до Ташиних губ, аж раптом його перебив жартівливий голос Мажора:

— Чуєте, зніміть собі хату!

— Іди в сраку! — не втримався Давид, притягнув дівчину до себе й поцілував. Мажор присвиснув і кивнув головою на парочку:

— Оце наш правильний кеп?

— Випускає пару, — реготнув Чіт і затулив долонею обличчя Пуха. — Заплющ очі, тобі ще рано!

— Відчепися! — Ілля відкинув руку Чіта й спохмурнів.

— Тільки ви не цілуйтеся, я вас прошу! — пожартував Люк.

— Та ну вас, — хмикнув Дейв, відірвавшись від губ дівчини. Таша сором'язливо сховала усміхнене обличчя в нього на грудях. Від поцілунку трохи паморочилося в голові, а мозок просив іще ендорфінів.

— Сорян, голубки, але нам набридло стирчати біля того муралу, — гмикнув Люк.

— Та й узагалі, це не тільки тебе стосується, Ромео, — Мажор штурхнув Давида. Таша вивільнилася з обіймів Дейва і всміхнулася.

— Я така рада вас усіх бачити, справді. Дякую вам, — вона затнулася й додала: — Друзі...

— Ну, з другом я би посперечався, — Мажор підморгнув Давиду й отримав штурхана у плече. — Ауч! Дякуй Чіту, коротше. Це був його дико пафосний план, як повернути тебе в команду. Ну а далі ми побачили, що біля сходів крутяться двоє підозрілих типів, і вирішили розділитися про всяк випадок. І недарма. Досі почуваєшся, як у прикольному бойовичку, нє?

— Та-а-а, — протягнула Таша. — Супергерої.

— На півставки, — усміхнувся Люк.

— Вибач, що змусили чекати, — Пух торкнувся ліктя Таші.

— А що на вас за плащі? — дівчина звернула увагу, що трейсери були одягнуті в чорні балахони з капюшонами.

— О, це довга історія…— туманно відповів Давид.— Якось розкажу.

— Це все дуже круто. Ну, що ви тут. І я… Блін, я досі не вірю…— дівчина обернулася до Дейва.— Досі не можу повірити, що ти прийшов за мною.

— Маленька поправочка,— Мажор підняв палець догори.— Ми прийшли за тобою!

— Усі ми! — підтвердив Чіт.

— Чому? — Таша примружилася, уже знаючи відповідь.

— А ти ще не зрозуміла? — Дейв притягнув Ташу до себе, і вона впіймала себе на думці, що готова залишитися в його обіймах назавжди.

— Тому що ми «Зграя»,— пафосно прогримів Мажор і весело підморгнув. Люк схрестив руки на грудях і теж кивнув. Чіт кліпнув і гмикнув, погоджуючись. Пух усміхнувся і додав:

— А «Зграя» своїх не кидає!

Епілог

Аномальна вереснева спека тиснула на голову й неабияк дратувала. Суботнього дня порожнім подвір'ям сорок третьої школи вешталися коти й голуби, які подеколи знервовано озиралися на нявчиків. За будівлею вирувало активне спортивне життя: лунали дзвінкі ляпанці бутсів по шкіряній поверхні м'яча, долітали уривки сміху й напружені баси тренувальників. Металеві конструкції здригалися від напору енергійних літунів: «Зграя» відривалася. На повну!

Раптом птахи різко, мов за наказом, схопилися і злетіли, гучно залопотівши крилами. Здійнявшись над будівлею школи, голуби кружляли над причиною своєї тривоги, і, мабуть, дружно видихнули з полегшенням: до квадрокоптерів у небі всі помалу звикають, і птахи теж. Люди люблять літати, а спостерігати за собою з висоти — класне видовище, що не кажи. *Cut!*[74]

— Давай-давай! Ще разок! — гукнув засмаглий Нік. Біла майка відкривала татуювання на плечі — крізь профіль дівчини, яка чимось нагадувала його Ксю, проступали обриси вовка. Вони офіційно зустрічалися вже майже рік, і Ксю постійно «тиранила» хлопця своїми ідеями — часом божевільнішими за його власні. Зате нудно удвох їм точно не було. Мажор тримав

---

[74] Cut! (*англ.*) — тут: Знято!

пульт і водночас виконував обов'язки режисера та сценариста, розглядаючи цифрову версію колеги на дисплеї.

Хлопець у чорній футболці та темно-синіх шортах набрав швидкості, у стрибку відірвався від шини, крутнув внутрішнє арабське сальто. Знову крок на шину — переднє сальто, розніжка, рондад, фляк і закінчити сальто назад чітким приземленням. Стоп-кадр!

— Красава! — Нік задоволено кивнув. Батарея майже сіла, але він зробив це, класний відос буде! Пух вдало «закрив» показове тренування. І найголовніше — без жодних травм.

Як багато може змінитися за рік і як летить час, тим паче коли перед очима результати й нові дати на календарі.

Ілля направду змужнів. Подвійна камера дрона чесно фіксувала вдалі трюки, і випадковому перехожому здалося б, що то професійний каскадер відпрацьовує сцену заміни в оточенні відомих акторів і колег-трюкачів. Прізвисько Пух тепер асоціювалося хіба з розтріпаним волоссям, що ледь вологими пір'їнами спадало на лоба. Ілля витягнувся та схуд, тепер це був хлопець зі стильно виголеними скронями, «їжаком» світлого волосся на маківці та впевненим поглядом. Ілля про мамин спокій подався на заочне у Франка, а на стаціонар вступив до ЛДУВС[75]. Він зміг переборати себе і в особистому житті: почав ходити на побачення з Діаною. Щоправда, парочка чомусь більше нагадувала ліпших друзів, а після першого ж поцілунку обоє зрозуміли, що хімією тут і не пахне. Але і це було перемогою, та ще й без гіркого присмаку втрати. Вони і далі зустрічалися, спілкувалися ще ближче й раділи, що не втратили дружбу.

Вони всі змінилися.

---

[75] Львівський державний університет внутрішніх справ.

Чіт і Люк щось переглядали на телефоні. Чіт коротко підстригся й почав ходити на самбо. Енергія хлопця, як завжди, била ключем, а бойове мистецтво дозволяло випустити пару. Літера «К» у його телефоні врешті перетворилася на «Кіру», і дівчина жартувала, що так і до «Коханої» недалеко. Хлопець фиркав щось незрозуміле, але несподівано для себе познайомив Кіру з мамою. Тарасова мама була просто в захваті від «потенційної невістки», і хлопець подеколи шкодував про свій імпульс: надто часто ці дві нові «подружки» змовлялися проти нього.

Люк залишився в кіберспорті, його команда брала участь у змаганнях в Україні й за кордоном, де капітаном був той самий Макс, із якого все й почалося. Зате в реальному житті хлопця з'явився новий квест під кодовим ім'ям «Аня». Реал не припиняв дивувати.

До хлопців підійшла чорнява дівчина. Рухалася вона так стрімко, що туго заплетена коса нагайкою розсікала повітря.

— Так, народе! Ґо зробимо селфач із тренування! — Таша повністю взяла на себе просування «Зграї» в соцмережах. Минулого тижня із нею зв'язався потенційний замовник. Найбільше він зацікавився Чітом та Люком, тому наразі тривали перемовини щодо контракту.

Виснажений квадрокоптер приземлився із характерним дзижчанням.

Наталя, одягнена в блакитну безрукавку й чорні леггінси, зробила стійку на руках. Паркур надав її формам пружності, коли вона рухалася, кожен крок був плавним і вивіреним. За рік Таша вдало відточила ази красивого руху на високих парапетах і грубих перешкодах..

Дейв дістав із рюкзака «дзеркалку» та швидко поставив бленду на об'єктив. Фотокамера кілька разів клацнула. Хлопець всерйоз захопився фотографією і тепер мучив кожного члена «Зграї» довгими позуваннями. Побачивши камеру, Наталя звично завмерла і відразу стала серйознішою. Та крізь прозоре віконечко камери Давид бачив кутики її вуст і ледь помітну усмішку, в якій зачаїлося сонце. Камера впіймала те, як змінився вираз обличчя Таші, коли неслухняне пасмо волосся впало на її лице.

— Глянь, як ти його закоцав! — різкий голос Пуха перервав фотосесію.

— Що там уже сталося? — Нік підбіг до Іллі, який саме тримав їхнього білого дрона.

Останнім часом трейсери постійно гралися з квадрокоптером. Коштувало таке задоволення недешево, та що робити, якщо річ потрібна? Зібрати гроші й купити! До того ж, квадрокоптер — не просто забавка і водночас технологічна мука для всієї команди. За цей рік трейсери прокачали свої скіли й уже могли чимало показати тим, хто цікавився паркуром. Тому «Зграя» й вирішила придбати такого помічника, щоб із висоти фотографувати й фільмувати трюки. Нік та Пух по черзі монтували ролики, які згодом викладали на сайт, створений Чітом.

Сьогодні члени «Зграї» знову зібралися в повній бойовій готовності, аби назнімати матеріал для фотовідеоміксу.

Особисте життя, навчання, успіхи й негаразди були в кожного, проте друзі не полишали улюбленої справи, яка позначилася на них новими м'язами, розтягла їхні сухожилля й уперто не бажала відпускати. Трейсерів помітили, ними захоплювалися, часом засуджували. Подеколи здавалося, що «Зграю» відверто боялися.

— Скільки можна гризтися? — Таша удавано спохмурніла. — Так, стаємо в кльові стійки, робимо вигляд, що нам весело, Дейв нас усіх класно фоткає — і йдемо жерти!

— О'кей, — озвався Чіт. — У мене купа справ по обіді. Дійсно, час розбігатися, а то знову сидітиму до ночі.

— Ага, треба валити, — підтакнув Люк, набираючи у відповідь есемеску. Тендітна й романтична Аня виявилася дівчиною зі складною вдачею, та це чомусь ще більше прив'язало до неї хлопця.

— Дивись-дивись, хто до нас іде, — Мажор ляснув Іллю по спині й кивнув у бік стадіону, де дітлахи зібралися в стінку, захищаючи ворота від чергового штрафного удару.

Вони раптово з'явилися поруч, і вся увага мимоволі прикипіла до нових облич. Дівчина та хлопець повільно, але впевнено наближалися до трейсерів, що вже збиралися позувати для фото. Вражало, наскільки незнайомець і незнайомка були схожими.

Високі, однакові на зріст. Обоє — з прямим коричневим волоссям до плечей і світло-зеленими очима. На вигляд років по вісімнадцять. Вбрана в легку жовту сукню дівчина нагадувала ельфійку з «Володаря перстнів». Хлопець із виголеним обличчям в оливковій сорочці та світлих штанах-карго мав рівну поставу, що могла свідчити про бездоганну військову виправку. В очах — легкий смуток і ще щось, схоже на шляхетність, без показної зверхності.

— Привіт, мене звуть Тіна, — дівчина заговорила першою.

— Я — Ден, — назвався юнак і по черзі потиснув руки всім хлопцям.

— Ви близнюки? — поцікавилася Наталя, простягнувши хлопцеві долоню.

— Нам часто кажуть, що ми схожі, — Тіна загадково всміхнулася.

Дейв схвально хитнув головою: минуле літо навчило з повагою ставитися до чужих таємниць.

— Ми не місцеві, у Львові недавно. Побачили вас здалеку і не втрималися, щоб не підійти. Ден учиться на режисурі, я на акторському. У нас є маленька мрія — зняти свій фільм. І коли ми побачили вас, виникла ідея. Словом, ми шукаємо класну компанію, свою компанію. Ми теж любимо екстрим. Будемо раді, якщо ви нас приймете до себе. Ви — круті! Що скажете?

Давид із Тарасом перезирнулися. Обох навідало відчуття дежавю, і Таша впіймала на собі перехрещені примружені погляди.

Мажор зміряв поглядом нових знайомих і широко всміхнувся:

— То, кажете, екстремали? І що ви вмієте?

Тіна всміхнулася, обернулася до Дена та провела долонею по правиці хлопця. І всі відразу помітили, як шкіра Дена взялася сиротами і проступило раніше невидиме татуювання у вигляді дерева, щоправда, без листя, але з химерним переплетенням гілок. Дерево частково заступало голою кроною диск повного місяця із деталізованими кратерами. Стовбуром татуйованого дерева був рубець, товстий і брунатний.

— Ми вміємо передбачати майбутнє, — з таємничим виглядом мовила Тіна.

— Це як? — вийшов зі ступору Пух.

— Скоро піде дощ, — сказала дівчина. — Шрами на це чудово реагують: вони змінюють колір та форму і так передбачають майбутнє.

У Тіни навіть тембр голосу змінився, від чого всі мимоволі відступили на півкроку. Лише Ден залишався на диво спокійним. Хлопець скоса глянув на власну копію, цокнув язиком і, сміючись, мовив до трейсерів:

— Народе, не партеся, вона десь це вичитала і тепер мучить мене своїми тестами.

— А ви повірили? — дівчина миттю вийшла з образу й поправила волосся. — Дякую, мені приємно.

Чіт розсміявся й ляснув Люка по плечу:

— Веселі у вас жарти!

— То що, візьмете? — спитав Ден.

Давид подивився на близнюків, потім на команду. Нотка легкого божевілля ніколи нікому не шкодила. До того ж, самі прийшли. Нові люди — новий рівень команди. Постійний рух. А рух — це життя. Дейв затримав погляд на Таші, дочекався легкого кивка й простягнув долоню Дену:

— Велкам![76]

---

[76] Welcome (*англ.*) — ласкаво просимо.

Післямова

Кажуть, другий роман письменник пише про себе. «Зграя» — мій другий роман і особливий твір, бо там багато мене. Я теж відкрила для себе паркур у вісімнадцять років. І хоча давно вже не тренувалася, маю крутезні спогади і досвід! Тому це свого роду машина часу, щоб повернутися назад, коли я була підлітком, а життя, здавалося, було суцільним літом і пригодами.

«Зграя» — це не кавово-романтичний Львів, це брутальне урбаністичне місто не для ніжного туриста. Це дахи, антени, цегла, будівлі, паркани, парапети. Тут багато сленґу, не тільки професійного і звичайного, а того, який я чую у Львові, і який вживаю теж. І «Зграя» — не цукрові милі підлітки. Сподіваюся, ви з ними подружитеся!

Знаю, що світ постійно змінюється, тому цей роман не був би таким сучасним у професійній сфері, якби не мої чудові проф-рідери. Це трейсери, які починали давно і тренуються до сьогодні. Це 28-річна Анна Грюкач, яка в паркурі з 2006 року. Ми разом тренили на спотах біля школи, на СКА та в залі на Княгині Ольги. Торік Аня перемогла на чемпіонаті *FIG parkour World Cup* у Китаї в категорії *speed run*, посіла третє місце в Японії і стала срібною призеркою у Франції. З Анею та її командою «Overtrance» ми наживо пройшли усі трюки, описані у творі.

Аня: «*Паркур дав мені все. Я побудувала кар'єру каскадера завдяки йому, стала багато подорожувати по світу. Це була моя мрія, і ця дисципліна допомогла її реалізувати. Паркур кардинально змінив моє життя. Дуже круто, коли ти розумієш своє тіло і контролюєш кожен рух. Здається, що ти можеш підкорити будь-які вершини, як фізичні, так і моральні. Постійно перебуваєш у гармонії зі своїм тілом і розумом. Чудове відчуття!»*

Це 29-літній Богдан «parkourunner» Кошик, із яким ми облазили усі споти «Зграї» і протестили реальність ходів і виходів.

Богдан: *«Я тренуюся з 2005 року, коли паркур лише починав свій шлях в Україні. Ще тоді він захопив мою уяву і змінив те, як я дивлюся на світ. Це практика вільних і щирих людей, що зміцнює не лише фізично, а й додає наполегливості, стійкості, готує до життєвих випробувань. Для мене це не просто тренування, а ще й своя паркур-секція, власна команда «Діти Тіней», головування у Львівському відділенні Федерації Паркуру України, суддівство на чемпіонатах і сотні знайомств із трейсерами з усіх куточків світу. Паркур — невід'ємна частина життя, яка робить мене щасливішим».*

Я також вдячна трейсерам, які свого часу взяли мене в команду і навчили всього, що знали. І хоча життя розкидало нас світом, я пам'ятаю вас. Ви круті!

Паркур змінює людей. У творі є його філософія, є спостереження. Моїм героям по вісімнадцять. Це мій улюблений вік. Коли в тобі ще живе дитяча віра в дива, юнацький максималізм, але перед тобою вже відчиняються двері в дорослий світ. Це історія про прагнення здаватися кращим, аніж ти є, і різні шляхи до цього. Про самотність і віру у власне всесилля та безсмертя. Заборони починаються з нас. З нашої голови. І паркур — один зі шляхів, яким їх можна подолати.

«Зграя» — це роман, у якому немає смертей і надто гострої драми, хоча, як і в попередньому, тут зачіпається гостросоціальна тематика. Це теж данина реалу. У реалі не завжди хтось мусить помирати чи калічитися. І, так, у реалі існують батьки, які поважають вибір своїх дітей, навіть якщо це вибір такого екстремального виду спорту. А ще в реалі пригоди не завжди закінчуються драмою, а бувають гострим екшеном і просто пригодами. Крутим літом, створеним для ще крутіших спогадів.

Дякую Марині Шуляк, психотерапевту в галузі гештальт-терапії, психологу, за вдумливий коментар, який подаю нижче.

«Екстремальні види спорту — заняття, пов'язані з ризиком, зокрема травмами, а деякі — навіть із ризиком втрати життя. Тому важливо пам'ятати про можливі наслідки та утримуватися від бездумних, відверто смертоносних дій чи трюків. Професійні екстремальні спортсмени завжди розсудливо, виважено підходять до виконання трюків, довго й наполегливо тренуються. Тому навіть коли ризик є, він враховується та мінімізується шляхом ретельної підготовки. Паркур належить до менш травматичних і ризикованих занять, однак, як і будь-який спорт, потребує постійних тренувань.

Попри певний ризик, екстремальний спорт має позитивні наслідки для тих, хто ним займається. По-перше, люди можуть подолати свої страхи. По-друге, екстрим дозволяє підвищити самооцінку, впевнитися у власній думці, вільніше висловлюватися, краще розуміти себе, свої можливості та обмеження (що я можу, а що ні), ставити цілі та йти до них. По-третє, він підвищує здатність до концентрації, що дозволяє краще керувати своїми емоціями, особливо негативними. Та й фізична форма буде відмінною. Крім того, екстрим може вберегти людину від самознищення, наприклад, за допомогою алкоголю чи наркотиків. Паркур чи сноуборд — найважливіше обирати ті варіанти захоплень, не обов'язково спортивних, які підходять саме цій людині, відповідають її вподобанням та інтересам.

Питання власної ідентичності («хто я», «який я», «чого я хочу») є ключовими для молодих людей, тому екстремальні види спорту, наприклад, можуть допомогти розібратися в цьому. Роман «Зграя» добре висвітлює такі проблеми. Невпевненість у собі, стримування гніву, замикання в собі, намагання вирішити свої проблеми самотужки, прагнення бути ідеальним чи відповідати вимогам соціуму та часто — нерозуміння себе. Він і про дружбу, яка стає справжньою тільки після розкриття секретів. Ця книжка допоможе інакше поглянути на власне «Я», побачити силу в простих речах і почати ділитися й довіряти собі та своїм друзям».

Хочу подякувати своїй команді рідерів, які розділили зі мною цей політ: Ірині Юдіній, Оксані Мількевич, Олександру Морозу, Максиму Нагайчуку, Анастасії Короткій, Яні Сікорській, Наталії Дмитрієвій, Ользі Сокол-Торській, Мар'яні Рябоштан, Андрію Семківу, Вікторії Беркут та Марічці Свириді.

Дякую Вікторії Франчук за чудесну анотацію та важливі поради щодо сюжетних ліній та життєвих ситуацій героїв.

Дякую моїм колегам по перу, які прожили цей світ: Дарі Корній, Любові Долик, Наталці Ліщинській та Олегу Бакуліну.

Моєму видавництву «Віват», Юлії Орловій, Оксані Кандибі, Ігорю Зарудку та Олені Рибці, які повірили в цей твір ще з перших двох розділів, не знаючи фіналу наперед. Окреме величезне спасибі редакторці Наталці Шевченко, яка відчула текст.

Дякую Максу Кідруку за підтримку та крутий відгук на роман! Надихаєш!

А ще це справді круто — літати. І вам не обов'язково потрібен саме паркур. Згадайте відчуття трейсерів, згадайте, від чого ви ловите величезний кайф і знайдіть те, що так само даруватиме вам крила. І пам'ятайте: кожному польоту передує довготривала підготовка, небо не пробачає помилок, а падіння потрібні, щоб знову відчути землю під ногами. Вперед і вгору!

Анастасія Нікуліна

Зміст

Літературно-художнє видання

Серія «Книжкова полиця підлітка»

НІКУЛІНА Анастасія

Зграя
Роман-виклик

Головний редактор *О. С. Кандиба*
Провідний редактор *О. П. Рибка*
Редактор *Н. М. Шевченко*
Технічний редактор *А. Ю. Жога*
Коректор *І. М. Тумко*
Дизайнери і верстальники *А. Ю. Жога, В. О. Верхолаз*

Підписано до друку 20.08.2018.
Формат 60х84/16. Ум. друк. арк. 18,67.
Наклад 3100 прим. Зам № 7317.

Термін придатності необмежений

ТОВ «Видавництво "Віват"»,
61037, Україна, м. Харків, вул. Гомоненка, 10.
Свідоцтво ДК 4601 від 20.08.2013.
Видавництво «Віват» входить до складу ГК «Фактор».

Придбати книжки за видавничими цінами та подивитися детальну
інформацію про інші видання можна на сайті www.vivat-book.com.ua
тел.: +38 (057) 717-52-17, +38 (073) 344-55-11, +38 (067) 344-55-11,
+38 (050) 344-55-11,
e-mail: ishop@vivat.factor.ua

Щодо гуртових постачань і співробітництва звертатися:
тел.: +38 (057) 714-93-58,
e-mail: info@vivat.factor.ua

Адреса фірмової книгарні видавництва «Віват»:
м. Харків, вул. Квітки-Основ'яненка, 2, «Книгарня Vivat»,
тел.: +38 (057) 341-61-90,
e-mail: bookstorevivat@gmail.com

Видавництво «Віват» у соціальних мережах:
facebook.com/vivat.book.com.ua
instagram.com/vivat_publishing

Віддруковано згідно з наданим оригінал-макетом у друкарні
«Фактор-Друк», 61030, Україна, м. Харків, вул. Саратовська, 51,
тел.: +38 (057) 717-53-55

Серія «Книжкова полиця підлітка»

Сіль для моря, або Білий Кит
Роман-буря

Анастасія Нікуліна

Сторінок: 224
Формат: 60x84/16
Розмір: 143x197
Палітурка: тверда
Мова: українська

Придбати книжку:

Чотирнадцятирічна Ліза не знаходить спільної мови ані з батьками, ані з однокласниками. Здається, єдині, хто її розуміють, — це море і хлопець під загадковим ніком Білий Кит. А ще дивна Анна, яка вчить: «Головне не те, що зовні, і не ті, хто навколо. Головне, що в тебе всередині». Чи випадкова їхня зустріч? Чи зустрінуться Ліза і Білий Кит? І хто кого порятує, коли настане час відплати?

Ця історія про довіру, зневіру і про любов. Вона про нас із вами — дорослих і юних, розумних і наївних, романтиків і прагматиків. Зрештою, ця книжка про те, що сенс життя не в тому, що є смерть.